Martin Brendebach
Der Zaun

In einer Kleinstadt im Westerwald geschieht ein Mord, und die Politische wird eingeschaltet. Kommissar Iltum ist nicht der einzige Besuch aus dem Osten. Auch die Lehrerin Mascha wird an diesem Wochenende von ihrem alten Schulfreund Jonas überrascht, der ihr auf den Zahn fühlt. Aber auch Einheimische geraten in Verdacht, vor allem die Familie des Toten, die Hofmanns, denen vor der Revolution die halbe Stadt gehört hat. Und bald fördern die Ermittlungen, die privaten wie die polizeilichen, weit mehr zu Tage als nur den Tathergang: Wer was gewusst hat von den Zuständen in der untergegangenen BRD – und was er davon gehalten haben will. Vom Zaun, der quer auch durch dieses Städtchen gezogen war, um arm und reich zu trennen, vom Grauen hinter dem Südzaun. Deutschland ist wiedervereinigt, die Lebenserzählungen sind es nicht.

Martin Brendebach erlebte den Kalten Krieg am Nordrand des Westerwaldes und die roaring nineties in Berlin. Nach langen Aufenthalten in China arbeitete er als Lehrer. Heute lebt er in Potsdam und ist Referent für politische Bildung in einem Landesministerium.

Martin Brendebach

Der Zaun

Bibliografische Information der Deutschen Nationalbibliothek
Die Deutsche Nationalbibliothek verzeichnet diese Publikation in
der Deutschen Nationalbibliografie; detaillierte bibliografische Daten
sind im Internet über http://dnb.d-nb.de abrufbar.

1. Auflage 2020

Umschlag: Roland Poferl Print-Design, Köln
Layout: Verlagsservice Monika Rohde, Leipzig
Herstellung und Verlag: BoD – Books on Demand, Norderstedt

ISBN 9783752610680

Es gibt diesen Ort, aber nicht diese Menschen.
Nur Figuren, die sich für die Bühne das eine oder andere
biographische Accessoire geliehen haben.
Ich möchte betonen, dass die Familie Hofmann und ihre
Mitglieder in dieser Konstellation und in der jeweiligen
Charakteristik der Personen frei erfunden sind.

Und vor allem: Dass die Eltern zweier Hauptfiguren dieses
Romans nicht das Geringste mit meinen eigenen Eltern gemein haben, die mir mit viel Liebe und Weisheit eine
glückliche Kindheit geschenkt haben.

I. Freitag

1. Jonas

Nicht, was er einen Bahnhof nennen würde. Der Zug hält, dies ein Indiz. Und zweimal der Name: auf Blech gestanzt und noch einmal, in altgotischer Schrift, deren s sich wie ein f lesen, mit Farbe auf die graue Mauer des Bahnwärterhäuschens getragen: Wissen. Niemand sonst steigt aus. Keine Bahnhofshalle, nur der Bahnsteig und ein morscher Holzunterstand. Dahinter erstreckt sich der Kadaver eines Fabrikgebäudes, mehrere hundert Meter Ruine die Schienen entlang. Glotzt aus eingeschmissenen Fenstern die gegenüberliegende Stadt an. Die Fläche, auf der früher einmal ein Bahnhofsgebäude gestanden haben mag, ist eine verwahrloste Baustelle, Schutt mit Müll vermischt. Um die absperrenden Gitter kümmert sich nur noch der Rost. Dort drüben, jenseits der Gleise, steht Mascha im offenen Schlag ihres Autos und winkt. Jonas winkt zurück, verschwindet auf der Treppe zur Unterführung. Er hat beschlossen, ihr nichts zu sagen. Hatte gedacht, das sei eine Floskel gewesen: Kann sein, wir kommen mal auf Sie zu. Der Dicke von der Politischen hatte sonst keinen Ton gesagt, das ganze Verfahren hindurch nicht, nur diesen Satz, als alles über die Bühne war – glänzend über die Bühne war. Jonas hat dem keine Bedeutung beigemessen – eine Floskel, Formsache, irgendwas muss der ja auch mal sagen, was sitzt er sonst dabei. Hat „Ja, sicher" gesagt. Und heute sind Sie auf ihn zugekommen, frontal, noch vor dem Aufstehen.

„Tag Herr Professor. Angenehmen Flug gehabt?"

„Schön dich zu sehen, Mascha."

„Oh, ja, ganz meinerseits. Hocherfreut. Sag mal wo haste denn ditte her. Schnell abgewöhnen! Schmeiß hinten rein. Die Leute gucken ja schon, was meinst du was das für einen Tratsch im Dorf gibt am Montag."

„Dass ich Dich besuche?"

„Was denksten Du? Mensch, haste schon gehört, die neue Lehrerin außem Osten, die keinen Kerl hat und immer alleine in die Kneipe geht, da ist einer gekommen neulich ... Die können ja nicht wissen was für ein hochwohlgeboren anständiger Professor Du bist."

Der Kies spritzt bei Maschas Anfahrt. „Anschnallen, die fahren hier wie gesengt."

Die Wangenknochen hoch, die Nase etwas höckrig von einem Bruch in der Kindheit, die Lippen dünn. Widerspenstige dunkle Haare und Augen. Lachfalten daran. Ein Koboldsgesicht, ein hübsches zwar, aber die Männer haben wohl Angst, eine Koboldin zu küssen. „Ist es denn so arg, mit den Hinterwäldlern? Gar keine netten?"

„Fragt Mutti auch immer."

„Tschuldige. Lieber 'ne historische Einführung in die Ortschaft?"

Mascha lenkt den Wagen auf die Hauptstraße. Die obersten Stockwerke der Häuser sind verschindelt, als zögen sich die Dächer einen Hut tief ins Gesicht. Über den Ladenzeilen verhängen weiße Gardinen die Fenster der Wohnungen.

Bürgersteige so schmal, dass kaum zwei Passanten aneinander vorbeikönnen, wie Bergtritte, die man in einen Felsen über einer Schlucht gehauen hat. Am Postamt prangen geschmierte Grüße, Liebesschwüre, ein Jonas unbekanntes

8

Zeichen, und in drei wackligen dünnen Großbuchstaben „BRD". „Didaktik Eins: Der Schüler muss selbst darauf kommen. Fluss gesehen?

„Der Schüler ist müde und mag nicht selbst darauf kommen. Erzähl's mir einfach."

„Na gut. Fluss, Furt, Handel. Die etwas großmäulig als Fußgängerzone bezeichnete Gasse hier" – Mascha weist in das unmittelbar vom Postamt rechts abfallende Sträßchen – „war der Anfang, führt runter zum Fluss an die Furt, wo heute die Autobrücke drüber geht. Und hier" – Mascha biegt in die steil vom Hügel herabfallende Straße ein – „ging's in die Hügel in das erste mittelalterliche Städtchen dieser trostlosen Gegend, ins schöne Hachenburg. Wirklich ein Juwel, im Vergleich, mit Altbau und so."

„Ist hier wohl viel im Krieg zerstört worden?"

„Genau, und zwar wegen der verrotteten Fabrik, die du schon bestaunt hast."

„Waffenschmiede?"

„Stahl. Hat Hoesch gehört. Muss richtig geblüht haben, das Kaff, so Anfang des Jahrhunderts, und nach dem Krieg haben sie's dann nochmal hochgepäppelt, auch das Werk, aber dann – wir kommen auf ihr Terrain, Herr Professor – war ja Schicht im Schacht."

„Ich dachte erst, du verulkst mich, dass auch hier ... "

„Siehst Du gleich. Oder besser: Du siehst es nicht. Moment: Gleich hinter dieser Kurve: Hier. Die Hachenburgerstraße war Draußen. Oder Drinnen, ist ja ganz wie man will."

Es ist wirklich nicht viel zu sehen. Eigentlich nichts. Eine unmerkliche Stelle. Nicht vergleichbar dem breiten Streifen Ödland, der Bonn-Tannenbusch noch immer deutlich von der Stadt abgrenzt und den ehemaligen Verlauf des Zauns anzeigt. Der Weg, in den sie einbiegen, ist ebenso gut geteert wie die steile Straße, die weiter in den Hügel steigt. „Gut, dass Du's sagst, ich hätte es nicht unbedingt gemerkt." Mascha lässt den Wagen langsam an den Häusern vorbeirollen. Die Schäbigkeit der Fassaden bleibt sich gleich, das Graubraun, der einfallslose Bau aus zweieinhalb Geschossen auf quadratischem Grund, abgeschlossen mit schwach geschrägten Dächern, die gleichen Eingänge, Fenster, Gartenstücke an jedem Haus, als rollte ein gigantisches Fließband am Wagenfenster vorbei. Die Vorgärten verwildert, der Putz kleinflächig an manchen Ecken abgebröckelt, aber insgesamt scheinen die Häuser intakt. Nur ein offenbar aufgegebenes passieren sie auf ihrer langsamen Fahrt; seine rissige Außenmauer, übrigstehende Glasscherben in den Fensterrahmen und Farblosigkeit lassen es einem uralten Gesicht gleichen. Sie biegen in eine andere Straße ein und fahren jetzt wieder abwärts ins Tal. „Meine Güte, das ist ja ein riesiges Areal."

„Das zieht sich noch runter bis zu den Gleisen und von hier noch ein ganzes Stück unten am Hügel entlang. Oben wohnten dann die richtig feinen Herrschaften, wie die Ritter auf der Burg. Angeblich gab es sogar Pläne, den Zaun zu erweitern, eine der letzten Stadtratssitzungen soll sich noch damit befasst haben, ist das nicht irre?"

Mascha parkt und reißt heftig an der Handbremse. „Endstation. Wenn Du meinen Brief nicht zwischen deinen Institutsschreiben verbummelt hast, weißt du ja, was dich erwartet. Der Herr hat ja nicht geantwortet, wer weiß, ob er überhaupt Zeit hatte für weltliche Post."

„Soll ich auf Knien bis in den zweiten Stock rutschen, in dem du in kärglicher Stube mit muffigem Mobiliar – nein

wie war das? In muffigem Mobiliar dein nicht minder muf-
figes ... "

„Immerhin gelesen."

Mascha wirft die Wagentür zu und stapft mit ihrem Mar-
schierschritt auf ein hüfthohes Gartentürchen zu. Jonas versucht zunächst, die Tür der Beifahrerseite sachte zuzudrü-
cken. Als das nicht gelingt, tut er es Mascha gleich, nimmt
seine Tasche auf und nähert sich dem Haus langsam, es mus-
ternd wie einen Gegner. Er sucht nach einer Vorstellung zum
Vergleich, aber schon seit er Maschas Brief gelesen hat, sind
ihm diese Vorstellungen geschwunden. Was sie berichtet hat
von Kärglichkeit ohne Dramatik hatte sich bereits mit dem
Bild verkantet, das Jonas seit Jahren vertraut war, die ge-
schmuggelten Aufnahmen der Straßenschlachten in Hamburg, vor der apokalyptischen Kulisse verfallender Hoch-
haussiedlungen, die Berichte von Bekannten, die zu
Besuchen in West-Berlin gewesen waren und, durch
Bestechung oder Geschick, einen Weg in den Berliner Zaun
gefunden haben, den „deutschen" im Wedding oder sogar in
den „türkischen" in Neukölln. Nichts davon hier. Das Haus
ist heruntergekommen, das ist alles. Wie alle Häuser der
Siedlung: verwitterter Anstrich, graubraun, düster. Zwei
Etagen über dem Erdgeschoß, eine kleine Wiese, deren Gras
hoch steht, ein verkrautetes Beet zur Straße hin, an dem vorbei man auf gegeneinander verschobenen Steinplatten geht,
die wie Eisschollen zu driften scheinen. Mascha nestelt mit
dem Schlüssel am Türschloss herum. Sie wartet in der Tür,
bis Jonas sie erreicht. „Sind wohl reich an inwendigen
Figuren, wa Herr Professor?" Die Diele grau-weiß gefließt, an
den Knaufen und Haken des Garderobenständers hängen
Jacken und Mäntel übereinander. Mascha stapft schon die

Treppe hinauf, und Jonas ist im Begriff, ihr zu folgen, als die Tür zur Erdgeschoßwohnung sich öffnet und ein rundes Schildkrötengesicht mit stumpfer Nase, kleinen Augen und runder Stirn frei gibt, eine ganze Schildkröte ist es, unter dem runden Rücken lugt ein misstrauisch-grießgrämiger Kopf voller Falten hervor, der Mund blafft wie lippenlos: "Wat sacht man, wenn man reinkommt, hä? Wat sacht man, hä?" „Einen wunderschönen guten Tag, Herr Bruchertseifer." Mascha streckt den Kopf über den Treppenknick und winkt, um den Alten auf sich aufmerksam zu machen. Der hält den starren Reptilblick aber weiter auf Jonas geheftet. „Wat sacht man, hä? Wenn man reinkommt." „Guten Tag, Herr Bruchertseifer." „Onn wie schreibst Do Dich dann, hä?" „Der Herr heißt Schneider, Professor Schneider, ein alter Freund von mir, schon seit der Schulzeit, und für das Wochenende zu Besuch. Gehen Sie noch spazieren?" Der Alte hat Maschas Frage nicht gehört. Er schreit in die Wohnung hinein: „Wo es dann min Mötzen?" Mascha gibt Jonas einen Wink mit den Augen. „Viel Spaß beim Spaziergang, tschüss!" Jonas will dem Alten noch zunicken, aber der steht schon mit dem Rücken zu ihm im Türrahmen und krakeelt: „Isch wulln raus, wo es dann min Mötzen, Chefin!" Die Treppe endet unmittelbar an einer weiteren Tür, die Mascha mit viel Mühe aufsperrt. „Ist neu eingesetzt, aber irgendwie ... " sie drückt die Tür mit einem kurz angesetzten Stoß der Schulter auf. Die niedrigen Decken. Sie drohen einem auf den Kopf zu sinken. Mit einem braunen Kunststoff gelegter Fußboden, der nach altem Essen riecht und an einigen Stellen Wellen wirft. Verdunkelt das Zimmer. Wände sind mit steifem Blumenmuster in Ocker und Beige tapeziert. Mascha fängt Jonas' Blick ab. „Den Flur vergisst Du bitte sofort wieder.

Und Herrn Bruchertseifer auch. Kannst Du Dir vorstellen, das war mein erster Westler." „Und dann warst Du erleichtert, als Du gemerkt hast, dass die nicht alle so sind?" „Ja. Nein, ich bin böse, der ist verkalkt, dafür kann er ja nichts." „Wird er versorgt?" „Er hat noch seine Frau. Ich glaub, ich bleib lieber doch allein. Schlossführung? Also hier ist der Gästeflügel." Mascha stößt eine Tür auf und weist in eine Kammer, in der sich eine Liege und ein schmaler Schreibtisch um den Platz streiten. In einem klapprigen Küchenregal an der Längsseite stehen Bücher und Stapel von lose gehäuften Blättern und Zetteln. „Hier wirst Du residieren. Jetzt gibt's Tee, und danach bekommst Du eine Stillarbeit. Ich muss noch was vorbereiten für meinen Kurs morgen und kann das nicht einfach liegen lassen nur weil der Herr Professor unangekündigt zu Besuch kommt." Jonas folgt ihr über den wellenschlagenden Flur in die Küche. Auch hier herrscht kalter Geruch von Plastikflächen, deren Schmutzigweiß die Klappen der Hängeschränke überzieht. Grau gesprenkeltes Linoleum quietscht unter den Sohlen. Mascha hat die Gardinen abgenommen, deren Vergangenheit noch an einer Schattierung an den Wänden abzulesen ist. „Wenn du das Fenster mal putzen würdest, gäbe das einen phantastischen Blick."

„Tja, junger Mann, dann mal die Ärmel hochgekrempelt. Zu den Bruchertseiferts kommt jeden Morgen ein hübscher 19-Jähriger, der im Haushalt hilft. So was hätte ich auch gern."

„Jetzt sag nicht, du fängst an, dich für deine Primaner zu interessieren."

„Man muss sehen, wo man bleibt. Nun guck nicht so altväterlich, war ein Witz, soll ich bei Ironie jetzt immer ein Auge zukneifen?"

„Bin aus der Übung. Bei mir im Institut macht keiner Witze."

„Siehst ein bisschen müde aus."

„Früh raus, heute und sonst auch, und die Arbeit ist irgendwie anders als ich mir das vorgestellt hatte. Ich komm mir vor, als würde ich den ganzen Tag bloß Formulare ausfüllen und in Couverts stecken, und am nächsten Tag sind die gleichen Formulare wieder da."

„Klingt wie Knast."

„Ist es auch. Anträge, Gutachten, Sitzungsprotokolle, Studienordnungskommission ... Ich dachte ich werde Wissenschaftler, aber Wissen schaffe ich exakt seit dem Tag meiner Einstellung überhaupt nicht mehr. Und die Formulare: Neulich war der Boiler in unserer Teeküche kaputt, da kommt die Sekretärin mit einem Stapel Formulare, Antrag auf Reparatur, Schadensmeldung, das hätte sie hier immer so gemacht."

„Und du hast den ganzen Kram ausfüllen müssen."

„Blödsinn, ich hab den Boiler repariert. Kein Wunder, dass die kaputtgegangen sind."

„Und sonst?"

„Wie: und sonst?"

„Privat alles klar?"

„Mareike grüßt dich"

„Glaub ich nicht."

„Ist doch auch egal."

„Sei nicht gleich sauer. Hab immer gesagt: Wenn ein Freund heiratet, ist das wie ein Parteibeschluss: Vorher wird's intern heftig diskutiert, nachher – gilt's halt und man steht dahinter."

„Und selbst?"

„Was?"

„Privat? Hast nur von der Schule geschrieben."

„Tja, ist wohl mein Horizont. Nein, ist niemand dabei, der einzige Typ, der gut aussieht, ist der Religionslehrer, und der ist katholischer Priester."

„Ging's nicht auch mal um Charakter und so?"

„Ja, aber wenn's einen schon ekelt – außerdem ist der ganze Haufen sowieso verheiratet, unglücklich verheiratet allerdings, in ein paar Jahren kann man dann die ersten Scheidungsleichen fleddern. Besten Dank."

„Und sonst gibt's hier wohl nur Bauern."

„So ungefähr. Arzt, Apotheker, Lehrer, ist ganz wie früher, sonst hat hier keiner studiert."

„Und der Pfarrer, aber der kommt ja hier nicht in Betracht."

„Wie gesagt: hübscher Bursche, gut gebaut und alles. So 'ne Verschwendung."

„Und was macht der bitte in der Schule?"

„Unterrichten, Religion."

„Schon klar, aber was soll das, die können ja von mir aus in ihrer Kirche machen, was sie wollen ... "

„Hat man eben beibehalten. Ob du's glaubst oder nicht, hier in so 'nem Dorf, da gibt es 'ne Menge Leute, denen der alte Kram noch wichtig ist, und die will man nicht verprellen, also lässt man die Kirche im Dorf, wie es so schön heißt."

„Gut, Pfarrer fällt auch weg."

„Allerdings gibt es da noch einen, aber –"

„Was aber?"

„Den findest du furchtbar."

„Wieso, kenn ich den?"

„Nee, aber ich kenn dich, und den wirst du furchtbar finden."

„Vielleicht werd' ich ja altersmilde. Lern ich ihn denn kennen?"

„Kann schon sein. Wir sind vage verabredet heut Abend."

„Aha."

„Sag nicht aha."

„Ist doch gut, so meine ich es ja nicht, nur: was ist eine vage Verabredung?"

„Er hat gesagt, er geht meistens nach der Vorstellung ins „Chagall", das ist die einzige so halbwegs erträgliche Kneipe im Dorf. Gehen auch meine Schüler hin."

„Nach der Vorstellung? Ist er Clown oder sowas?"

„Filmvorführer im Kino."

„Aha."

„Sag ich doch."

„Was denn, aha heißt: interessant, ist doch ein ganz interessanter Beruf, Filmvorführer, Kultur gewissermaßen."

„Ja, ich glaube, er kann lesen."

„Nun gib mir doch mal 'ne Chance, ihm 'ne Chance zu geben, was ist denn nun so schlimm an ihm, dass ich ihn nicht mag."

„Wirst du ja vielleicht bald sehen. Wär' jedenfalls prima, wenn wir da heute hingehen würden. Außerdem hätte ich dich sowieso hingeschleppt, wie gesagt, gibt eh keine Alternative."

„Verfüge über mich."

„Braver Junge. Verfüge dich mal in dein Zimmer, oder bleib hier oder geh spazieren oder sonst was, ich muss das jetzt für morgen fertig machen. Abendbrot um sieben."

„In welchem Flügel befindet sich mein Zimmer denn?"

„Bitte zu folgen. Hier. Hatte keine Zeit aufzuräumen, da hättest du 'ne Woche früher anrufen müssen."

„Geschenkt. Um sieben. Bin auch leise."

„Brauchste nicht. Ich bin dann jetzt drüben ja?"

16

„In Ordnung."

„Tut mir leid, das muss einfach fertig..."

„Ist wirklich in Ordnung, Mascha, ich hab' auch was dabei."

„Schön. Dass du da bist und so. Also bis gleich."

Maschas Zimmer, unverkennbar. Der riesige Spiegel mit Goldrand steht auf dem Boden, an die Wand gelehnt. Sie ist nicht eitel, es ist der Spiegel ihrer Großmutter, den sie mitschleppt, in jede noch so kleine Bude. Selbst im Wohnheim im Friedrichshain, darauf angesprochen, ob dafür wirklich Platz sei: aber sicher, der Spiegel mache das Zimmer doch größer. Ihr Cello. Sie hat geschrieben, dass sie wieder häufiger spielt. Wenn sie es tut, sieht sie noch koboldiger aus, klein hinter dem Instrument, die Augen tief, die Finger der Linken stark auf den Saiten. Cellistenhände, erklärte sie einmal, werden einander immer unähnlicher. Aber sie sei ja keine Cellistin. Bei anderen hätte er den Verdacht, das Cello, der Notenständer, der Stapel Partituren, wie das alles wie eben noch benutzt, wie noch warm von ihren Händen hier aufgebaut steht, das sei inszeniert, oder zumindest bewusst stehen gelassen. Sie hat im ersten Semester damit angefangen, und als Jonas sie verspotten zu müssen glaubte, was das solle, dieses bürgerliche Instrument, ihn nur kurz und scharf angeblickt, seitlich, mit einem Auge, die Braue gezackt. Bald mochte er es, wenn sie spielte. Saß mit einem Buch auf dem Lehnstuhl – auch den hat sie mitgenommen, weinrot bepolstert mit hölzernen Füßen und Armlehnen – und las ein Buch. Sie sagte dann: Wie gut, dass du so unmusikalisch bist. Jonas stellt die Tasche ab, setzt sich auf das vertraute Möbel, tätschelt die Armlehnen. An den Wänden ein Stich und ein Druck: ein aus wirren Strichen und Kurven zusammengesetzter Kater, den man erst auf den zweiten Blick als solchen erkennt, und eine Ansicht des Berliner Doms. Beides von Freunden, die sie mal hatte. Oder Verehrern zumindest. Ungenauer Status, ihre Spezialität. Manchen mag seine Nähe zu Mascha irritiert haben, aber das war leicht auszuräumen und kann nicht der Grund sein. Da war nichts, von ihrer Seite, und von seiner zumindest nicht viel. Und das eine Mal, als Jonas mehr als Trost wegen einer Verflossenen bei ihr suchte, waren seine Andeutungen schnell abgeblockt („Was soll denn ditte jetzt?") und der Normalbetrieb ihrer Freundschaft wiederhergestellt. Was ihn sogar aufatmen ließ.

Der Schreibtisch ist unbenutzbar, Papier ohne erkennbare Ordnung auf ihn getürmt. Mascha hat zwei Bücher und eine Kladde mit an den Küchentisch genommen, er hört sie durch die Türen vor sich hin murmeln und brummen. Eigenheiten. Chaotisch war sie schon immer, die Geräusche beim Arbeiten sind eine neue Marotte. Klar woher's kommt, wenn du im Büro oder zu Hause mit anderen bist, gewöhnt man sich derlei gar nicht erst an. Kerze in der Weinflasche, allerlei nutzlos-netter Krimskrams in den Regalen und auf den Fensterbrettern: eine hölzerne Giraffe schaut aus dem Fenster, ein Harlekin schwebt an einer Feder von der Decke, die Schlenkerpuppe Burratino sitzt oben auf dem Regal. Dennoch wirkt das Zimmer wenig eingerichtet, in einer Ecke stehen noch Umzugskartons, Mascha, das ewige Provisorium. Natürlich wird auch dies wieder nur Station sein. Und sein erster Besuch vielleicht schon der letzte. Morgen muss er „Meldung machen". Aber trotz dieses Begriffs – der Dicke von der Politischen hatte eigentlich gar nichts Militärisches, man hätte sich so einen ganz anders vorgestellt, kühler, sachlicher. Er hätte Akten erwartet, Codes vielleicht, mit Ziffern und Nummern bezeichnete Vorgänge: Meldungen, Observationen. Fakten. Statt dessen diese merkwürdige Type, irgendwie nicht ganz ernst zu nehmen, wirkte wie eine Karikatur von etwas, aber eher eines amerikanischen FBI-Mannes, lax ohne Großzügigkeit, schnoddrig, ungenau. Und doch, das beunruhigt Jonas, kam ihm zu keinem Zeitpunkt des Gesprächs ein Gefühl der Überlegenheit über diesen Mann. Er hofft, ihn täuschen zu können, hat seine Beziehung zu Mascha entsprechend heruntergespielt, um glaubhafter zu sein, wenn er berichten – „Meldung machen" wird. Man habe sich lange nicht gesehen (stimmt sogar), habe nicht einmal mehr Briefe gewechselt seit Maschas Weggang (stimmt gewissermaßen – er hat nicht zurückgeschrieben), insgesamt sei das Verhältnis abgekühlt, nicht zuletzt seit er verheiratet sei (stimmt teilweise; die beiden können sich nicht ausstehen). Der Fette hat ein Gesicht aufgesetzt, als wolle er eine Zote erzählen. *„Ob se nun noch dicke sind mit ihr oder nicht, rauskriegen werden se ja wohl was."* Was er denn nun eigentlich rauskriegen solle? *„Na wenn ich das schon wüsste, würd ich ja keinen hinschicken müssen, nicht wahr Herr Professor?"* Aber der Verdacht, es müsse doch eine Richtung … : *„Worum geht es? Sie müssen mir schon sagen … "*

„Müssen? Ich muss gar nichts. Sie müssen, Herr Professor. Aber wenn's Ihnen dabei hilft: Konterrevolution, darum geht es. Nun gucken se nich so betroffen."

„Kann nicht sein. Das glaub ich nicht."

„Ach wissen se, wenn wir uns immer drauf verlassen würden, was dieser oder jener so glaubt … wir beobachten. Komische Leute, komische Meinungen, komische Aktivitäten neuerdings bei der guten alten Genossin."

„Kann nicht sein, hören Sie, ich kenne Mascha Kallinowski seit ... immer im Schulsowjet, und nicht nur pro forma ... ich sag Ihnen, keine Schule Berlins, vielleicht der ganzen Republik hat wohl jemals davor und danach so viele Schuhe für Angola gesammelt wie die Lotte-Pulewka, als Mascha dort ... "

„Rührend. Aber nicht neu. Steht schon alles hier drin. Und wenn wir schon von Jugend reden: Auch die Sache mit Hindustan. "

„Ist doch lange her, und wenn Sie alle diese Akten haben, dann wissen Sie doch ... gut, sie sagt was sie denkt, ist das ein Fehler?"

„Wenn es das richtige ist ... nein. "

„Was heißt schon das Richtige, sie ... "

„Jetzt keine Dialektik oder sowas. Die Äußerungen sind dokumentiert. Gewisse Kontakte auch. Was wir von Ihnen wollen, sind weitere Details. Über die weiteren Planungen, Sie verstehen. "

Ein Irrsinn. Aber so wird es gewesen sein: Mascha ist hier angeeckt mit ihrer allzugroßen Offenheit, worum auch immer es ging, wahrscheinlich um was völlig Banales, irgendwer fühlt sich auf den Schlips getreten, weil ihm ihre Pädagogik nicht passt, und dann ist schnell irgendein Wort im Munde umgedreht. Zugegeben, es muss mehr als einmal passiert sein, und bei mehr als nur einem. Sonst würde sich ein Kommissar der Politischen nicht für Vorgänge in einem Kaff wie diesem interessieren – also mehrere, gut, auch das nimmt nicht wunder. Wenn Mascha, dann richtig. Wollte bestimmt die ganze Schule umkrempeln. Und die Lehrpläne gleich mit. Und was sowieso niemandem passt: Mascha arbeitet freiwillig mehr, diese Studiengruppe, die sie nachmittags zusätzlich anbietet, laut dem fetten Kommissar „eine konterrevolutionäre Zelle", was werden sie da schon groß besprechen, sie und ihre vier, fünf Jungs und Mädels, aber darum geht es doch gar nicht, sondern um die „Normübererfüllung." Da tanzt eine mit Extraschichten aus der Reihe, und erhöht den Druck auf die Kollegen, gewollt oder nicht, so was verzeiht kein Kollektiv. Und Mascha ist taub für solche Erwägungen, versteht die Leute einfach nicht. Jonas' Aufgabe ist nicht neu: zwischen Mascha und der Welt zu vermitteln. Er allein weiß, wo ihr Bremspedal sich befindet. Neu ist das wirklich nicht, aber der Einsatz scheint höher. Hatten wir schon, eben: „Die Sache mit Hindustan". Sie hätte es beinahe fertig gebracht, von der Uni zu fliegen, weil sie im Studentensowjet partout eine öffentliche Diskussion über den Einmarsch der SU durchpauken wollte. Und sie wäre geflogen, hätte Jonas nicht den Vermittlungsvorschlag ersonnen und allen Seiten akzeptabel gemacht: kritische interne Aussprache über Möglichkeiten und Grenzen militärischer Unterstützung sozialistischer Gruppierungen im Ausland. Mascha war ihm eine Woche lang deswegen böse. Damals hat er seinen Stolz als Kompensation des unverdient ausgebliebenen Dankes genossen. Es wird diesmal ähnlich sein.

Sie brummt und zischt nebenan bei den Korrekturen, murmelt „Idiot" und „So ein Quatsch". Sie ist auch als Lehrerin sicher sehr direkt. Vielleicht war es keine gute Idee von ihr, herzukommen; zu all den Missverständnissen, die ihr ohnedies mit einer Naturnotwendigkeit zuwachsen wie anderen Menschen die Haare, kommt nun auch noch dieses fremde Land. Menschen, die sowieso ständig wegen irgendetwas beleidigt sind. Egal, wird sich einrenken lassen, was soll schon Schlimmes vorgefallen sein. Sie wird schließlich keinen umgebracht haben.

2. Bornholm / Iltum

Hannes bleibt davon unberührt. Wird sich aufklären, wie damals – domols, sagt Hannes – als „dem Beckersch Gerd seine Frau totgeschlagen war". Noch zu Westzeiten, natürlich, aber der gleiche Ablauf: „Da waren auch schon die Großmaxe aus Köln im Anmarsch", aber die Sache war noch am selben Abend klar gewesen: Der Beckersch Gerd hatte seine Frau erschlagen, „weil sie mit nem andern gebumst hat". Wird jetzt auch so was sein, oder einem war sonst was zu viel geworden, der hat ein großes Maul gehabt, der Franz Hofmann, nicht nur beim Singen, wen wundert's also. Hannes hat sich nicht aus der Ruhe bringen lassen, aber für den Franz Hofmann war eh alles zu spät. Der Körper noch warm, aber nix mehr drin an Leben. Hannes sagt niemandem Details, außerdienstlich versteht sich, hat es auch seiner Frau nicht gesagt, wie er den Franz Hofmann vorfand. Man sieht schon mal ein schlimmes Unfallopfer in 34 Dienstjahren, eins das wirklich übel aussieht, als sich der Bus in Brückhöfe überschlagen hatte etwa siebenundsechzig, aber dies hier – keine Details. Hannes knöpft die Jacke zu, er muss hoch zum Alten. Hat sich so ergeben, ihn den Alten zu nennen, obwohl eigentlich er, Hannes, ein paar Jährchen mehr hat. Aber oben ist eben der Alte, das war Kramer gewesen, als er anfing, und dann Schmidt, ein neuer Alter, und nun eben dieser Bornholm. Sagt dem Jungen, er soll sich die Berichte ansehen, wie man so was schreibt. Die Rekruten können immer weniger von der Schule her. Das Linoleum schlägt sanfte Wellen, wär auch mal fällig, überhaupt das ganze Inventar, fünfundsiebzig war zuletzt die große Renovierung, lauter Brauntöne. Das war, als Schmidt hier anfing, kam überhaupt ein neuer Stil mit Schmidt, der brüllte einen nicht gleich an, wenn man zu spät kam, sondern fragte, ob irgendwas sei, mit den Kindern oder so. Dass sie ausgerechnet Schmidt rausgeschmissen haben, hat Hannes misstrauisch gemacht. Er war ja für die neue Ordnung, eben weil sie Ordnung war und vorher in der BRD jeder meinte, er kann machen was er will. Aber Schmidt rausschmeißen? Guter Mann war das, hatte seinen Laden im Griff, und mit den Sesselpupsern vom Rathaus und von der Volksbank nicht viel am Hut gehabt. Natürlich gab es da Beziehungen, Verpflichtungen, wie denken die sich das? Und dann kam Bornholm. Eisgrau. Sagt bitte und danke bei jeder Mappe, aber du merkst, das ist für den wie Tasten drücken.

Hannes verschnauft nach der Treppe; auch dafür hat der Eisgraue kein Verständnis, wenn man mal außer Atem kommt, der ist drahtig wie ein Wiesel, raucht nicht (riecht man jedenfalls nie an ihm, nur sein herbes Rasierwasser, trinkt nicht (so heißt es), aber er soll 'ne hübsche Frau haben. Kriegt man natürlich nie zu sehen; Schmidt fand das gut, wenn zu den Dienstfeiern „auch die Damen zugegen" waren, „wenn wir Ihnen Ihre Männer schon so oft am Wochenende wegnehmen, sollen Sie doch einmal im Jahr auch mit uns feiern" ... so in dem Stil, das war Schmidt. Konnte auch mal brüllen, klar. Muss ein Chef manchmal. Aber meistens hatte er dann auch allen Grund, und man wusste, woran man war mit ihm. Bornholm ist jetzt fast zwei Jahre hier, und er hat noch nie gebrüllt. Unheimlich.

Hannes klopft und drückt fast zugleich die Klinke. Bornholm steht am Fenster, die Hände hinter dem Rücken verschränkt, wendet sich um. Als müsste er den Besucher erst einordnen: Ah, Herr Heiner, ja. Er wirkt beinahe müßig, wie er da am Fenster steht und sich erst besinnen muss, was er eigentlich von Hannes Heiner wollte; man hätte ihn emsig und noch konzentrierter als sonst erwartet, in dieser Situation, mit dem ersten Mord im Städtchen seit fast zwanzig Jahren, aber er scheint versonnen, und Hannes macht einen Schritt in das Zimmer, als müsse er Eis prüfen.

„Ah, Herr Heiner. Sie haben es ja gehört, heute Nachmittag kommt also Kommissar Iltum zu unserer Unterstützung, 15:36, holen Sie ihn bitte ab, er wird ortsfremd sein."

„Mach ich."

„Wir fangen natürlich trotzdem schon mal an. Haben Sie die Unterlagen mitgebracht?"

„Oh, ich hatte grade ... ich hol's sofort."

„Besten Dank."

Bornholm bezieht wieder Position am Fenster. Mäßiger Vormittagsverkehr auf der Hauptstraße, die das Städtchen entlang der Sieg von einem Ende zum anderen durchzieht, und die doch nur eine normalbreite zweispurige Teerstraße ist, mit Parktaschen zu beiden Seiten und Seitenstraßen, steil in den Hügel steigend die einen, abfallend zum Fluss die anderen. Ein Spielbrett mit wenigen Feldern.

Iltum, denkt Bornholm. Bei der Politischen. Verrückt, und doch passt es. Er war der Unpolitischste gewesen. Und nun bei der Politischen. Ein Spieler, auch wenn er sich selbst so wohl nicht gesehen hat, denn er nahm sich ernst. In den Polizeidienst passte er jedenfalls nicht, zu viel Vorschrift, Iltum war einer, der Platz brauchte oder ihn zumindest be-

24

anspruchte. Bornholm war fremd gewesen in Berlin wie viele seines Jahrgangs, manch einer kam von noch weiter her, aus dem Erzgebirge, aus dem Eichsfeld. Aber Iltum schien allen noch viel fremder, obwohl er aus Pankow stammte. So fremd, dass Bornholm ihn nie als Kollegen empfunden hatte, aber gerade deswegen natürlich auch nie als Konkurrenten. Iltum gehörte nicht zu ihnen, aber wohin sonst? Er brachte Bornholm Go bei, das kannte kein Mensch sonst. Es war das Einzige, was sie verband, Bornholm hätte sich damals kaum mit ihm eingelassen, nicht aus Widerwillen oder Antipathie, einfach, weil er nicht zu ihnen gehörte. Go war eine Enttäuschung, ein schrecklich unübersichtliches Spiel. Zu viele Felder. Man konnte die Steine irgendwo hinsetzen, so schien es. Bornholm hatte gehofft, Iltum könne es erklären. Aber der setzte auch nur die Steine irgendwie. Am Ende gewann mal der eine, mal der andere, aber man wusste nie, warum eigentlich.

Und nun weiß er nicht einmal, welche Steine Iltum hat und wie viele. Sicher hat er jede Menge Berichte, Konsumkarteien, Profile. Vielleicht haben sie oben auf der Schule einen Spitzel, bestimmt sogar, vielleicht zwei, und sicher noch einen der vier Ärzte im Ort. Iltum hat einen Riesenvorsprung. Nicht aufzuholen, jeder Versuch dazu albern. Wenn sich wirklich was erzählt wird, das nicht in dieser Mappe steht, wenn es was zu wissen gibt, dann weiß Iltum das. Gerade das weiß Iltum. Oder vielleicht doch nicht? Iltum arbeitet schlampig, wenn er sich nicht geändert hat. Schläft lang, verlegt Unterlagen, damals zumindest, gut, der Mensch ändert sich in zwanzig Jahren, aber nicht sehr. Eigentlich gar nicht. Der kriegt hier nichts raus. Er wird sich versteigen, das Naheliegende nicht sehen. Und dann – was sind Spitzel schon wert?

Die wissen, was er hören will. Die keine Informationen liefern, sondern Gerüchte, Gewäsch, weitergeplapperte Bosheiten, aus denen man erst mühsam das herauszuarbeiten hätte, was echte Information ist. Und das ist nicht Iltums Sache. Vielleicht ist in Wahrheit *er* näher dran, nicht selbst, nicht direkt, versteht sich, gegen Fremde ist dieses Städtchen, sind alle Städtchen, eine Wand, trotz allem Hader ein undurchdringliches Wir. Aber er hat seine Zugänge, der Schachklub, immerhin, und nicht zuletzt seine Leute. Es klopft, Hannes Heiner stampft herein. „Die Mappen, Herr Bornholm."

„Danke. Auf den Schreibtisch bitte. Kannten Sie eigentlich diesen Hofmann?"

„Nä, isch hann dänn nit jekannt, vum sähn bloss."

„Bitte?"

„Vom Sehen habe ich den bloß gekannt."

„Aha. Ich habe auch gar nicht gemeint, ob Sie ihn persönlich gekannt haben, ich wollte eher wissen, ob Ihnen etwas über ihn bekannt war, ich meine, war er eine bekannte Person, erzählte man sich was von ihm, mit wem hat er so zu tun gehabt, Sie verstehen?"

„Ja also, jesunge hädder."

„Bitte?"

„Ja, er sang, dat war dat Auffallende an ihm, ich mein, worauf ja womöglich zu achten is, is ja dat Auffallende, woll?

„Zweifellos."

„Ja, und er sang, der Hofmann, hat auch mal ne Platte aufgenommen, wohl vom eigenem Geld, so hieß et wenigstens.

„Schön. Und, war er beliebt?"

„Der Hofmann? Den konnten die Leute nicht leiden."

„Was hat das mit dem Singen zu tun?"

„Die Leute haben sich halt lustig gemacht, weil, wenn irgendswo ne Feier war, da hat er immer gesungen, einmal sogar bei ner Beerdigung, dat war peinlich, aber et war nicht schlimm, so will ich mal sagen."

„Sie meinen, es war nicht so schlimm, daß man ihn dafür hätte umbringen mögen?"

„Nä nä, ich mein nur, dat hab ich nicht sagen wollen, aber, ich mein auch nicht, dat man ihn deswegen, deswegen ... "

„Egal. Aber trotzdem. Merkwürdig, nicht?"

„Komisch is dat schon mit dem Singen, aber ...?"

„Das meine ich nicht. Der Tatort. Sie waren ja dort, was ist das Erste, das Ihnen aufgefallen ist?"

„Na, wat wohl? Dat er tot war, der Hofmann."

„Sicher. Gut. Er war tot. Was weiter? Das Auffallende, wie Sie eben selbst sagten, was war das Auffallende? Außer, dass er tot war."

„Dat Auffallende, dat Auffallende, na, dat war dat Blut, überall, die ganze Küche voll, als hätten se ein Schwein drin abgestochen, so viel."

„Ja, die Küche voll. Die Küche, ist das nicht merkwürdig?"

„Nä, wieso dat dann?"

„Wenn es ein Einbrecher war, den Hofmann überrascht hatte, warum hat er ihn dann in der Küche gestellt? Nicht im Wohnzimmer?"

„Dat kann der Einbrecher ja nicht wissen, woll? Der geht da rein, und dann sucht der rum ... "

„Schon möglich. Aber eine Küche erkennt man doch wohl auch im Dunkeln rasch. Und geht zum nächsten Zimmer. Was ist Ihnen noch aufgefallen?"

„Na wat soll mir schon groß aufgefallen sein, ich hab mir dann alles angesehen, die andern Zimmer, nä, da war nixen Auffallendes ... "

27

„Genau. Das ist es. Alles in bester Ordnung, nichts aufgebrochen, nichts durchwühlt. Und noch was: In der Küche, was war da noch, außer dem vielen Blut?"

„Na, wat war da, nixen war da, wat soll denn ... "

„Eben. Nicht mal ein Stuhl umgeworfen. Kein zerschlagenes Geschirr. Kein Kampf."

„Ja wenn dat eben alles schnell gegangen is, da hat der Hofmann sich nicht wehren gekonnt."

„Unwahrscheinlich. Was mag der gewogen haben? 90 Kilo, mindestens. Kräftiger Kerl. Wahrscheinlicher ist: Hofmann hat seinem Mörder nicht dafür gehalten. Ihm den Rücken zugewendet. Ihn wahrscheinlich selbst reingelassen."

„An der Tür ist nix gewesen, dat es möglich, dat er den gekannt hat, aber ich frag mich ... "

„Was?"

„Wenn die sich gekannt haben, dann hatten die wat gegeneinander, woll?"

„Wenn ich mir den Franz Hofmann heute Morgen so ansehe, hat Ihre Vermutung einiges für sich, Herr Heiner."

„Aber dat einer dann gleich ... dat einzige Mal, dat hier einer einen totgeschlagen hat, dat is bald zwanzig Jahre her, dem Beckersch Gerd die Frau, die hat mit nem andern ... die hat wat gehabt mit nem andern Kerl, um Karneval rum, und da hat der Beckersch Gerd se totgeschlagen, dat sah ähnlich aus, so wie heute beim Hofmann."

„Nicht auszuschließen, dass es sich ähnlich verhält. In jedem Fall sieht es doch ganz nach etwas Privatem aus. Und nun schickt man uns die Politische."

„Ja, dat hat mich auch gewundert."

„Was wissen Sie noch über Hofmann, sein Umfeld? Frauengeschichten? Rivalen? Schuldner? Alte Konflikte? Familiäres? Jemand, der Wut auf ihn hatte?"

„Na wat man so weiß, im Ort, woll?"

„Und das wäre?"

„Wat die Hofmanns sind, dat wissen Sie aber?"

„Hofmann, Hofmann – die Bäckerei am Fluss?"

„Dat is nicht nur die Bäckerei, da kommen die her, dat schon, der Vater hat die Bäckerei aufgemacht, aber Hofmann – ja, haben Sie da echt noch nixen von gehört?"

„Ich sagte doch: Nein."

„Also wenn wir hier im Ort früher, also inner BRD noch, woll? wenn wir da gesagt haben: „Der Hofmann", dann is dat der Bruder vom Franz Hofmann gewesen, immer, dat war „Der Hofmann", und die andern, da haste halt jesagt: der Hofmanns Franz, zum Beispiel."

„Gut. Und wer war das nun, „Der Hofmann"?"

„Ja, so schnell kann dat gehen, dat war der reichste Mann hier, weit und breit."

„Ach, ich verstehe. Der Kapitalist. Der enteignet wurde, die Villa auf dem Hügel."

„Jou. Dat is der Hofmann gewesen. Dat war en Nummer."

„Wie ist das zu verstehen?"

„Dat war schon, wie soll ich dat sagen, dat war natürlich nicht alles richtig, wat der gemacht hat, aber trotzdem, der hat dat ja nicht geerbt oder so, der is hier in die Schule gegangen wie wir auch all, und hat die Brötchen ausgefahren mit dem Fahrrad vorher, und wir andern, wir sind halt hiergeblieben und haben gelernt, woll? aber der Hofmann, der hat wat in der Birne gehabt, und dann is der auf den Löh gegangen ... "

„Wohin?"

„Auf den Löh, dat is der Hügel über die Sieg rüber, dat es dat Gymnasium, da sagen wir hier „auf den Löh" zu, und da hat er die Schule gemacht mit den Söhnen vom Doktor Sieglund, und vom Apotheker und so, woll? Und hat dann später en Firma gehabt, da hat er Sachen gekauft und verkauft bis nach Rio da unten und überall in die Welt, und dat muss man sagen, egal wat jetzt is: Der is tüchtig gewesen, der hat immer geschafft, und hat seine Leute gut bezahlt."

„Gut. Der Bruder also. Was weiter? Frauen?"

„So gut hab ich den nicht gekannt, den Hofmanns Franz, nur wat man so hört, dem es die Frau weggelaufen, is aber schon an die zehn Jahre her, aber dat is en Hallodri, deshalb wat ich sage: Dat is gut möglich, dat er mit einer ge..., dat er mit einer wat hatte, und da war der Kerl dazu eifersüchtig, dat kann gut sein..."

„Wissen Sie denn da Konkretes oder sind das nur Gerüchte?"

„Na wat heißt Gerüchte, dat weiß hier jeder, aber er hat es mir natürlich nicht selber gesagt, wenn Sie dat meinen."

„Hm. Es ist jetzt – Acht Dreiundvierzig. Knapp sieben Stunden. Herr Heiner, Sie versuchen jetzt bis, sagen wir, 14 Uhr möglichst viel über Hofmanns Lebensumstände herauszubekommen. Telefonieren Sie ein wenig herum, suchen Sie Leute auf, von denen Sie glauben, dass sie weiterhelfen können. Wir treffen uns um 14 Uhr hier."

„Aber ... ich kann dat schon machen, aber ... dat es doch eigentlich gar nicht, also nicht dat Sie dat falsch verstehen, aber dat es doch gar nixen für uns, woll? Dat machen doch die in Köln."

„Sie haben recht. Es interessiert mich halt. Natürlich dürfen wir uns da nicht einmischen."

„Also dann soll ich ... ?"

„Fragen Sie doch mal umher, das schadet doch nicht."

„Ich hab aber dat Protokoll noch fertig zu machen, und die Pläne für nächste Woche ... "

„Das kann der Junge mal übernehmen, so lernt man's am besten. Praxis. Wir sehen uns um Zwei."

Bornholm wieder am Fenster. Die Schule drüben auf dem Hügel beginnt den matten Schiefer ihrer Fassade durch die kahler werdenden Baumkronen zu schieben. Sie schreiben heute irgendwas, Mathematik? Mit der Tochter war der Umzug unproblematisch gewesen. Fand sie spannend. Aber die Frau: Meinst du etwa, die warten da auf dich, dass du den Sozialismus aufbaust. Ja, hat Bornholm gesagt, das glaube er. Und dass er ihre Sprüche nicht mehr hören wolle. Dass sie schließlich nicht irgendwo nach Afrika geschickt werden sollten. Dass es mittelmäßige Typen geben mag, die den Westen nutzen für die eigene Karriere, aber doch nicht alle so ... Und sie: Mag sein, Hartmut, bestimmt sogar, aber nun schau doch mal, wer da hingeht. Das sind doch alles solche, oder etwa nicht. – Woher willst du denn das wissen, vielleicht gehen ja gerade die anderen, die was aufbauen wollen, verdammt, was ist so falsch daran? Nichts, hat sie gesagt, aber die falschen werden's machen, und dann kommt nichts Rechtes bei rum. Ewige Diskussionen. Man hätte nein sagen können, das taten schließlich viele. Private Gründe, Kind noch in der Schule, Frau dagegen, wurde ja alles akzeptiert. Zumal: sie recht gehabt hatte (und eigentlich wusste Bornholm das, noch während er stritt), gerade weil es viele nicht machen wollten, gab es genug, die sich darum rissen, weil hier eine Abkürzung lockte, die schnelle Auszeichnung. Und Iltum ist auch so einer. Genau so einer.

Bornholm ist nicht eitel, eigentlich. Dass viele an ihm vorbeigezogen sind, berührt ihn nicht. Man brauchte Leute für den Aufbau, da kann man sich nicht die Rosinen rauspicken. Natürlich ist die Kriminalabteilung spektakulärer. Aber was er hier tut, das ist die Basis, Bornholm vergleicht sich gern mit dem Allgemeinmediziner, mit dem Landarzt. Klar, der Herzchirurg hat mehr Prestige. Und er braucht den spektakulären Fall nicht, ist wohl auch gar nicht seine Stärke. Er ist der Mann, der die ersten Fakten klärt, ordnet, und damit sind die meisten Fälle ja auch schon gelöst, soll sich ein anderer die Meriten verdienen, zwei und zwei noch zusammengezählt zu haben. Eigentlich. Aber Bornholm beobachtet sich selbst so unbestechlich und kühl wie alle anderen: Was in ihm gärt, ist Neid, sinnlos, sich da was vorzumachen. Er sieht sich dabei zu, wie er das Gefühl zu rationalisieren sucht: Iltum sei inkompetent, es müsse aber etwas geschehen, und wenn die Kriminalabteilung nun mal niemanden schickt ... aber er sieht sich dabei zu und belächelt sich zugleich: sieh mal an, wie schlau von dir, alter Junge, gleich ein paar Ausreden parat, aber mich täuschst du nicht, du gönnst es ihm einfach nicht. Ihm nicht.

Zwischen dem katholischen Krankenhaus und der Kulturhalle hindurch zielt sein Blick auf einen winzigen Abschnitt des Bahndamms, dem westlich der Stadt gelegenen, von wo die Züge aus Köln kommen, stündlich, um sechs nach halb.

*

Hauptmann Iltum hat schlechte Laune. Aber mal ehrlich, wer hätte hier keine schlechte Laune, 100 Kilometer ab im Busch, drei Tage lang, mindestens. Köln ist schon schlimm, aber da gibt es wenigstens Brückenköpfe fortschrittlicher Kultur. Dies aber ist jenseits des Limes; Westerwald.

„Kommen Sie mal her!"

„Sie wünschen?"

Und diese Freundlichkeit, die ihnen mitten aus der Brieftasche kommt, kriegt man nicht mehr raus, bis in ihr Lächeln angestellte Menschen, zwei Jahre und es ist ihnen nicht auszutreiben gewesen, da scharwenzelt der Kellner nach zwei Jahren immer noch mit der gleichen angestellten Scheißfreundlichkeit an meinen Tisch mit „Sie wünschen", dabei weiß ich doch, was der denkt, und er weiß, dass ich weiß ...

„Also jetzt hören Sie mal gut zu. Ihr Grinsen können Sie mal als erstes abdrehen, denn Trinkgeld gibt's eh nicht und den Firlefanz mit Sternchen, Empfehlung und beehren sie uns bald wieder zum Glück auch nicht mehr. Na sehen Sie, schon besser, und zweitens ist das hier ja wohl 'ne Frechheit, dieses „Continental Breakfest" und dieser „Frühstückssaal", wollt ihr mir womöglich nachher noch den Arsch abwischen kommen oder was macht ihr sonst noch mit den erlauchten Gästen?"

„Aber Herr Iltum ... "

„Hauptmann Iltum, ja? So, und jetzt will ich den Betriebsleiter sprechen, aber zack zack."

„Der Herr Direktor ist aber glaube ich gerade ... "

„Dann holen sie ihn gefälligst, muss man euch denn alles bis ins letzte erklären?"

„Jawohl, Herr Hauptmann."

Sollen sie ruhig glotzen, irgendwann müssen sie's schließlich lernen. Besser als die Kollegen mit der Verständnistour, da ist mancher schon zu lange hier, verbuscht. Aber mich kriegt ihr damit nicht. Von wegen *abholen wo sie sind muss man die Leute,* Liebe Kollegen, soll ich ihnen mal die Witze erzählen, die wir in unserem Haus darüber in der Kantine reißen? Mag in Köln klappen mit der Konsenskacke, aber hier draußen ist verflucht nochmal ein anderes Land, ein fremdes, ich fahre es ab, Dierdorf, Hachenburg, überall gewesen und mich rumgeärgert, weil die ihre Leute decken, verdammt, ist so, glauben die ich erfinde das? Jetzt Wissen, ich kenn die Bande.

Und dann der Schwachsinn von wegen: Wir haben immer schon von einer gerechteren Welt geträumt, die armen Kinder hinterm Südzaun haben uns immer so leidgetan, und die Kinder im Arbeitslosenbezirk ... und immer feste 90 Prozent für die Kapitalisten gestimmt.

„Herr Kommissar? Der Herr Direktor Alersch."

„Es freut mich außerordentlich, Sie bei uns ... "

„Brigadenleiter Alersch! Schluss mit den Faxen! Haben Sie auch gespendet, ja? Jedes Jahr zu Weihnachten den mildtätigen Anflug gekriegt und 500 Mark an die Pfaffen überwiesen, feuchten Auges vor Rührung über die eigene Großmut?"

„Herr Kommissar, ich verstehe nicht ganz ... "

„Genau! Sie kapieren überhaupt gar nichts! Die Betten sind zu weich! Scheiß Bourguoisie-Betten sind das, für arbeitsscheue Rentier-Rücken, die im Leben nichts gebuckelt haben, weich dass nem anständigen Menschen nachem Mittagsschlaf das Kreuz schmerzt wie verrückt, und Sie haben natürlich von all dem nichts gewusst, wie?"

Alersch strafft die schmächtige Figur und setzt eine Miene auf, als habe er sich gerade einen vorzeitlichen Rock glattgestrichen. „Herr Kommissar, Beschwerden über den Service nehmen wir gerne entgegen und tun unser Möglichstes, aber ich möchte sie doch bitten, den Ton zu wahren."

Iltum wischt sich den Zornschweiß aus dem Gesicht, und als es wieder zum Vorschein kommt, grinst er. „Nichts für ungut, lieber Alersch, wir machen ja alle mal Fehler, nicht wahr, also Schwamm drüber, lassen Sie uns alle an die Arbeit gehen." Schiebt damit den Stuhl laut schrammend zurück, um seinen Bauch an der Tischkante vorbeibringen zu können, und belässt sein fettes Männergrinsen im Gesicht, wie bei einem unanständigen Witz. Alersch tritt einen deutlichen Schritt zurück, er fürchtet, der Kommissar werde ihm in seiner neugewonnenen Jovialität auf die Schulter klopfen. Aber Iltum neigt nur seinen Elefantenschädel zum Gruß und lässt die Bohlen auf seinem Weg aus dem Frühstückszimmer knarzen. In seinem Unterleib breitet sich das wohlige Gefühl des nahenden Stuhlgangs aus. Steigt bedächtig die Treppe, die zu seinem Zimmer führt, schließt ohne Hast auf, verweilt noch einige Momente am Fenster herabblickend auf die Passanten. Dann erst geht er ins Bad. Gut, 1:0 für euch, Ihr habt meinen Mann erwischt. Regelrecht zersäbelt. Nicht grad mein bestes Pferd im Stall, bewahre. Aber doch einer den man brauchen konnte. Lieferte pünktlich und reichlich, war viel Mist dabei, ist mir doch scheißegal was wer zu wem beim Kirchenchor trällert. Aber gut, nicht sein Fehler, konnte ja nicht wissen, wozu er gut sein sollte. Bei seiner Intelligenz jedenfalls. Bescheuert wie alle Westerwälder ist der Franz Hofmann gewesen, aber irgendwie drollig. Schade. Eigentlich 'n putziger Kerl. Wollte 'nen Plattenvertrag, was machst du nicht alles in meinem Metier, aber gut, manche wollen 'ne Villa, andere 'nen Freischein fürs Bordell, uns egal. Nur wie du sie vom Kopf her kriegst, so dass sie was haben, womit sie sich einreden, sie würden's nicht für die Villa oder das Bordell oder den

Plattenvertrag machen, das ist überall dasselbe, den Professor genauso wie den Hofmann: Musst Ihnen nur klar machen, wie wichtig sie sind. Mir wär da zu Ohren gekommen, was er für'n toller Hecht sei, bei den Weibern, und beliebt sei er ja, seiner allseits bewunderten Stimme wegen, im ganzen Dorf, so einer wie er habe doch tausenderlei Beziehungen, Kontakte, mehr noch: man vertraue ihm doch sicher manches an ... kurz, er sei von strategischer Bedeutung (das Wort verstand er nicht, sollte auch bloß irgendwie wichtig klingen) ... Dass er ja nicht ins Grübeln kommt, wofür man 'nen Trottel wie ihn bei der Politischen brauchen könnte. Wär möglich, er käm drauf. Dein Name, Junge, nichts als dein Name. Wer will das schon hören, und grade er: Dass es wieder nicht um ihn geht; dass schon wieder, immer noch, trotz allem, sein Bruder der wichtigere Mann ist, für den sich die da oben interessieren. Zurecht, wie sich zeigt, zurecht. Martin Hofmann, du hast Pläne gemacht, nicht wahr? Richtige Pläne. Alle haben es für Spinnerei gehalten, Bruderherz Franz sowieso. Musste man immer nachbohren, was das denn für Skizzen seien, die Martin Hofmann da anfertigt, er solle sie doch mal beschreiben, besser noch, uns eine zukommen lassen ... wollte der Franz partout nicht, ahnte er was? Dass es in Wahrheit um seinen Bruder ging? Möglich. Pläne von Wissen, soviel steht fest. Für ein zukünftiges Wissen. Seine Pläne, wie Rom nach dem Brand? Spielt keine Rolle, ob er nun wirklich bekloppt geworden ist oder nur ein bisschen oder alles nur Maskerade ist. Der war noch nicht fertig, das ist der Punkt. Nicht so fertig wie alle geglaubt haben. Klar, der Franz Hofmann hatte jetzt Oberwasser, der glaubte das gern, zu gern. Endlich den Spieß rumgedreht. Ja so ist das, erleben wir ja hier auch gerade wieder, im großen

Stil, bei der ganzen Übernahmescheiße: Wenn du einem was schenkst, das verzeiht er dir nicht. So war das bei denen auch. Was immer der Franz Hofmann anpackte, scheint es, wurde zu Scheiße. Erst der Laden, dann die Spedition, dann ein Reiseunternehmen für alleinstehenden Damen – mit ihm als Animateur? – zuletzt der Handel mit Tennisschlägern und Versicherungspolicen ... egal was, alles Kokolores, war wohl zu faul oder zu doof oder beides. Aber immer zum großen Bruder gerannt: Kannste nicht mal. Klar konnte der. Aber das kostete: Verachtung. Sah ja die Kopie, die jämmerliche Kopie, und wenn der Franz dann das Geld hatte, war er der dicke Max für ein Jahr oder zwei, wie lange es eben ging. Und wenn die Luft wieder mal raus war: Kannste nicht mal. Muss dem Geldsack auch irgendwie eine Genugtuung gewesen sein, so'n richtiger innerer Reichsparteitag, denn das ging ja nicht ohne Unterwerfungsgesten ab, wie ein Hund wird der Franz sich auf den Rücken gerollt haben und dem Stärkeren den Bauch geboten, aber innen, die inneren Zähne, oh wie wird er die gefletscht haben. Und dann die Rache: Franz' genüssliche Berichte über seinen Bruder, na ja, glaub die Hälfte und es wird noch übertrieben sein. In der Gosse sei Martin jetzt, völlig gaga, unzurechnungsfähig, wirres Zeug pinselnd, schnorrt sich in den Kneipen durch ... stimmt schon, tendenziell, wir verlassen uns ja nicht nur auf eine Stimme. Aber wie wirr, wie gaga? So gaga, dass er keine Pläne mehr schmieden kann, und selbst wenn es keine Pläne sind, sondern Phantastererien, wer sagt denn, dass die weniger gefährlich sind? Franz war leicht zu bekommen, viel mehr sprach nicht für ihn. Hätte ja lieber den älteren Bruder gehabt, der die Bäckerei übernommen hat, aber das ist ja völlig zwecklos. Leute, die Nacht für Nacht um zwei

Uhr aufstehen, um zu arbeiten, die kannst du nicht brauchen. Auch sonst 'n frommer Mann, aber nicht zu fromm, bei denen ist manchmal ja auch noch was zu holen, die ganz frommen sind immer eitel, aber der eben nicht. Nun gut, haben wir sportlich genommen. Also Franz. Und der fällt auch noch aus. Knifflig. Vielleicht war er sogar wichtiger als ich dachte – wenn die ihn erledigen. Tja, und wer sind die? Wohin die Leitung geht – klar, da steckt Organisation hinter. Illegale Gruppen, womöglich sogar die Amis. Werden wir sehen. Aber hier vor Ort, wer ist mit von der Partie? Martin Hofmann hängt mit drin, irgendwie, soviel ist klar. Und seine Söhne? Der Ältere zumindest? Würde alles passen: Der hat alles verloren, hatte bürgerliche Politik studiert, Politikologie oder wie das hieß, und nun – bums, kannste dir tief reinschieben. Hat 'nen Trostpöstchen gekriegt, Kinoleiter. Wohl weil's hier im Ort ist, hat man gedacht, tun wir ihm 'nen Gefallen. Oder gerade nicht und einer war ganz besonders gemein. War so'n Rumtreiber, der junge Hofmann, so die ganz verlogene Type: Immer schön zum Südzaun reisen und sich auch noch anschauen, wie dreckig es den Negern geht, und dann zu Hause drüber „forschen" und Karriere damit machen wollen. Und jetzt die Filme in die Spule legen, na wenn der keinen Zores hat. Und gibt keine Ruhe: Stellt sich vor jedem Film hin und hält noch'n Vortrag drüber. Sucht sich olle Westschinken aus, die ganze Ami-Propaganda, und als ob das nicht reicht vorher noch den Sermon, damit auch die Dorfdeppen ... und dann die Anträge auf Programmgenehmigung, die die Kollegen kriegen, zum schreien: Aufklärungsfilme zeige er, die das wahre Gesicht des kapitalistischen Auslandes ... allein dafür müssten wir den mal einladen, uns für so doof zu halten. Aber wir haben ihn machen lassen. Wer weiß, was die Spinner mit komischen Energien tun, wenn man ihnen ihr Spielzeug wegnimmt, womöglich echten Widerstand, so die Überlegung. Geirrt. Das war ein Trick, die Idee mit den Vorträgen, und die Westfilme, gerade das war der Trick, dass es plump aussehen sollte, unprofessionell, perspektivlos, die Spinnereien eines ... Einzelnen. Und es hat funktioniert! Wir haben ihn nicht ernst genommen, weil es zu leicht war. Haben ihn machen lassen. Haben nicht weiter nachgeforscht, Umfeld, Kontakte. Weiß nicht mal, mit wem der fickt. Oder ist der schwul? Würde passen. Multi-kulti-Schwuchtel. Holen wir nach.

Iltum presst, knüllt Papier. Die Betten sind zu weich und das Papier zu hart. Aber gegen Alersch lässt sich nichts sagen. Ein Kapitalist durch und durch, aber das ist doch klar. Wenn's danach ginge, könnten wir hier morgen das halbe Dorf verhaften. Nein, die Frage ist, wem Franz Hofmann von seinem Engagement bei uns erzählt haben könnte, und wen er damit so zur Weißglut hätte treiben können, dass er ihn dafür zerfleischt.

Und siehe da: Der Kinofritze ist zufällig sein Neffe. Passt. Kann man sich gut vorstellen, Familienfeier, gegen elf, zwölf, alle haben was intus, es geht an die heiklen Themen, wer hat mehr erreicht im Leben, ein Wort, noch eins – zack, rutscht ihm die Drohung raus: wart, wenn ich das melde – wo willst du das melden – wirst schon sehen ... und so weiter, bis es allen klar ist. Und wie der Hofmann und sein Neffe zueinander standen – wissen wir. Daher wussten sie es also, der Franz Hofmann wollte mit uns angeben.

Iltum wischt sich den Hintern und spült, zieht sich die Hose hoch, klappt den Deckel herunter und setzt sich wieder.

Der ist jedenfalls mit im Boot, aber er war's nicht, der den Hofmann zerlegt hat. So'ne halbe Hose, und der Hofmann war'n Kerl wie'n Baum. Nee, der nicht. Hat den Mumm nicht. Und Mascha Kallinowski? Hängt mit drin, keine Frage, aber ist auch so'n Persönchen, wird kaum die Axt geschwungen haben. Nee, den Mann für's Grobe, den haben wir noch nicht – das Fräulein Mascha, die denkt für die Truppe, wetten? Ist 'n Jammer, um die ist es wirklich 'n Jammer. Astreine Biographie, Sozialismus-Lehrerin, da wackelt eigentlich nichts. Verrückt, aber so was hat ja auch die verrücktesten Gründe, aller Erfahrung nach, vielleicht juckt der einfach nur das Fell? Unterfickt, das Mädel, sporadische Affairen während der Ausbildung, die letzten Jahre in Berlin und seit sie in Wissen ist – nichts. Unruhig drüber geworden, rastlos, und vor allem: frustriert. Fängt an zu nörgeln, was ihr alles am Sozialismus nicht passt. Gut, kann noch angehen, machen manche. Aber dann wird sie ein Fall für uns: Schwafelt von den Freiheitsideen, die den Kern des Kapitalismus angeblich ausmachten, von irgendwelchen Potenzialen der bürgerlichen Ideologie, das sei alles gar nicht so gemeint gewesen und ähnlichen Unfug. Da fängt die Akte an. Meine Güte, hätte die irgendein Sportlehrer mal ordentlich durchgebürstet, wär uns der Mist wohl erspart geblieben, aber jetzt – ja, die drüben werden da auch angefangen haben, ihre Akte anzulegen. Und dann – ja genau, so muss es gewesen sein, dann haben sie irgendwann jemand geschickt, und zwar – den schönsten Mann der Abteilung haben sie geschickt. Hab ich recht, Kollege? Na, da kann ich nicht mit. Mein Professor – na ja. Hat ihn nie rangelassen, soviel wir wissen, kein einziges Mal. Kein Wunder, so nötig kann's keine haben. Albernes Männchen. Von mir aus könnte man den ganzen Kram ja zu machen; Physiker, Ärzte, Ingenieure, der Rest kostet bloß Geld. Aber ist dasselbe wie mit dem Kinofritzen: Gibt so Leute, die musst du beschäftigt halten, machen wir uns nichts vor, das ist bei uns dasselbe wie es hier gewesen ist, die machen sonst Ärger, also kriegen sie ihr Zimmerchen, paar Bücher, und vor allem: 'n paar junge Leute, vor denen sie sich wichtigmachen können. Und alle sind zufrieden. Aber gibt ja auch die anderen, wie das Professorchen Schneider einer ist, der hätte auch so nie Ärger gemacht. Für den ist die Partei die Mutter, sie liebt dich, aber streng. Den kannst du morgens um fünf anrufen, um sechs auf seine beste Freundin ansetzen, um sieben hat der die Fährte aufgenommen. Gar nicht mal aus Überzeugung. Reines Gehorchen, Furcht vor Strafe, schlicht und einfach: Kein Arsch in der Hose.

Iltum stemmt die Pranken auf die Knie, schüttelt langsam den großknochigen Schädel, blickt auf die Uhr und erhebt sich. Bleibt Zeit für einen Rundgang. Die Trottel von der Dorfpolizei erwarten ihn erst mit dem 15.36. Ist ja wie im Märchen. Bornholm, diese Igelvisage. Immer kurzgeschoren, und bloß nicht das Gesicht bewegen, könnte ein Lachen draus werden. Bornholm. Man hätte glatt drum beten müssen, dass nie was in Wissen passiert. Nix zu machen, jetzt grinst der Igel aus dem Hinterwald: Ick bin alt do! Ist schon in Köpenick allen auf die Nerven gegangen mit seiner Pedanterie, wehe man legte den Stift ins falsche Futteral! Und wie der Schach gespielt hat, als wär's 'ne Wissenschaft, man kann gar nicht sagen, er hätte Schach gespielt, geernstet hat er das. Mit dem Go genauso, wollte da Eröffnungstheorien, ob es nicht Literatur gebe ... ja was weiß ich, seh

41

ich aus wie ein Sen-Meister, ich mach das doch bloß zum Spaß, nach Feierabend, aber der wollte sich ja geradezu vor jedem Zug rituell verneigen. Und so gesehen: warum eigentlich nicht, ist doch 'ne nette Gelegenheit, mit ihm hier 'ne kleine Partie zu spielen. Von mir aus jeder nach seinen Regeln, du wühlst die Akten der letzten zwanzig Jahre durch und ich – na ja, ich schau mich eben um, quatsche ein bisschen mit den Leuten, hier mal 'n bisschen drücken und da mal, da kommt schon was. Und dann werden wir ja sehen. Und was wollen wir wetten, Igelkopp, du bist da genauso scharf drauf wie ich, und ich weiß genau, was du sagen wirst: Die Kompetenz, ach Gottchen, die heilige Kompetenz, zuständig, wir sind doch gar nicht zuständig, und dann will er's schriftlich, dass er zuständig sein darf, und sich zieren und winden, damit es ja keiner merkt, wie geil er drauf ist los zu schnüffeln. Keiner merkt wie egal ihm das sein kann, die Paragraphen und die Ordnung, er selber soll's auch nicht merken, er ist ja der, der die Welt höchstpersönlich in Ordnung hält, und man muss ihn gewaltig überreden, dass er mal 'n Auge zudrückt, zuständig oder nicht, und einfach seinem Instinkt folgt, und der sagt ihm: Mein Revier. Wie er wohl aussieht. Im Grunde leicht auszurechnen, der ganze Typ ist leicht auszurechnen, bis in die Haarspitzen. Grau wird er sein, der war ja irgendwie schon damals grau mit Anfang Zwanzig, straff wird er noch sein, so 'ne preußische Exerzierstraffheit, links um, präsentiert usw.

Iltum kämmt das schüttere dunkelblonde Haar, das ihm wie zum Trost immerhin noch bis an die Schläfen reicht, blickt verdrossen auf den Kamm, knurrt, geht ins Zimmer, den Hut zu holen, und stellt sich erneut vor den Spiegel. Zieht ihn tiefer ins Gesicht, setzt ihn schräg, probiert es mit gerader

Krempe, tauscht das Band gegen ein dunkleres und dann doch wieder das alte zurück. Nimmt die dicke Mappe mit den Dossiers und wiegt sie mit beiden Händen. Legt sie wieder auf den zerkratzten Schreibtisch. Die Wege sind kurz im Dorf, wozu sie mitschleppen, er kann noch mal vorbeikommen, bevor er in die Dienststelle geht. Sieht noch mal nach dem Himmel und entscheidet, den Mantel nicht zu brauchen. Schon in der Tür fühlt er aber, dass zu einem Hut auch ein Mantel gehöre, und machte noch mal kehrt. Man kann ihn ja offen tragen.

*

Hannes betritt wieder das Büro.
„Und? Haben Sie Iltum unten warten lassen?"
„Nä, also, et es, dä Herr Iltum es net jekumme."
„Was?"
„Er ist nicht gekommen."
"Ja, verdammt, hab ich schon verstanden, aber – sind Sie sich auch ganz sicher? Haben Sie das Schild deutlich gehalten?"
„Herr Bornholm, es sind nur zwei Leute ausgestiegen, ne alte Frau und ein Bengel, da is der Herr Iltum gewiss nicht dabei jewesen."
„Ich muss doch ... Bornholm. Er ist da? Na, dann bringen Sie ihn rauf. Iltum ist unten. Offenbar hat er den Weg allein gefunden."
„Aber ich bin ganz sicher, da sind nur zwei Leute ... "
„Egal. Vielleicht hat er ja einen früheren Zug genommen und irgendwo einen Kaffee getrunken, oder schon sein Zimmer bezogen."

„Ja, dat kann sein, is möglich."

Sie warten schweigend. Dann tritt Iltum ein. Die zwei Männer erheben sich. Der Beamte, der ihn gebracht hat, schließt die weit aufgeschwungene Tür. „Tag, meine Herren. Iltum, Politische Abteilung."

„Willkommen. Darf ich vorstellen: Wachtmeister Heiner." Iltum gibt beiden mit einem sehr freundlichen Lächeln die Hand. Feiste Wangen, dicklicher Bauch, die Nase lang und schief, als sähe man ihn beständig im Halbprofil. Aber er füllt den Raum, als sei er um ihn herum erbaut worden. „Mein Name ist Bornholm. Hartmut Bornholm." Jetzt stutzt der Dicke, der die ausgestreckte Hand schon ergriffen hat, aber ist das gespielt? Zumindest ein bisschen, eine Nuance übertrieben. Er wußte es zuvor, scheint es. Aber so hält er es für besser. „Hartmut? Aus Rostock? Polizeischule Köpenick?" Wartet kaum die Antwort ab, weiß es doch sowieso. „Mensch, alter Junge, schön dich mal wieder zu sehen, ist ja eine Ewigkeit her, braucht es ne Revolution, damit wir wieder zusammenkommen, was?"

Bornholm weicht innerlich einen Schritt zurück, nur innerlich, er lächelt sogar mit, fast ist es ein Lachen. „Ja, ein lustiger Zufall. Bis auf die Umstände, leider."

Iltum lässt sein Lachen abstürzen, legt die Miene besorgt an. „Ja, schlimm schlimm, aber so ist unser Beruf nun mal, nicht wahr? Aber das soll uns doch die Wiedersehensfreude nicht verhageln, alter Junge, aber gut, der Herr ... wie? Herr Heiner, richtig, klar, der Herr Heiner will ja auch mal Feierabend haben, und wenn wir erst anfangen, von den alten Zeiten, also meine Herren, von mir aus fangen wir einfach an, und wir gehen abends mal auf ein Bier, einverstanden?"

Bornholms Rücken ist zum Bersten steif. Er überreicht Iltum

die Akten wie eine zusammengefaltete Fahne. Der führt nichts mit sich, nicht einmal eine leichte Aktentasche. Seine Hand, die im Ordner blättert, ist fleischig, aber nicht gedrungen, eine große Pranke, mit einigen langen schwarzen Haaren, die sich über ihren breiten Rücken legen. „Kinder, Kinder, was macht ihr hier nur für Sachen? So ein beschauliches Örtchen, man glaubt es kaum."

„Eine hässliche Sache. Und Hass gibt es hier genug." erwidert Bornholm nicht belehrend, aber in einem kühlneutralen Ton, den er selbst wohl als sachlich bezeichnet hätte. „Tja, der Hass, der stirbt erst nach dem Staate ab, wenn überhaupt." In Bornholms Miene ist nichts zu lesen, dieses Buch ist zugeklappt. „Ich nehme an, dass Du auf deutlich mehr Informationen zurückgreifen konntest als wir hier."

Iltum, der bislang auf die Akte herab gesprochen hat, schaut auf. „Wie? Ach, na ja, da macht man sich übertriebene Vorstellungen, ja was haben wir uns nicht alles vorgestellt, nicht wahr, unter der Politischen. Aber ist auch nur ein Polizeiapparat, nur andere Aufgaben, halb so wild, ja gut, man hat hier einen Bericht mehr und da eine Information, aber unter uns, Hartmut, ist das so viel wert? Informationen von Leuten, die man nicht kennt, die ja schon qua ihrer Funktion nicht allzu vertrauensselig sind?"

Bornholms Gesicht ist nur anzumerken, dass er ein Gefühl verbirgt, aber nicht welches, wie ein über einen Gegenstand gebreitetes Tuch, dessen Wurf nicht genug Konturen verrät.

„Nun, die Leute sind ja immerhin ausgewählt, und doch nicht zuletzt wegen ihrer aufrichtigen sozialistischen Gesinnung, oder nicht?"

„Ach, die Gesinnung, nun ja, die ist nicht so wichtig, gut, die Leute müssen Grund haben zur Zusammenarbeit, aber so ist der Mensch, da gibts noch ganze Rattenscharen von Motiven neben der Überzeugung, und vor allem: Wir wollen ja Informationen und keine Glaubensbekenntnisse, und die meisten Informationen hat, wem entweder viel erzählt wird, oder wer viel rumkommt und sich viel umhört. Zur ersten Kategorie gehören Pfaffen und Ärzte, und zur zweiten Leute wie dieser unglückselige Tenor." Iltum klopft mit dem Knöchel seines Mittelfingers auf den Aktendeckel und lässt dabei Bornholm nicht aus den Augen. „Das war euer Mann?"

Iltum lächelt, ohne Süffisanz, aber doch im herablassenden Wohlwollen des Lehrers, dessen Schüler einen entscheidenden Punkt begriffen hat. „Ganz recht. Unsere Gegenspieler haben ihn beseitigt."

„Gegenspieler?"

„Habt ihr davon denn nichts bemerkt? Gut, ist nicht Eure Aufgabe, kein Vorwurf, dafür sind wir ja da, aber ... es muss doch zumindest aufgefallen sein?"

„Was denn!"

„Natürlich wissen wir auch noch nichts Genaues. Ich meine, wer alles verwickelt ist, was sie noch vorhaben, welcher Art die Kontakte zum feindlichen Ausland sind."

„Moment, moment. Sprichst Du etwa von ... "

„Konterrevolution. Ja."

Bornholm verschränkt die Arme, kneift die Augen schmal. Man sieht ihn rechnen, als flackerten Leuchtdioden auf seiner Stirn. Das dauert nur Sekunden, dann öffnet er wieder die Augen, öffnet die Arme, hält nur die Hände verschränkt. „Ich kann dazu natürlich nichts sagen. Du hast offenbar Informationen, die ich nicht habe, denn auch bei sorgfältiger Prüfung haben wir nichts dergleichen festgestellt, Motive ja, einzelne Motive, aber keine Kette, keinen Ring."

„Nun ja, oft braucht es ja nur ein kleines Detail, einen Tempozug, einen Stein gewissermaßen, nicht? Aber da schweife ich schon wieder ab, und der Herr hier möchte doch auch ins Wochenende, wo waren wir? Also ihr überschätzt wie gesagt unsere Informationen, ich kann gerne alles auf den Tisch legen, soviel ist das gar nicht."

„Aber das wäre kaum nach Vorschrift, schätze ich."

„Ach Hartmut, die Vorschrift, so viel kanns und solltes, letztlich muss man doch sehen, was die Situation verlangt nicht? Und wenn wir zusammenarbeiten wollen, müssen wir doch offen zeigen was wir haben, oder nicht?"

Wieder dieses Flackern auf Bornholms Stirn. Genau besehen, beobachtet Iltum nicht Bornholms Augen. Er fixiert seine Stirn.

„Ich dachte eigentlich, die Kompetenzen wären klar abgegrenzt, in so einem Fall. Politische Dinge übernimmt die Politische Abteilung, wir unterstützen allenfalls logistisch. Das ist natürlich auch Zusammenarbeit, aber – habe ich dich richtig verstanden?"

„Na ja wenn ich nur euer Telefon benutzen wollte, das würde ich nicht Zusammenarbeit nennen. Nein, was heißt schon Kompetenz, kompetent ist bei der Polizei der, der rauskriegt, wer der Mörder ist, nicht wahr?"

Bornholm gibt es auf, seine Verblüffung zu verbergen. „Moment. Moment. Es gibt Vorschriften, strenge und genaue Vorschriften, und die sind nicht zum Spaß da, die haben ihren Sinn, und es gibt Abteilungen die tun dieses und welche die tun jenes, wenn da keine Ordnung drin wäre ... und wenn du recht hast, dann geht uns das alles nichts an, dann dürfen wir davon nichts wissen, und ich sage dir: wir wollen davon auch gar nichts wissen."

„Ja, lieber Hartmut, wenn! Wenn ich recht habe! Aber wer sagt das denn? Und außerdem, vielleicht habe ich ja recht, so im allgemeinen, und der Fall ist politisch, und trotzdem kann ich mich ja im Detail irren, nicht, einen wichtigen Punkt übersehen, sagen wir aus Unkenntnis der Ortslage heraus, wie gesagt, überschätz unsere Informationen nicht, und dann: Vier Augen sehen mehr als zwei, und du weißt, ich halte dich für einen gewieften Ermittler."

„Das ist doch kein Räuber-und-Gendarmenspiel! Wir geraten in Teufels Küche, und ich will es wirklich überhaupt nicht wissen, wer hier für euch arbeitet, du fährst nächste Woche wieder nach Hause, aber ich bleibe hier mit den Leuten."

„Ich will dich doch nicht belasten, Hartmut, und was brächte es auch, dir diesen oder jenen Namen zu nennen, sicher, wir haben drei permanente im Ort und einen temporären, aber was sollen da Namen ... es ginge ja mehr so um den allgemeinen Erkenntnisstand, damit wir auch am gleichen Strang ziehen können, müssen wir ja beide wissen, wo sein Ende ist, nicht? Also ganz wie du willst, ich kann es dir natürlich nicht verübeln, wenn du dich ganz raushalten willst. Du hast mich einem Mitarbeiter für die – wie sagst du? Logistik, vorgestellt, in 'ner halben Stunde ist Wochenende, und deine Familie erwartet dich, kann ich verstehen."

Bornholm findet keine Ironie in Iltums Stimme. Und doch ist sie da, versteckt wie ein geheimes Dokument in einem doppelten Kofferboden. Vielleicht die leichte, ganz leichte Überzogenheit seines offenherzigen Blicks, oder die Nuance eines Spotts um die Mundwinkel. Vielleicht auch nur sein schief aufgesetzter Hut. Bornholm rechnet. Nein, nach Hause gehen kann er nicht, dazu stört ihn der schiefe Hut viel zu sehr, und nicht nur das. Auf Iltums Angebot einzugehen, wäre zu krumm. Nach Hause zu gehen, wäre zu glatt. Er wird ...

„Also gut, wir können gleich in die Schreibstube gehen und ein Protokoll aufsetzen, das besagt, wir seien in der Besprechung zu dem Schluss gekommen, parallele Ermittlungen der kriminaltechnischen und politischen Methode seien aufgrund der außergewöhnlichen Umstände angemessen. Dann geht jeder an seine Arbeit. Ich will nichts, aber auch gar nichts von deinen Informationen, keine Namen, keine Inhalte, keine weiteren Andeutungen. Dafür will ich auch eine völlig eigenständige, rein kriminologische Ermittlung."

Iltum nimmt einen Kugelschreiber aus der Innentasche seines Jacketts und beginnt, mit ihm zu spielen, das winzig schmale Ding mit Daumen und zwei Fingern über die Pranke zu wirbeln. Dann packt er den Stift und drückte die Mine hervor. Er sieht Bornholm an wie nach einem angenommenen Gambit, unternehmungslustig, herausfordernd, und ein wenig schelmisch.

„Na denn man tou!" imitiert er den nordischen Klang des Eisgrauen, aber es klingt nicht echt.

3. Tim

„Windschief" heißt es von den Hexenhäusern, und Tim hatte nie gewusst, wie das aussah. Hier aber war ihm dieses Wort gleich eingefallen, auch wenn es gar nicht schief ist, nur verfallen, und der Garten verwildert. Drinnen eine liebe Hexe. Aber nicht zweimal klingeln, dann brummelt sie. Zeit lassen. Da schlurft sie schon heran. Wartet, man hört sie wispernd überlegen: Wer könnte das sein? Jetzt öffnet sich die Tür einen Spalt, gerade genug ein misstrauisches Auge dahinter zu bringen. Es dauert manchmal zwei Sekunden, manchmal vier, daran lässt sich die Tagesform ablesen, bis sie lautlos lacht, noch scheu, beinahe verlegen, als müsse ihr der Name des Gastes einfallen, und sie zwei Schritte zurück schlurft, um die Tür frei zu geben.

Irgendwann hat Tim angefangen, sie zur Begrüßung zu umarmen. Es hat kaum Überwindung gekostet, auch wenn sein Vorgänger nie ohne Handschuhe und Desinfektionszeug die Kate betreten hat. Die Wohnung stinkt, vor allem nach den uringetränkten Polstern. Ein Versuch mit Windeln hat der Vorgänger abbrechen müssen: Sie hatte sich zu sehr geschämt. Eine weiche Kugel, so fühlt sich Frau Rüger an. Meistens läuft der Fernseher, auch heute. Tim fragt, ob er ihn leiser stellen darf. Frau Rüger nickt und erzählt gleich weiter, in ihrer Sprache: Ein Gemümmel aus wenigen Silben, die Worte bedeuten, Gestik und Mimik: wie der bei verächtlich abgebogenen Mundwinkeln abwärts winkenden Hand, dem von schelmischem Lachen unterstützen drohenden Zeigefinger, dem energischen Kopfnicken zur Unterstreichung eines wichtigen Punktes. Einige kurze Worte sind klar, längere drängen sich in einen Laut zusammen, aber das Vokabular reicht, gefletschte Zähne heißen: Gebiss. Sie erzählt aufgeregt: Die Kinder waren wieder auf der Kellertreppe, aber sie hat ihnen mit dem Finger gedroht und da sind sie weggelaufen. Er weiß nicht, seit wann Frau Rüger so lebt, in diesem Geisteszustand, alleine in diesem Haus, was genau ihre Krankheit ist, was sie früher getan hat, wer ihr Mann war. Einiges hat er sich zusammengereimt, ein paar Andeutungen hat der Chef gemacht, das eine oder andere der

Vorgänger, der es seinerseits von seinem Vorgänger hatte. Es ist nicht wichtig für die Aufgabe. Schleichen sich wirklich manchmal Kinder in den Keller, oder sieht sie nur in ihrer Phantasie welche, oder sind das lebhafte Erinnerungen, die sie vom Jetzt nicht trennen kann, so wie sie immer wieder in Schluchzen ausbricht, wenn sie von der Beerdigung ihrer letzten Freundin erzählt, nicht wie in schmerzlicher Erinnerung, sondern als stünde sie in erster Fassungslosigkeit am Grab. Die Kinder haben sie zumindest nicht verängstigt, auch das kommt vor, wenn sie nicht gut aufgelegt ist. Sie hat gute und schlechte Tage, und er hat bis heute nicht herausgefunden, ob irgendwelche äußeren Dinge ihren Zustand beeinflussen, oder ob ein so großer Teil ihrer Welt sich eingesponnen in ihr selbst dreht, dass alle wichtigen Dinge sich dort abspielen.

Erste Griffe, das Dringlichste: Spuren des Abendessens beseitigen, Spinatkleckse vom Fußboden, das Eigelb von der Wange. Meistens gelingt es ihr, sich zu waschen. Blick ins Wohnzimmer: Nur ein paar Bücher aus dem Regal verstreut und die Polster aus dem Sofa, als habe sie etwas gesucht. Er stellt die Bücher zurück. Volk ohne Raum. Kampf um Rom. Alles in dieser alten Schrift, die man kaum lesen kann. Sagt ihm alles nichts. „Haben Sie ihr Gebiss gesucht, Frau Rüger?"

„Hm?", sie schreckt hoch, hatte ihn wohl vergessen, als er aus dem Zimmer ging.

„Ihr Gebiss gesucht?" Tim fletscht die Zähne, als verstünde ihn Frau Rüger sonst nicht.

„Nee. Pummi."

„Der Pummi war das? Der Schlingel." Kater Pummi ist schon lange im Tierheim. Der Vorgänger. Tim findet, auf ein bisschen Katzenpisse und eine tote Maus ab und zu wäre es auch nicht mehr angekommen. Vielleicht ist für sie Pummi ja wirklich noch da. Aber das glaubt Tim nicht. Sie weiß, wenn ihr etwas fehlt, auch wenn sie nicht weiß, was es ist. Sie weiß auch, dass das Zeug in der Aluschale eigentlich kein richtiges Essen ist. Sie starren zusammen auf die langsam rotierende Scheibe und warten, dass das Licht ausgeht und die Maschine piept. Dann lacht Frau Rüger, erleichtert. „Das ... bumm." Muss mal kaputt gegangen sein. Während sie isst, mit einer Gabel und den Fingern der Rechten, treppauf, Badezimmer checken. Wär noch mal fällig. Er hat nie ein Klo geputzt. Seine Mutter auch nicht. Dafür gab es Personal. Ebenso wie für die Wäsche (man hatte eine Putz- und eine Waschfrau), den Garten, die Kinder. Die Putzfrau ist stets freundlich zu Tim gewesen, eine nette kleine Person. Die das Klo putzte und das Waschbecken, auch wenn wieder mal die Jungs dagewesen waren und sich übernommen hatten in Vaters Schnapsbar im Keller, alles verstopft war und die Abflussrohre aufzuschrauben waren ... Und Tim hielt sich was auf seine Freundlichkeit ihr gegenüber zugute.

Im Schlafzimmer: er riecht es schon. Muss alles gewechselt werden. Ein gerahmtes Foto ist von der Wand genommen, liegt auf dem Nachtschrank. Er stellt es auf. Ein junger Mann, Uniform. Er hat schon zwei Mal nach den Fotos gefragt. „Ach, das." Die gekippte Hand. Hat sie ihn nicht verstanden? Beide Male? Er will nicht noch mal fragen.

Sie ist fertig. Annehmbare Ausbeute, nur ein paar Kleckse auf dem Boden: „Für Pummi." „Der kann sich doch 'ne Maus fangen. Ich wasch noch rasch ab."

Plaudern übers Fernsehen, egal was. Sie muss sprechen, die eine Stunde zumindest. Sie erzählt, was sie gesehen hat. Unverständlich. Tim rät an der Stimme, wo er bestürzt, wo amüsiert reagieren muss. Sie schimpft schon mal, wenn sie das Gefühl hat, er habe nicht aufgepasst.

Nach dem Abwasch: „Wie finden sie das Wetter, Frau Rüger?"

Sie schaut prüfend in den Himmel. „Schön."

„Wollen wir einen Spaziergang machen?"

„Hmm." Zustimmend.

„Ich hole die Jacke, im Schatten wird es schon kalt sein." Die Jacke ist von Moni, hatte sie mal erzählt. Die Tochter, die in München lebt.

„Brauchen Sie die Stiefel oder geht's so?"

Sie schaut wie verwundert an sich herunter und befindet dann: „Ach nö, geht." Den kurzen Weg zum Gartentörchen muss man sie ablenken, sonst stimmt sie der Anblick der verkommenen Beete traurig. Der Garten war wohl Ihres, ein letztes Stück Stolz. Ablenken also: Passen Sie gut auf, die Platten sind etwas uneben, nicht stolpern. Die Warnung hat sogar ihr Recht, Frau Rüger kann die vom Wasser geschwollenen Beine nicht weit über den Boden heben; zu wenig, wie alles, die paar Schritte.

„Bis ans Ende der Straße und zurück, einverstanden?" Frau Rüger schreckt aus ihren Gedanken hoch, sie hat nicht verstanden. Er hat selbst zu lange geschwiegen, dann verliert er sie. Tim wiederholt die Frage, nimmt sie bei der Hand wie zur Versöhnung. Sie lacht, beinahe kokett: „Mein Mann." Ihr beider Bild aus jungen Jahren, wohl kurz nach der Hochzeit, nicht an der Wand bei den andern. sondern in einem Schrankfach; sie sehen nicht glücklich darauf aus. Aber vielleicht sah man damals nicht glücklich aus auf Fotos.

Noch liegt nur wenig Laub über den Asphalt gestreut. Autos fahren nicht in dieser Straße, die gesäumt ist von gezeichneten Häusern. Das Nötigste wurde gerichtet nach der Revolution, Dächer, Fenster. Aber die letzte Farbe haben diese Fassaden lange vor der Revolution gesehen, sicher nicht mehr seit der Zaun hier entlang gezogen wurde.

Tim nimmt eine Kastanie auf und zeige sie Frau Rüger: „Mein Opa hat früher mit uns kleine Männchen aus Kastanien und Streichhölzern gebastelt, kennen Sie das auch?"

„Mümümü ..."

„Männchen, so kleine Figuren."

„Hm, nee."

Die Kastanie fühlt sich kühl, glatt und sauber an. „Hier, das fühlt sich schön an, oder? Ich nehme immer ganz gerne Eicheln oder Kastanien in die Hand."

Sie nimmt gehorsam die Frucht in die Hand und sagt: „Hm, schmeckt. Das ..." sie hält inne, führt ärgerlich die Hand mit der Kastanie an die Schläfe, ihr fällt das Wort nicht ein: „Weihm, weihm ..."

„Weihnachten? An Weihnachten gab's die?"

„Nee!" protestiert sie, noch ärgerlicher, „Bububuden, das" und zeigt die Kastanie, die dabei herunterfällt.

„Ich heb sie schon auf, ist gut, ah, ich weiß, auf dem Weihnachtsmarkt gab es die, richtig?"

Sie strahlt. „Weihmachs ... "

„Weihnachtsmarkt, genau. Wenn es in Altenkirchen dieses Jahr wieder einen gibt, können wir ja mal zusammen hinfahren."

Sie nickt und seufzt. Seufzt noch mal und schnauft und lässt die Kastanie zu Boden fallen. War irgendwas falsch? Es bleibt ein Raten, sie lebt auf ihrem Stern, in ihrem fernen Land. Das bald ausgestorben sein wird. Ein leerer Stern. Aber ist er es nicht schon? Die Fotographien erzählen niemanden sonst mehr etwas, vielleicht nicht einmal ihr selbst. Vielleicht sendet dieser Stern nur noch sein Licht. Wenn sie lächelt, seine Hand nimmt. Nur eine Erinnerung. Zeit, umzukehren, hier ist die Straße zu Ende. Früher, was heißt früher, vor nicht einmal zwei Jahren noch, war hier für die Bewohner der Straße die Welt zu Ende, die Welt dahinter war nur noch eine Teilwelt, man konnte zwar hinein, aber dort war man nur noch ein Teil seiner selbst, und man konnte in ihr nur einen Teil erleben. Arbeit musste man haben, drinnen, und die entsprechenden Papiere dem Beamten vorzeigen, oder 500 Mark auf der Geldkarte und wer hatte das schon von den Bewohnern hier, die meisten werden nicht mal eine Geldkarte gehabt haben, geschweige denn 500 Mark darauf. Heute gähnt an dieser Stelle eine böse Schneise, eine Leere wie nach einer Verwüstung, dabei haben sie nur das Ding abgerissen und die Wachtürme, und noch ist man unschlüssig, was hier gebaut werden soll, oder ob überhaupt. Er ist nicht mehr da, immer noch unfassbar eigentlich, er war immer da, solang Tim denken kann, und er sieht ihn immer noch, wie einen Geist, den niemand auszutreiben vermag. Man sah ihn vom Haus aus, wenn im Winter die Bäume kahl waren, die Wachlichter der Posten. Oder sah ihn nicht. Tim sah ihn nicht. Blind für die Häuser hinter dem Zaun, Häuser, die er früher nie betreten hatte. Mutter sagte: Man muss zu den Leuten besonders freundlich sein, wenn man sozial höher steht. Tim hatte bis dahin kein Wort dafür gehabt: Dass es Kinder gab mit dummen Gesichtern, die Fünfen schrieben und sich auf dem Schulhof prügelten, die sich nicht die Nase putzten, deren Haar wild und dick und dunkel war, die er zum Teil für Ausländer hielt. Mit denen ja auch das Sprechen tatsächlich schwer fiel, die Worte benutzten, die Tim nicht kannte. Und umgekehrt. Mit denen man zur Grundschule ging wie man mit Leuten denselben Bus nimmt; Passagiere auf einer kurzen Fahrt, die keine Gemeinsamkeit stiftet. Zwischen den auf Terrassen angelegten hellglasigen Gebäuden des Gymnasiums und dem schwarzen Klotz der Hauptschule stand schon damals ein Zaun. Erst nur ein Zaun, wie er Schulgelände abtrennt. Kurz nachdem Tim auf den Hügel gewechselt war, gab es einen Wachmann und einen Hund. Und unsichtbar war dieser Zaun schon in der Grundschule längst quer gezogen durch die mit aus buntem Papier ausgeschnittenen Figuren geschmückten Klassenzimmer, durch den von Kindergejohl und Spielen gefüllten Pausenhof.

Die Versuchung ist groß, Frau Rüger danach zu fragen, eine Reaktion zu bekommen auf das Wort, aber Tim vermeidet jede Andeutung. Wenn sie es vergessen hat, gut. Und doch: Sind ihre Erinnerungen, das ist spürbar, nicht wirklich getilgt. Sie sind gelöscht vielleicht, aber nur so, wie nach dem Brand die schwarze Stelle noch anzeigt, dass dort einmal etwas war. Wie die Erinnerung an ihre Schulfreundin, an ihren plötzlichen Tod, von dem sie erzählt an schlechten Tagen und sich dann kaum trösten lassen kann. Aber vielleicht ist das auch intensiver. An einem Tag geschehen. Der Zaun – vielleicht ist er einfach da gewesen in ihrem Leben, wie ein Baum im Garten? Es hatte wohl nie einen Beschluss gegeben, kein Dokument. Kein Programm. Er wuchs einfach. Gerne würde Tim Frau Rüger fragen, wann es anfing, wann sie anfing, den Zaun als ein Ganzes wahrzunehmen, als eine Sperre, die quer durch das Städtchen lief wie die Narbe in einem Gesicht. Aber wahrscheinlich gab es für die Menschen in den Zäunen genau so wenig ein solches Datum wie für die anderen, die nur eine Folge polizeilicher, sozialer, womöglich städtebaulicher Maßnahmen in ihm sahen, wie Franz oder Vater. Darin immerhin waren Franz und Vater sich lange einig gewesen, ihre letzte Gemeinsamkeit, ehe es Franz selber erwischte: Dass das Pack hinter dem Zaun faul sei und dem Staat eigentlich die Haare vom Kopf fresse, Sozialschmarotzer, die den ganzen Tag vor der Glotze hängen und sich vor jeder Arbeit drücken. Und ich habe es auch geglaubt, sagt Tim sich manchmal halb laut. Lange, sehr lange noch daran geglaubt. Zu lange.

Sie mümmelt vor sich hin, zeigt auf einen Strauch, lacht. Tim lacht lautlos zurück, sieht, dass Frau Rüger friert. Er zieht ihr den Reißverschluss der Jacke zu. Frau Rüger nickt und nimmt wieder Tims Hand. Er führt sie die Stufen zurück, die Zeit ist bemessen. Hilft ihr aus der Jacke, macht die Milch mit Honig warm, mit der er sie allein lassen muss. Er sagt, ich mach mich dann mal auf die Socken, denn das bringt sie zum Lachen, fast immer. Auch heute gelingt es. Ins Auto, noch einmal winken von Fenster zu Fenster, der letzte vertraute Moment, bevor das Vergessen beginnt.

Manchmal muss er sich zwingen, nicht hörbar aufzuatmen. Und tut es im Auto. Manchmal verriegelt er es von innen, als käme ihm jemand nach. Auch das kann er jetzt, nach einem halben Jahr: zugeben, dass er nicht gerne in diese Häuser geht, jedenfalls nicht immer, nicht zu jedem, nicht den ganzen Tag. Noch am Liebsten zu Frau Rüger, aber es gibt auch andere. Dass er sich zuweilen zurücksehnt nach einer Welt, in der all dies fern war, die aus adrett gemähten Wiesen und gestutzten Hecken bestand, aus Fachwerk und frischem Putz. „Wissen Sie, was Sie da erwartet?" haben sie ihn bei der Einstellung gefragt. Und warum er das denn wolle. Er hat es ihnen nicht gesagt.

Ein Blick in den Rückspiegel. Über der Nasenwurzel zeichnet sich die senkrechte Kerbe ab, die er wie nichts in der Welt vermeiden wollte. Sie färbt sich rot im Zorn. Die Kerbe seines Vaters. Tim streicht sich mit dem Daumen von der Nase über die Stirn, zieht die Brauen hoch, lächelt wie für ein Foto. Er sieht oft in den Spiegel, daran hat sich nichts geändert. Auch wenn er jetzt nicht mehr die Wirkung des Gels zu überprüfen hat; er versucht, das Haar unauffällig zu tragen, lässt es kurz schneiden, das ist am einfachsten. Lässt es an der Luft trocknen. Er hat zwei Hosen in Erdfarben, die er im Wechsel anzieht, und weiße T-Shirts, die er im Sechserpack kauft, dazu ein weiter Pullover im Winter. Am liebsten trüge Tim eine Uniform, oder einen Kittel, aber bei der Volksfürsorge geht jeder, wie er will. Das Auto hat noch den alten Schriftzug: AWO – Helfen mit Herz, mit dem entsprechenden roten Symbol. Das gefällt Tim, dieser Schriftzug auf allen Autos, die man nur an den Nummernschildern auseinanderhalten kann, wenn man seines auf dem Parkplatz vor der Zentrale sucht.

Jetzt wird das Gerede ihn wieder erreichen, das Gerede, das nie ganz verstummt war, aber abgeebbt zumindest, der Name seines Vaters lauerte nicht mehr in jedem Gespräch. Vorbei. Jetzt reden sie wieder. Wechseln Blicke, wenn er ein Geschäft betritt und man ihn erkennt. Tuscheln womöglich: „Is dat nicht der Sohn vom Hofmann?" Alle kannten Martin und Franz. Söhne des Dorfes. Onkel Franz, wie er als Kind zu sagen lernte und später beibehielt. Onkel Franz, der in nichts, fast nichts seinem Bruder glich: stattlich, rund nicht nur am Bauch, sondern auch an den Oberarmen, mit mächtigem Brustkasten, Bariton, dunkle Stimme, dunkles, etwas krauses Haar, voll und rund sogar in den Lippen, der Nase, die ohne Spitze, in einem weichen Knubbel endet: Franz. Ein Hofmann. Das Haar, leicht gekraust, die Nase ohne Spitze, findet sich bei allen anderen auch. Außer bei einem, Tims Vater. Der ist stets blass und schmallippig, aschblond und schütter. Dabei bleibt es nicht: mürrisch, ständig wegen irgendwas in Rage, einer Debatte im Stadtrat oder weil seine Sekretärin ihn nicht freundlich genug gegrüßt hat: Vater. Vor dem Fernseher, mit jeder Flasche Bier mehr, sich ereifernd, über die Sozen, wenn sie was in die Sanierung der Zaungebiete stecken wollten, über den Papst, wenn er sich für den Dialog mit den Kommunisten aussprach, über den Ansager vom Wetterbericht, wenn er ungekämmt war ... . Dagegen Franz: Trug die Witze in der Jackentasche, und konnte sie erzählen, in großartig beiläufiger Manier, begann, als erzähle er von einer wirklichen Begebenheit („ich kannte mal einen, da war ich noch ein Bursch, der kam immer mit dem Fahrrad ... "), aus der sich der Witz heraus spann; man fiel immer wieder darauf herein. Seine Stimme hatte Melodie, er war als junger Mann einige Jahre weiter rüber ins Rheinische gezogen, und da hatte er sich diesen Sing-Sang angeeignet, das gemütliche Plätschern, es lag auch daran, dass Tim ihn gerne erzählen hörte. Lieber als singen, zugegeben. Waldeslu-u-ust, das war natürlich albern, und die Kirchenlieder, nun ja. Es kam Tim auch nie in den Sinn, mit Franz ein Gespräch über Gesang anzuknüpfen; nicht aus Überlegung, sondern weil er nie darauf gekommen wäre, er und Franz hätten hierin irgendetwas gemeinsam; es war nicht beides Singen. Franz umgekehrt liebte den großen Auftritt und wohl auch deshalb Kinder, die bei langweiligen Familienfesten dankbar für ihn waren. Nicht, dass Franz sich viel mit Tim befasst hätte; er kann sich kaum an viel mehr als ein „Na, Jong?", die breite Tatze auf seinem Kopf, und die Witze erinnern, die Franz erzählte, kaum einen Witz selbst, eher die Wirkung, die sie erzielten bei ihm und anderen (und die zuweilen, mit einem verschämten Kopfnicken in Tims Richtung, unter meckerndem Lachen mit einem „aber Franz!" kommentiert wurden). Nur Vater lachte dann nie. Er schnaubte durch die Nase, das konnte als Zeichen der Belustigung verstehen, wer es wollte, aber schon früh war Tim klar, dass sein Vater mit diesem Schnauben etwas ganz anderes ausdrückte.

Tim fehlt die Trauer. Er weiß es: er sollte sie empfinden, aber sie ist nicht da. Er sucht sich ab nach ihr. Aber wo auch immer ein Schatten ist heute, es ist nicht Franz, der ihn wirft. Franz ist weg, so wie Mutter auf einmal weg war und letztes Jahr ein Mädchen, und vor zwei Jahren sein Land, Tim hat das Wegstecken gelernt. Aber Franz ist nicht einfach weg. Sie werden Vater holen deswegen. Auch das wäre nur ein weiteres: Weg. Eines Vaters, der ohnehin kaum noch da ist, zwar noch als Mann gleichen Namens mit ihm im Haus des Großvaters lebt, sich das Bad mit ihm teilt. Und was das heißt: mehr als einmal ein zugekotztes Waschbecken: es gibt ihn noch, mehr als Tim lieb ist, mit seinem Geruch, den Kampf, den sein billiger gewordenes Aftershave nicht mehr gewinnen kann gegen den Rauch und Dunst der Spelunken, seinen Augen, die Tim kaum noch sieht, morgens vom Schlaf begraben sind und frühabends bereits trübe.

Sie werden ihn holen, was von ihm übrig ist. Tim hat für seinen Vater in den letzten drei Jahren kein Gefühl ausgelassen; außer diesem, das fast alle anderen im Städtchen seit

60

der Revolution und dem Fall des großen Mannes behext: Schadenfreude. Er hat ihm lange noch angehangen, wie dem Zaun, wie dem ganzen Land. Fragt er sich, wann die unbedingte Gefolgschaft in allen Dingen und Fragen umzuschlagen begann, vermutet Tim diesen Punkt vier, fünf Jahre zurück – aber er kann sich Beweisfotos seines Gedächtnisses vorzeigen, die ihn widerlegen: Tim mit sorgfältig gegeltem Haar und silbernem Ring, ein Geschenk seines Vaters (in seiner Phantasie noch mehr: Siegelring, Dynastiezeichen), mit Aktenkoffer in die Schule, im Jaguar natürlich, er steigt nicht in den Bus. Und diese Fotos, kompromittierend, verdächtig ausgedünnt, hier war bereits Erinnerung um Vertuschung bemüht, diese Fotos sind mit einem Datum versehen, denn er trägt seinen langen schwarzen Mantel, gekauft noch von der Mutter im letzten Herbst seines Landes. Mehr noch, was wirkliche Fotos nicht zeigen, diese weit wahreren zeigen es: Nicht nur den Aktenkoffer und den Silberring; auch seinen ungebrochenen Stolz darauf. Gerne würde Tim diese Fotos retuschieren, ein Unbehagen hineinfälschen, eine Scham. Oder die Ziffern der Datumsangabe krümmen, die letzte neun in eine sechs vielleicht, oder eine acht zumindest. Nein, er hat noch lange geglaubt. Dass der Kapitalismus die bestmögliche Gesellschaftsform ist. Dass jeder darin sein Glück machen kann, wenn er nur fleißig ist. Dass im Umkehrschluss niemand arm ist, der es nicht verdient hat. Dass es Ungleichheit geben muss, als Anreiz. Dass die Menschen nun mal von Natur aus verschieden begabt sind. Dass es zum Wohle des Ganzen ist, wenn der Einzelne seine Interessen verfolgt. Hat diesen Katechismus seines Vaters nachgebetet. Ihn geglaubt. Ihn verteidigt. Und ihn nachgespielt. Ging mit seinen Jungs Essen, in ihren Jacketts und

Krawatten, alberne Vogelscheuchen; ein Rollenspiel, das sie allen Ernstes aufführten, taub dafür, dass nichts passte: die Bühne nicht, die Kostüme, die Darsteller. Sie wollten die Broker sein, die nach dem Feierabend in der Wall Street noch einen zischen und sich über die Kursbewegungen austauschen, oder die upper-class College-Boys aus den amerikanischen Teenager-Komödien. Es fehlte nicht viel, und Tim wäre mit dem Jackett in die Schule gekommen; so raffte er beim Aussteigen seinen langen schwarzen Mantel, um Hals und Schulter den zwei Meter langen weinroten Kashmeerschal, den Aktenkoffer in der rechten, als ginge er in ein Büro mit einer hohen Stockwerknummer, hoch über Manhattan, oder zumindest Frankfurt. Nicht zu leugnen, wen er bewunderte. Dabei wäre Anderes natürlicher gewesen. Die Bewunderung war aufrichtig, und so innig, dass man auch ein viel stärkeres Wort dafür wählen könnte. Aber zugleich war auch immer die Angst zugegen. Es gab diese Stimmungen, abends, da Vater ihn abfragte nach der Schule und den Klassensprecherwahlen, und er schien aufgeräumt zu sein, machte einen Witz, aber wie aus dem Nichts, es konnte ein von zwei Seiten angeschnittenes Stück Butter sein, schlug Hagel in seine Laune. Man sah es an der Kerbe, die Kerbe über der Nasenwurzel. Dann ging alles sehr schnell, man konnte gar nicht so schnell aus der Schusslinie. Er fand zwei, drei Dinge, die nicht an ihrem Platz waren, Mutter hatte vergessen, beim Schneider anzurufen oder bei Reisebüro, und wie oft muss er noch sagen, dass der Müll unten sein soll, wenn er nach Hause kommt, er hat keine Lust, nach einem anstrengenden Tag im Büro … und dann, unvermeidlich: Timotheus, du solltest doch dein Zimmer aufräumen, lass doch mal sehen … aha. Muss man dir alles beibringen wie einem Kleinkind. Also das Papier hier in den Karton, jetzt mach schon endlich, und was ist das hier … und dann, fast erlösend, weil es damit dann zu Ende war, die Schläge. Keine Misshandlung. Nichts, was man sah. Einfach nur Schläge. Flache Hand auf den Hintern oder die Ohren. Nichts, was verletzt. Wie oft war das so? Tim hat es vergessen. Wann war das letzte Mal? Irgendwann wird er zu groß gewesen sein für Vater. Aber wann? Auch vergessen. Manchmal hörte Tim ihn abends im Wohnzimmer mit Parteifreunden oder Partnern sprechen, Kaminzimmergespräche nannten sie das, es gab Wein und Häppchen. Sie sprachen dann manchmal auch von Erziehung. Vater sagte dann, die Sozen würden sich anstellen, manchmal müsse man Kindern eben Grenzen setzen. Wichtig sei, dass danach wieder ein ganz normaler Ton herrsche. Jedes Mal, wenn es wieder passiert war, schrieb Tim ihm, was er einen Liebesbrief nannte, und legte ihn zum Frühstück am nächsten Tag auf den Teller. In seiner schönsten Schrift, mit bunten Blumen bemalt. Dass es ihm Leid tue, und er werde jetzt immer ein lieber Junge sein. Vater verzieh ihm dann immer.

4. Mascha

So isser. Meldet sich ein Jahr nicht und dann hockt er mit einem Mal in deiner Bude. Macht sich keinen Kopp. Aber pflegeleicht als Gast, wie immer, behäbiger Hüttenhund, der sich ruhig in sein Körbchen rollt, wenn man`s ihm sagt. Nun sitzt er da im Dunkeln, wahrscheinlich traut er sich nicht, nach dem Lichtschalter zu fragen, oder im Dunkeln umherzutappen, könnte ja was kaputt gehen. Kann keine Liste machen, was an ihm nervt und was ich mag, ist alles dasselbe, wie er sich umständlich bückt und alles andere, gehört auf beide Seiten. Silberfreundschaft haben wir dieses Jahr. Muss ihn gar nicht mehr heiraten. Irgendwann liebt man sogar die Marotten. Na ja, was heißt liebt – man erkennt sie freudig. Ist der ewige Zwölfjährige geblieben, wie er verloren in der ersten Stunde einen Platz suchte. Reines Pflichtbewusstsein, was mich zunächst trieb, einer muss sich ja um den Neuen kümmern. Er war unsympathisch. Neunmalklug. Aber eben auch blitzgescheit. Die anderen waren keine Gegner gewesen, ließen sich unterbuttern. Der nicht. Ebenbürtig. Bald schon war es nicht mehr das Pflichtbewusstsein. Und was, gerade in der Pubertät, am meisten zur Weißglut brachte und zugleich in auszeichnete vor allen anderen: Er blieb stets ruhig in Miene und Ton, egal wie heiß es in der Sache her ging. Konnte und kann mich wahnsinnig machen mit seinem Streben zum Ausgleich in allem – und dann wieder, brauchte ich genau das, oder noch weniger, nur dass er in meinem Sessel saß und mir auf dem Cello zuhörte; nicht das Cello beruhigte mich. Es war sein Zuhören. Vielleicht, sicher, hörte er gar nicht genau zu, er ist nämlich gänzlich unmusikalisch. Sein Dasitzen also. Allein wie er saß und nicht unruhig war dabei, wie eine Kugel am Boden einer Schale: Den tiefsten, den Mittelpunkt gefunden, ohne Anstrengung, nur der eigenen Natur folgend, die ihn dorthin zieht.

Und das in der Pubertät! Wo es eigentlich nicht passte. Jetzt hat er sich ausstaffiert, innen und außen, Jackett und Habe die Ehre und Mit dem größten Vergnügen – jetzt passt es besser, aber da ist er noch, der Junge, nur ein paar damals bereits vorhandene Linien verlängert. Und nun taucht er auf wie der Pinguin unter der Eisscholle, schwupps isser da und watschelt durch deine Küche; hat fast ein Jahr lang auf keinen Brief nicht geantwortet und ruft dann an: Komme morgen – stop. Wäre ja mit 'nem Grußkärtchen zufrieden abgespeist gewesen ab und an, hätte nicht mehr verlangt als fünf Minuten. Aufkleben der Briefmarke inklusive, und das muss der Herr sicher nicht einmal mehr selber machen. Aber sei man nicht so streng, Frau Lehrerin. Nu isser ja da, der drollige Pinguin. Hat sogar die gleiche Tropfenform. Wäre bestimmt auch früher gekommen, wenn ich ordentlich gejammert hätte. Aber da ist Madame sich ja zu fein für. Und auf zarte Andeutungen reagiert so 'n Pinguin nun mal nicht, dicke Federn, keine Ohren. Hätte ich geschrieben: Alles Scheiße hier, sofort herkommen! wetten, das wär gegangen? Aber so: tausend Ausflüchte, dabei wissen wir doch, wie der wahre Grund heißt: Mareike, sein Eheweib. Lässt ihn nicht. Stutenbissig. Kann frau ja verstehen, wer hört schon gern „Schatz, ich fahr dann mal ein Wochenende zu 'ner andern, Hotel brauch ich nicht, ich schlaf bei ihr … " Wenn's das nur wäre, dass die Zicke mir Jonas nicht gönnt. Gönnt ihm gar nichts, was ihm Spaß macht, geht wohl ums Spaßmonopol. Armer Jonas, nun biste glücklich um mich rumgekommen, aber besser haste es nun auch nicht. Biste deswegen angerückt? Habe die Ehre? Aber ganz ehrlich, mal janz tief in mir reingeguckt: Schade war schon, dass der Notausgang ins traute, beschauliche, langweilige Eheglückchen mit dir mir vor 'n paar Jahren auf einmal verrammelt war. Will ihn ja gar nicht nehmen, den Notausgang, Gott bewahr! Aber ist – war – trotzdem irgendwie gut zu wissen, nur so als Gefühl, da ist 'ne Luke offen, wenn's Wasser wieder mal steigt und steigt, und vielleicht ist die Luke auch gar nicht so ganz und gar verrammelt, sondern nur zu. Vielleicht sogar nur angelehnt. Gemein von mir, ich weiß. Sollst immer alleine sein nur fürs Vielleicht und für wenn ich alt und grau bin, bin gemein und kann's nicht ändern. Hätte dir gefälligst Glück zu wünschen. Fiele auch leichter, wenn's nicht grad die wär, versprochen!

„Biste eingepennt da drüben?"

„Ich denke."

„Oh. Und?"

„Ziemlich dunkel hier."

„Da stehen Kerzen und 'ne Petroliumfunzel. Gibt aber auch elektrisches Licht in diesem Dorf seit ein paar Jahren."

„Das war jetzt ein Witz oder? Mit den paar Jahren."

„Mensch, nun ha'ck extra gezwinkert!"

„Ich seh' doch nichts, befrei mich mal."

„Trauste dich nicht zum Schalter?"

„Will dein Cello nicht umschmeißen."

„Dachte ich mir. Komme schon. Achtung, blendet, der Schirm ist nicht sehr dicht."

Da sitzt er im Sessel wie ehedem. Wartet. Wie kann ein Mensch, der so viel wartet wie er nur so hoch aufsteigen?

„Bist doch eingepennt, seh ick dir an."

„Ehrenwort, ist nur das Licht; vielleicht doch lieber die Funzel?"

„Später, jetzt komm erst mal in die Küche, Grundlage schaffen."

„Grundlage? Sag nicht wir müssen mit deinem Trinker mithalten heute Abend; also mehr als ein zwei sind echt nicht drin, du weißt ... "

„... die Schilddrüse."

66

„Nee, Schilddrüse? Eher der Kopf, ich merk das immer am nächsten Tag, wenn man kaum noch was trinkt ... "

„Keine Sorge, der ist da tolerant. Und ich habe morgen die Neunte, wenn ich da verkatert aus der Wäsche gucke ist die Stunde sofort im Eimer."

„Acht Uhr?"

„Sine tempore! Acht Uhr Punkt. Aufstehen um sieben. Ferien auf dem Lande sind anstrengend, da werden die müßiggängerischen Städter auf Trab gebracht."

„Solange ich nicht das Holz spalten muss, damit es heißen Kaffee gibt."

„Aufatmen! Wie gesagt, grundversorgt waren se, immerhin."

„Komisch, ich bin irgendwie enttäuscht."

„Wovon?"

„Der Zaun, wenn das so vorher war ... "

„Die Häuser, bisschen runtergekommen, aber sonst – nicht wahr?"

„Ja. Bei uns in Bonn, da ist es deutlicher, diese Hochhäuser, in die sie die Türken gesteckt haben, und überhaupt die ganze Atmosphäre drumherum ... "

„Als ich herkam, war ich schockiert genug, besten Dank. Die Häuser, schön und gut, aber dann siehst du einen wie den alten Bruchertseifer."

„Meschugge Alte gibt's bei uns auch."

„Kann sein; aber die sind hier auf so eine aggressive Art meschugge. Muss vom Fernsehen kommen."

„Kein Wunder."

„Und ist nicht mehr viel zu löten bei vielen. Ist – das ist makaber, weiß ich, aber ist wie bei Tieren, wenn du alle aus dem Zoo freilässt. Können die gar nicht, draußen sein."

„Na ja."

„Nun runzel nich so die Denkerstirn, was heißt hier na ja, sag bloß ich hab nicht recht."

„Ist vielleicht ein bisschen stark, oder? Die meisten blühen doch auf, die Jungen allemal."

„Stimmt, passt doch, sag ich ja: Je länger dran gewöhnt, desto schlimmer."

„Hübsches Bild, aber nicht stimmig. Die im Käfig geborenen müssten ja gerade unfähig sein zum anderen Leben."

„Schlaukopf."

„Na?"

„Die Runde geht an dich. Aber ein schöner Zoo, dabei bleibe ich. Saubere Gehege, gestriegeltes Fell, jeden Mittag pünktlich Fütterung. Und darum hat's keiner gemerkt."

„Fließendes Wasser, Strom. Bier und Chips. Fernsehen?"

„Genau. Vor allem Fernsehen, scheint mir. Kaum einer redet hier noch davon, dass endlich wieder die Innenstädte frei sind und du gehen kannst, wohin es dir passt. Und dass alle ne vernünftige Tätigkeit haben.

Aber dass die Glotze jetzt anders ist, und was für Programme es früher gab, und was sie gern gesehen haben und was nicht, und welcher Idiot am prominentesten war – du, über den Scheiß quatschen sogar meine Schüler immer noch."

„Bitter."

„Ich sag dir, ich freu mich immer am meisten auf die ganz Kleinen. Die haben's fast schon wieder vergessen."

„Ein Stück weit beneide ich dich darum. Lehrer – das ist so ... welthaltig."

„Das hast du aber schön gesagt, welthaltig, du meinst, irgendwie näher an der gesellschaftlichen Front?"

„Ja, du kriegst was mit, jedenfalls denke ich mir das so; was ich so mit den Studenten rede, das ist immer nur wissenschaftlich, und wenn du mal einen das dritte Mal siehst, denkst du schon, man könnte fast das Du anbieten, so sehr hält man das schon für Vertrautheit. Man verwaltet die eigentlich nur."

„Glaub nicht, ich wüsste wer weiß wie Bescheid über das Innenleben meiner Kinder. Im Grunde geh ich auch bloß in die Klasse rein, mach meinen Stoff, und geh wieder raus. Dass ich mal ein persönliches Wort mit jemandem Wechsel, kannst du in der Woche locker an einer Hand abzählen."

„Ach so? Ich dachte – man sieht sie doch ständig, und sieht sie wachsen über die Jahre, und die jüngeren tragen das Herz doch mal auf der Zunge ... "

„Du glaubst doch nicht, die kommen zu mir und heulen sich aus, wenn sie Liebeskummer haben? Kann ich übrigens auch gut drauf verzichten. Ich hab 150 Schüler, 27 Stunden die Woche, ich hab einfach keinen Schnuff mehr, mich noch um gebrochene Herzen zu kümmern, so leid es mir tut; und wie gesagt, die Frage stellt sich gar nicht. Die machen das untereinander aus."

„Liebeskummer muss es ja nicht gleich sein, hab ich gar nicht im Sinn gehabt ... "

„Sondern? Politik? Was meinst du, was die beschäftigt?"

„Muss ja nicht gleich Politik sein, aber sonstige Probleme, mit anderen Lehrern? Oder weil alles neu ist, kommen sie da nicht eher mal zu dir?"

„Weil ich auch neu bin?"

„Ja bist du doch. Nicht als Lehrer, aus dem Osten eben."

„Ach, die kommen gut klar damit, ich glaub für die meisten ist das eher so eine Art Abenteuer, wir spielen mal jetzt ist alles anders, und mit der Welt besser klar zu kommen als die Alten, hat ja was."

„So jung und unbedarft müsste man noch mal sein."

„Red keinen Quatsch, als ob du scharf drauf wärst, noch mal jung zu sein, im Gegenteil, ich finde du bist immer noch nicht alt genug."

„Wird schon noch."

„Nein ehrlich, jeder hat so ein Charakteralter, findest du nicht? Nun sei froh, dass es bei dir nicht sechzehn ist, die führ ich dir morgen früh mal vor, und dann sagst du mir, ob das dein Charakter sein soll."

„Und deins?"

„Schon vorbei, fürchte ich."

„Rebellisch-romantische Neunzehn?"

„So in etwa. Ich hab da ja noch ne Truppe aus Freiwilligen, Testfrage: Hab ich dir von denen geschrieben?"

„Moment – wie vier Musketiere, die sich um ihre Dame ... "

„Eins, setzen."

„Klang spannend, dieser – Zirkel?"

„Bei Zirkel denken die sofort an Mathe, ich nenn es anders. Aber ist sowas, soll ein Kreis sein, und das ist knifflig, ich bin nämlich ne Ecke drin, klar."

„Sprich?"

„Mensch, mit den Bildern klappt det heute aber nich, wa? Also ich will da nicht noch ne Stunde machen, soll ja was Nettes sein, da mach ich nicht noch am Nachmittag die Lehrerin. Kreis eben, rund, alle gleich, capito?"

„Was nicht klappt, weil ihr eben nicht gleich seid."

„Ich hab mehr gelesen, die haben den frischeren Blick. Kann sich ausgleichen."

„Hm."

„Du weißt, dass ich dich erwürgen könnte, wenn du so guckst."

„Ich mein ja nur. Bisschen – viel verlangt, auch von den Schülern, so ganz die Rollen zu vergessen."

„Sollen se nich, können se nich, tu'n se nich. Aber als Ideal, als Richtung wo's hin soll ist es das, wo ich sie haben will."

„Mit freiem Volk auf freiem Grunde stehen."

„Irgendwas dagegen?"

„Iwo. Man muss nur wissen, wo man schon steht und wo nicht. Und mit wem."

„Also warten wir, bis das Volk frei ist?"

„Das Volk ist ja frei und mündig, aber die Minderjährigen eben noch nicht, und meine Studenten, nun ja, da sind es auch noch ein paar Schritte, ehe man da von gleich zu gleich auf dem Deich steht."

„Und wo ist die Grenze? Deine Studenten sind über zwanzig."

„Ja, aber es ist doch klar, ich weiß mehr als sie, deshalb kommen sie ja in meine Vorlesung und ich nicht in ihre."

„Aber mir geht es doch nicht um akademischen Stoff, ich lese Bücher mit den jungen Leuten und will mit ihnen diskutieren, was sie davon halten, da ist Einstellung gefragt, Urteilsbildung."

„Du willst 17-Jährige sich ihr eigenes Urteil über „Das Kapital" bilden lassen?"

„Das lesen wir nicht. Und wenn – warum nicht?"

„Weil Urteile ohne solide Wissensbasis Geplapper sind und nichts weiter. Und diese Basis haben die Kinder nicht, und die Studenten allenfalls ansatzweise."

„Es sind vielleicht irrige, einseitige, beschränkte, wasweißich was für Urteile, aber kein Geplapper. Die denken sich was dabei und nehmen die Texte ernst. Wann soll man denn mit dem Denken anfangen? Bis 30 nur lesen und büffeln und dann den Grips zuschalten?"

„Herrje, gibt's denn wieder nur weiß oder schwarz? Man muss die Kinder eben schrittweise heranführen."

„Sag ich doch. Und der erste Schritt ist das, was ich tue. Sie neben den 34 Stunden Paukerei in der Schule zwei Stunden was lesen und darüber nachdenken lassen, ohne dass sie die Noten im Hinterkopf haben müssen; du glaubst nicht, wie mich das ankotzt, diese ständige mir nach dem Munde reden und schreiben."

„Also kein Kapital. Was ist denn morgen dran?"

„Locke."

„John Locke?"

„John Locke."

„Ist nicht dein Ernst."

„Doch."

„Das ist – die verlogene Begründung von Privateigentum und parlamentarischer Klassenherrschaft. Freiheit und Eigentum. Für die upper class versteht sich."

„Vielen Dank, Herr Professor. Das weiß ich auch."

„Ich weiß, dass du weißt, eben! Also was soll das, davon haben die doch nun wirklich genug gehört, ich muss den ganzen Müll mühsam aus den Köpfen kriegen, und du – ich fass es nicht."

„Pass auf, sieh es dir morgen mal an. Und dann bilde dir ein Urteil. Auf solider Wissensbasis."

„So war es ja nicht gemeint, ich denke nur – ich weiß, was du im Sinn hast, natürlich muss man den Gegner kennen, insofern, schon in Ordnung, sollen sie das ruhig lesen, nur – das kann ja schief gehen, von außen sieht das so aus, da stiftet eine Lehrerin ihre Schüler an, Texte zu lesen, die – gefährlich sind."

„Von außen interessiert mich aber nicht die Bohne."

„Ich weiß, das ist ja das Problem."

„Wieso? Wer hat ein Problem?"

„Mensch Mascha, *du* wirst sicher bald Probleme haben, begreif das doch, die Leute sind nicht alle so gutmütig wie du denkst, und wer dir einen Strick drehen will, dem kommt doch so eine obskure Studienrunde nur gelegen."

„Sag mal fängst du jetzt wieder mit dem schlechten Umgang an, hast du 'ne Meise? Wer soll mir denn 'nen Strick drehen, du bist wohl vom Institutsgekungel schon ganz vernebelt."

„Jetzt erzähl mir nicht, dass es sowas an einer Schule nicht gibt."

„Aber doch nicht gleich so dramatisch, du tust ja so als ob ... selbst wenn sich da mal einer aufregt, und natürlich tut das immer einer, ich hab vierzig Kollegen, 150 Schüler, macht 300 Eltern, bei der Scheidungsrate hier eigentlich 450, klar hast du da immer einen am Hals, und jetzt komm mir nicht mit Mascha ich hab's dir immer gesagt, das geht nicht nur mir so."

„Mag ja sein. Aber dieser Zirkel, du musst doch zugeben, das ist ungewöhnlich, ich kann mir nicht vorstellen, dass sowas häufig gemacht wird."

„Nee, und? Das kratzt nun wirklich keinen. Ich hab sogar die höchstoffizielle Huld und Erlaubnis ihrer Majestät des Direktors dazu. Da kann mir keiner was."

„Der Direktor ist aber nicht die letzte Instanz in dieser Republik, soviel ich weiß."

„Und was glaubst du, wer dazwischenfunkt? Der Staatsrat? Die Politische?"

„Warum nicht? Kann doch sein, dass sich jemand für das interessiert, was die angehenden Akademiker so lesen. Und wer es ihnen zu lesen gibt."

„Also hören Sie mal, Herr Schneider, in meinem Kollektiv laufen drei oder vier Leute rum, die garantiert ein Fall für die Politische wären, was die so reden über die gute alte Zeit und der Zaun hatte seine guten Seiten und was weiß ich nicht alles. Und du glaubst, da haben die gerade mich aufem Kieker? Nee nee mein Lieber, da sind erstmal andere dran."

„Vielleicht glaubt die Politische ja, es sind vier oder fünf."

„Jonas. Du siehst Gespenster. Komm, wir trinken ein Bier, wirst sehen, wie schnell die wegfliegen, Hui!"

„Na gut, ich schau es mir morgen an, deine Musketiere."

„Und die kleine Mademoiselle! manchmal fürchte ich ja, ohne sie könnte ich den Laden ziemlich schnell dichtmachen."

„So ernst ist es den Jungs wohl nicht mit der Philosophie?"

„Doch doch. Aber so kommt noch der Zauber hinzu."

„Der Zauber. Das ist es, glaube ich, was ich vermisse."

„Kopf hoch, Alter, oder besser: nich lang schnacken, Kopf in den Nacken; das erste Bier vertreibt die Gespenster, das zweite holt ein Zauberlein herbei ... "

„Also doch, ich warne dich, nach dem zweiten musst du eine Schubkarre herbeizaubern, die mich den Berg hier raufrollt."

„Mal sehen, was sich machen lässt. Wollen wir?"

Seine Jacke, wie vom Großvater geerbt. Die Schiebermütze hab ich ihm irgendwann mal ausreden können, die war wirklich vom Opa. Sonst isses mir ja egal, und bei ihm erst recht. Nur manche Klamotten sind eben wie ein Quietschen an der Tafel. Bummelt die Treppe runter, hüpft fast von

Platte zu Platte im Vorgarten, als soll er über 'nen reißenden Fluss, Orinoko oder was. Sollte sich besser nur sitzend durch die Welt bewegen. Und immer mit einem Tisch vor dem Bauch. Oller Hüttenhund, nun kläfft er wieder, hat irgendwas im Traum gewittert und meint, er müsse mich verteidigen. Eigentlich süß. Aber geht trotzdem auf die Ketten, wenn er sich gar nicht mehr einkriegt. Männer werden eklig um die Vierzig. Hat er selbst immer gesagt, dann haben sie nämlich endlich ihren Posten und blasen sich auf. Na, zum Ekel haste nicht das Zeug. Nur zum Klugscheißer. Und da haste jetzt allerdings den Posten zu. Sich 'n Jahr nicht melden und dann Vorlesungen halten. Aber schön isses doch, dass du hier mit mir runterwatschelst.

„Ist hier jetzt draußen?"
„Gleich, der Kontrollpunkt war noch auf dieser Seite der Straße."
„Was für ein Aufwand. Wahnsinn."
„Das Beste ist: Die Wachleute wussten, wenn sie 'nen Fehler machen und ihren Posten verlieren – sind sie auch drüben."
„Kam das hier oft vor, weißt du da was?"
„Ausbrüche? Nee, wozu auch? Ziemliches Risiko, hattest gleich 'ne Anklage am Hals, war ja alles Privatgelände, unbefugtes Betreten – zack, Geldstrafe oder Bau, und Geld hatten se ja nicht. Und wozu – nur um mal zu kieken?"
„Na ja, warum nicht? Wenn ich mir vorstelle, tagaus tagein in so einem Viertel, nur diese Kästen, kein Café und nix ... "
„Typisch, die Herren Akademiker denken nur ans Caféhaus."
„Na ja, was Nettes halt, oder ein Marktplatz."
„Die hatten ihre Kaufhalle, die hast du noch nicht gesehen, ist jetzt immer noch eine. Da war alles billig. Und schlecht.

Sieht man den Leuten auch heute noch an, find ich. Fett und blass und schlechte Zähne, selbst die Jungen. Ich kann dir in jeder Klasse genau sagen, wer im Zaun gelebt hat und wer nicht. Und – was wollt ich – ja die Kaufhalle war so 'ne Art Treff, mit 'nem Kiosk davor, da gab's dann auch schon mittags Bier. Sagt Frau Bruchertseifer."

„Sag mal, dass du hier rein gezogen bist ... "

„Ja. Blanke Absicht, in der Tat. Ich hätte auch unten am Fluss wohnen können, oder beim Wäldchen auf dem nächsten Hügel, wo die Schule steht, sehr idyllisch."

„Aber du wolltest noch was von den Bruchertseifers mitkriegen."

„So isses. Bin ja nicht wegen dem Wald hier."

„Sondern der Menschen wegen."

„Na, das nenn ich doch mal eine elegante Verbesserung. Hamse dir das an der Uni beigebracht?"

„Und wie macht ihr Pauker das? Ohren langziehen?"

„Also nicht des Waldes wegen kam ich her, sondern von wegen die Revolution."

„Zum Glück unterrichtest du russisch und nicht deutsch. Also kein Wäldchenidyll. Aber so auf Dauer – wann rekonstruieren sie denn die Häuser? Oder ist das doch nur für den Übergang?"

„Wer weiß?"

„Was – wann die rekonstruieren oder wie lange du hier wohnen bleibst?"

„Mit dem Rekonstruieren, das kann dauern. Teilweise bauen sie auch ganz neu, für die Alten aus dem Zaun soll's demnächst ein Heim geben. Und mit mir – das kann auch dauern. Vielleicht hat ja die große versoffene Liebe auf mich in diesem Nest gewartet, und wir ziehen zusammen in seine kleine Bude überm Kino, war ja leider noch nicht drin."

„Aber er hat dir schon davon vorgeschwärmt?"

„Nee. Erkundigungen."

„Bei wem erkundigt man sich denn, wenn man was über den Filmvorführer wissen will?"

„Ganz egal, den kennt hier jeder. Das Beste hab ich dir je noch gar nicht erzählt. Frag mich doch mal nach seinem Klassenhintergrund."

„Ich ahne Schlimmes."

„Papa war der reichste Mann weit und breit, so richtig fies, mit Im- und Export, Börsenspekulation, Immobiliengeschäften ... Gesicht sofort einziehen! Wenn du noch zwei Sekunden so guckst, zerre ich dich hier in die Büsche und erwürge dich."

„Ich meine ja nur ... "

„Und kein Wort von schlechtem Umgang und dergleichen, capito? Sieht man dem Typen auch gar nicht an, seinen Stall, wie gesagt: ist 'n Ungekämmter."

„Ja nun mein Kind, wenn er dich denn liebt ... "

„Wirst ihn trotzdem zum Kotzen finden, aber egal; dein fester Wille zur Altersmilde wird hiermit offiziell zu Protokoll genommen und gewürdigt. So, das ist die Hauptstraße. Ich sag's lieber mal dazu."

„Ist ja ein reges Treiben. Gibt's hier 'ne Ausgangssperre?"

„Links schwenk. Noch hundert Meter bis zum Zapfhahn. Das Kino ist übrigens gleich um die Ecke. Das heißt, eigentlich ist ja alles gleich um die Ecke."

„Darf ich ihn denn trotzdem drauf ansprechen? Auf den Herrn Papa mein ich? Interessiert mich einfach, beruflich."

„Tu das, tu das! Wird bestimmt ein sehr anregender Abend."

*

„Ganz schön laut."

„Ist ja auch eher was für Jüngere."

„Schüler von dir da?"

„Moment – nicht direkt, die Mädels dahinten sind von unserer Schule, aber die hab ich nicht."

„Ist das nicht komisch? Wenn die dich hier sehen?"

„Was willste machen, was denkst du wie die alten Herren in der Eckkneipe gucken würden, wenn ich da rein gehe und beim Skat störe."

„Immerhin bist du in seriöser Begleitung."

„Seriöser gehts gar nicht. Aber wer weiß, vielleicht sind wir ja im Laufe des Abends zu dritt, und wenn das die alten Herren sehen ... "

„Und die Schüler ... "

„Ach, die sind liberal. Bei denen gibt das Punkte. Gibt übrigens noch ein paar junge Lehrer, die hier – Scheiße.

„Was ist los?"

„Da kommt er."

„Der Kino-Mann?"

„Kino-Mann. Und jetzt?"

„Wie: und jetzt. Ich denke, deswegen sind wir hier."

„Schon, nur – zu spät. Er kommt zu uns her. Haste dein nettes Gesicht dabei?"

5. Bornholm

Also was wissen wir. Ein weißes Blatt Papier, in die Mitte, mit dem Lineal, ein Quadrat. Bornholm hat recherchiert. Mit Bleistift in das Feld: Franz Hofmann. Dahinter ein Kreuz. Der singende – ja was, da fängt es an, was war er, von Beruf.

78

Kurz nach der Revolution in der Kreisverwaltung untergekommen, Lebensmittelkontrolle. Klar, das war Iltum. Ein Anruf bei der Behörde, und es besteht kein Zweifel: Gänzlich ungeeignet sei er gewesen, aber was wollte man machen, kam 'ne Weisung von oben. Habe aber auch keinen Schaden angerichtet, sei eh so gut wie nie da gewesen, nur wenn er Besuch empfing und sich mit seinem Schreibtisch wichtigmachen wollte. Und vor der Revolution? Abgebrochene Ausbildungen (KfZ-Mechaniker, Zahntechniker) und gescheitertes Kleinunternehmertum, eine schwer durchschaubare Vielzahl von Eintragungen ins Handelsregister, in der Regel ein bis zwei Jahre später wieder gelöscht. Passt zu dem, was Hannes brachte aus seinen zwei Gesprächen, eines mit einem Mitglied des Kirchenchors, den Hannes über seinen Schwager kannte, eines mit einer Frau, die Franz Hofmann vor Jahren bei einer seiner windigen Unternehmungen als Sekretärin eingestellt hat. Zwei Gespräche sind nicht viel für einen ganzen Vormittag, findet Bornholm, aber immerhin. Charme habe er gehabt, der Franz Hofmann, aber das sei manch einem auch auf die Nerven gegangen. Männern wie Frauen. Wusste sich in Szene zu setzen, so dass man ihm sogar jedes Mal ein wenig Vertrauen entgegen brachte, wenn er von einer neuen Geschäftsidee anfing – obwohl allen klar war, dass erstens das Geld seines Bruders dahinter steckte, und kein seriöser Bankkredit, und dass es zweitens noch mit jeder seiner Ideen ein frühes und teures Ende genommen hatte – dennoch, er war gewinnend und selbstbewusst, so sehr, dass er überzeugte, so lange er im Raum war. Soweit übereinstimmend beide Befragten. Zu seinen Frauengeschichten leicht Abweichendes. Die Sekretärin: Korrekt habe er sie behandelt, immer ein Gentleman – so sagte sie tatsächlich, hob Hannes hervor – aber natürlich habe der in jedem Hafen eine Braut gehabt, da sei sie sich sicher, warum auch nicht, schöner, ungebundener Mann, der er war. Ob ihm daraus Feindschaften erwachsen seien? Möglich, aber sie wisse von keiner. Dann aber sei es ja auch lange her, dass sie für ihn tätig war, und es habe ja auch nicht lange gedauert, er habe ja manchmal nicht so ein glückliches Händchen gehabt, leider. Der Kamerad aus dem Chor: Ja, die Weiber. Natürlich sei der Franz ein Filou gewesen, aber man müsse da schon auch was abziehen; war eben ein Aufschneider, auf jedem Gebiet, und dass nun keine vor ihm sicher gewesen wäre – na ja! Gab Gerüchte, und das sorgte dann gerade im Kirchenchor, wie man sich denken kann, für Unmut, Gerüchte aber eben nur, er sei zudringlich geworden bei einer. Ist aber auch schon fünf Jahre her, warum sollte da jetzt noch einer kommen ... was das Finanzielle betrifft, weiß keiner der beiden Genaues. Die ehemalige Sekretärin: Seinerzeit seien Schulden aufgelaufen, wie auch anders, aber das habe „Der Hofmann" – Martin Hofmann – bereinigt. Und der Herr vom Kirchenchor: Kann er nichts zu sagen, der Franz kam immer schnieke und adrett daher, ob er nun neues Geld hatte oder wieder mal frisch vor der Pleite stand. Bornholm hätte gern ein Foto, eines zu Lebzeiten. Im Toten war keine Person mehr zu erkennen gewesen, nur eine stämmige Gestalt. Es bleibt beim Namen und dem Kreuz im zentralen Quadrat. Geld, Frauen, kann wichtig sein, aber nicht die Ordnung verlieren, die Struktur. Erst die Familie. Das ist es fast immer.

Links und rechts davon, etwas abgesetzt, je ein weiteres Quadrat. Links der mittlere der drei Brüder: Martin Hofmann, der tief gesunkene. Vor zwei Jahren noch der heimliche Herr des Städtchens, kontrollierte die Bank und den Stadtrat. Wie Franz im Krieg geboren, hier im Ort, und so gut wie nie weg gewesen, nur für ein paar Jahre zum Studium, in Bonn. Irgendwas mit Wirtschaft. Jetzt: Alkoholismus, leichte Geistesgestörtheit (behauptet, überprüfen!). Ins Quadrat rechts von Franz: Der älteste Bruder, Heinz. Hat sein ganzes Leben im gleichen Haus verbracht: Geboren und heute noch wohnhaft Siegstraße 1. Bäcker gelernt vom eigenen Vater, dessen Betrieb er übernommen hat vor 15 Jahren. Keine sonstigen Einträge (Befragen!). Ein neues Quadrat über die drei: Der Vater, Georg. Der alte Bäckermeister. Wohnt noch in seinem Haus, das er gebaut hat 1927. Siegstraße 1, sie wohnen alle drei da, der alte Bäcker und der junge schon immer, und Martin Hofmann seit der Revolution. Ist enteignet worden. Rechts von Heinzt: Die einzige Schwester, Gertrud. Auch im Ort, aber unter anderer Adresse. (Auch hier: befragen!).

Gut, Schwester, wie sieht's sonst mit Frauen aus, wenn's die Familie nicht ist, das ist es dann meistens. Oder in Kombination. Um das Feld mit Franz Hofmann hat Bornholm Platz dafür gelassen, aber er füllt sich kaum. Ehe geschieden schon vor fast zehn Jahren, die Frau lebt jetzt in Süddeutschland, hat wieder geheiratet, ziemlich bald danach. Wohl kein Zufall. Seitdem: Nichts amtliches, aber Gerede, Andeutungen von Nachbarn und Angestellten, nicht sicher einzuschätzen. Interessant wäre: ein Verhältnis mit vergebenen Frauen, aber dafür gibt es wie gehört noch keinen Anhaltspunkt. Noch. Weiter recherchieren! Eine interessante Bemerkung des Chorsängers: Franz Hofmann habe sich zuweilen – aber das sei jetzt wirklich nur ein Gerücht! – bei Professionellen versorgt. Das entsprechende Etablissement befindet sich an der Ausfallstraße nach Bonn. Wird man nicht umhin kommen, vielleicht ist da was vorgefallen. Dienst ist Dienst. Aber erst morgen, anderes ist dringlicher. Er kann auch Hannes schicken. Andererseits: Nein, besser er geht selber dahin. Also ein B für seinen Namen in die Ecke des Feldes, in das er nach kurzer Überlegung „Bordell" geschrieben hat.

Es bleibt leer um Franz Hofmann. Die Frau ist weg, Kinder gab es nicht. Freunde, Feinde, Konkurrenten? Um was denn? Er sang im Kirchenchor und im Gesangsverein, gibt es Konkurrenz bei so was? Kann man sich kaum vorstellen, andererseits: weiß man's? Hannes hat da nichts rausgekriegt, aber wer sagt, dass der Kumpel seines Schwagers gerade der richtige Mann ist. Und ob Hannes alles raushört. Also: weiter erkundigen, wer ist Anlaufstelle, erst mal der Pfarrer, und dann einen vom Verein, als Kontakt ist der Vorsitzende angegeben, also gut, er selbst zum Pfarrer („B"), Hannes zum Vorsitzenden („H").

Was sonst noch? Wieder der Blick auf die Flügel, die äußeren Felder, die Familie. Die Mutter ist gestorben, vor Jahren. Die Schwägerinnen: Heinz seit über 25 Jahren verheiratet, Verhältnis seiner Frau zu Franz Hofmann nicht bekannt. Und die Frau von Martin Hofmann ist auch weggelaufen, ganz kurz vor der Revolution (Verhältnis zu Franz Hofmann erfragen!). Sonstige Verwandtschaft: Neffen und Nichten. Die meisten leben nicht mehr im Ort, aber man sollte zumindest überprüfen, wo sie gerade stecken. Heinz hat drei Töchter, alle aus dem Haus, eine studiert in Sachsen, eine in der Lehre in Norddeutschland (warum auch immer, nachfragen.), eine verheiratet ins Ausland. Die Schwester hat einen Sohn, der fährt zur See. Bleiben nur die beiden Söhne von

Martin Hofmann, dem Unternehmer. Der ältere, David, schon über 33, war lange weg, Studium und Rumtreiberei, leitet seit ein paar Monaten das Kino hier im Ort. Und ein Nachzügler, Tim, 19, arbeitet in der Altenpflege auch hier im Ort. Obwohl er Abitur hat, kein schlechtes. Ungewöhnlich. Nicht viel. Iltum hat ganz andere Mittel, die Kontoauszüge, Konsumverzeichnisse, gezielt ausgesuchte Informanten, nicht zuletzt die Laborberichte. Als ob er die ihnen nächste Woche wirklich vorlegen würde. Quatsch, sie kriegen da was Frisiertes, Iltum ist nicht sehr intelligent, aber schlau. Der hält seinen Vorteil fest, wo er ihn hat. Und natürlich ist da noch was im Busch. Für den Franz Hofmann, selbst wenn er für sie gearbeitet hat, schicken die keinen von der Politischen. Die wissen was. Wahrscheinlich irgendwas mit der Bordellszene, irgendwas das weiter reicht, über das Dorf hinaus. Und dennoch: Sie werden viel übersehen, gerade Iltum, und vielleicht wird es das Wesentliche sein: Die kleinen, entscheidenden Dinge, das Private, den ganz gewöhnlichen Hass. Den Martin Hofmann, den muss man sich daraufhin mal ansehen. Und vielleicht auch seine Söhne. Jeden, der was verloren hat.

„Gut Hannes, dann wollen wir mal."
„Ich hab doch den Dienst, ich bleib noch."
„Vom nach Hause gehen war auch nicht die Rede. Wir legen los."
„Und die Bereitschaft?"
„Macht der Junge. Dienstverpflichtung, kann er sich gleich mal dran gewöhnen."
„Aber dat kann der doch noch nicht, wenn da wat passiert, und der Jung ... "

„Herr Heiner, das lassen sie mal meine Sorge und Verantwortung sein, ja? Hier ist zwei Jahre lang nichts passiert. Bis
gestern. Und wenn irgendwo ein Bengel eine Scheibe ein-
wirft, kommt der junge Mann damit schon klar, denken Sie
nicht? Also. Ich brauche Sie bei der Ermittlung."
„Na dann. Wenn dat so is."
„Ich habe eine erste Einteilung vorgenommen. Heute Abend
schaffen wir jeder noch zwei Termine, denke ich. Sie gehen
zur Schwester von Franz Hofmann, hier ist die Adresse."
„Kenn ich."
„Persönlich?"
„Wat is persönlich, meine Tochter is mal mit dem ihren Sohn
gegangen, woll?, aber dat is, wie lang is dat ... bald zehn
Jahre is dat her, und dann sieht man sich halt, auf der
Kirmes, und schwätzt auch mal, woll?"
„Umso besser. Versuchen Sie möglichst viel rauszukriegen,
besonders das Verhältnis der Brüder untereinander interes-
siert mich. Vor allem Martin Hofmann."
„Sie meinen echt, dat der dat war?"
„Wäre die einfachste Erklärung. Und die stimmen meistens.
Für phantasievolle Raterei ist Iltum zuständig."
„Sie können den nicht leiden, woll?"
„Er ist ein Kollege."
„Und da sagt man nixen böses, dat weiß ich, aber ich kann
Sie da verstehn. Dat is en Irgeliger."
„Ein was?"
„Ein Irgeliger, dat is wenn, na wenn ... wie soll ich dat er-
klären, na wenn einer so is wie der Iltum."
„Alles klar. Also Sie fangen mit der Schwester an. Und dann
wäre da noch der Gesangsverein.
Ich habe hier den Vorsitzenden als Kontakt, rufen Sie doch

mal an und versuchen Sie, ihn heute noch zu sprechen."

„Aber wat hat denn dat Singen zu tun mit dem Mord, ich dachte et is der Hofmann gewesen."

„Nur eine Hypothese. Eine begründete Vermutung. Aber wir müssen allem nachgehen. Fragen Sie nach Feindschaften, Frauensachen ... Sie können ja ruhig auf das Gespräch mit Ihrem Schwager Bezug nehmen."

„Dat kann ich machen, aber dat hat mir der Schwager ja alles schon erzählt, woll? Wat soll denn ... aber ich mach dat, klar."

„Bestens. Morgen um acht tragen wir zusammen."

„Um acht schon."

„Iltum hat vielleicht mehr Informationen, aber der schläft lang."

„Ach so. Und wir sind dann schon auf und haben 'nen Vorsprung."

„Ganz genau."

Bornholm klappt sein kleines schwarzes Notizbuch zu. Er besitzt einen Vorrat an diesen schwarzen Notizbüchern, weil sie schwer zu bekommen sind außerhalb Rostocks. Sehr handlich, und passen in jede Jackentasche, haben jedoch festvernähte Seiten, so dass selbst bei längerer Benutzung – zuweilen dauert es mehr als einen Monat, ehe er eines vollgeschrieben hat, obgleich er nie zwei Notizen zu verschiedenen Sachverhalte auf die gleiche Seite schreibt – sich niemals ein Blatt löst. Bornholm hängt die Akte zurück in den Schrank und legt den Bleistift und den Farbkugelschreiber in ihre Futterale. Nimmt den hellbeigen, fast bis zu den Knöcheln reichenden leichten Regenmantel vom Haken, prüft den Himmel. Er hat das Wetter am Morgen richtig eingeschätzt: Ein flüchtiger Sonnenschein, dem der Wind bereits zusetzt. Bornholm ist sich sicher, dass es noch heute Nacht Niederschlag geben wird. Er zieht den Regenmantel über die Schultern und verlässt das Büro.

Vorsichtige Autofahrer haben schon die Scheinwerfer angestellt, und auch aus dem Kulturhaus und einigen umliegenden Wohnungen dringt Lichtschein. Bornholm wendet sich nach rechts und folgt dem schnurgeraden Lauf der Grotewohl-Allee. Er überquert die Hachenburger, die steil in den Hügel steigt, und wartet an der Fußgängerampel. Auf der anderen Straßenseite gähnen die leeren Schaufenster, über denen noch beschwingte Buchstaben in Pink vom „Sporthaus Panther" sprechen, von „Fun & Fitness" und „Power & Profile". Grün. Bornholm gefällt die strichhafte Figur, sie wirkt weniger gemalt, hat mehr von der wünschenswerten Eindeutigkeit des Verkehrszeichens. Der Überweg führt unmittelbar auf den winzigen Vorplatz des Postamts. Auf den Bänken lungern häufig zwei, drei dummdreist blickende Jugendliche in nachlässiger Kleidung, mutwillige Löcher und Flicken. Wird ihnen heute zu kalt sein. Bornholm hat sich vorsichtig erkundigt, bei der Kreisverwaltung zunächst und parallel auch beim Bürgermeister, ob das als Sonderheit des anderen Deutschlands hinzunehmen sei, oder ob man nicht mal ein wenig für Ordnung sorgen könne. Der Bürgermeister hat entgegnet, in dem Bornholm so verhassten Klang von laissez-faire dieser Gegend: „Ach Jott, Herr Kommissar, dat sind doch bloß Jongens, dat gibt sich von selber." Und die Kreisverwaltung wollte nachher nichts gewusst haben: „Ja wenn Sie das für angezeigt halten, Herr Bornholm." Immerhin, es waren weniger, laut Hannes, viel weniger als vor der Revolution. „Damols, dat sind manchmal en Dutzend gewesen und noch mehr, die hann all nit gewusst, wat anfangen mit sich." Die Menschen, die Bornholm auf seinem kurzen Weg durch die gepflasterte Gasse der Fußgängerzone begegnen, sind leicht an zwei Händen abzuzählen. Auch in den Läden regt sich nicht viel, nur aus dem Eckschank quillt Stimmengewirr und, als er dicht vorübergeht, sogar die Wärme eng beieinander stehender Leiber und Qualm. Gleich hinter den gegrünten Butzenscheiben des Wirtshauses der Kirchhof, auf dem ein paar Kinder Fußball spielen. Von hier knickt das Sträßchen steil zum Fluß hin ab, und Bornholm denkt, wie unsinnig es war, gerade hier Kopfsteinpflaster zu legen, das im Winter besonders rutschig werden musste; gerade hier um die Kirche, die erfahrungsgemäß vor allem Alte aufsuchen, erscheint ihm das wenig überlegt. Kaum hundert Schritte hinter der Bahnunterführung, direkt am Fluss, ragt das einsam stehende Fachwerkhaus auf, Siegstraße 1. Weit entfernt von den anderen steht das Haus, nach zwei Seiten durch die Straße und den Fluß abgesondert, nach vorne und zur Rechten durch die weite durchgängig geteerte Fläche eines immensen Parkplatzes, weit hinten am Ende der Fläche ein Werkstor und Fabrikhallen. Er betritt das Haus durch die Ladentür der Bäckerei.

Ein Kunde wird gerade bedient, Bornholm wartet, bis er den Laden verlassen hat, ehe er der fülligen Verkäuferin sagt: „Guten Tag, Bornholm, Polizei" und dazu seinen Ausweis zeigt, weil dies die Vorschrift ist, und auch weil er sich nicht ganz sicher sein kann, dass die Frau ihn kennt, „Ich möchte mit Martin Hofmann sprechen."

Er hat es leise gesprochen und sich um möglichst viel Zivil in der Stimme bemüht, und doch antwortet die Verkäuferin ängstlich: „Ja, also der Herr Hofmann ist nicht da."

„Wissen Sie, wann er zurück erwartet wird?"

„Nää, dat is immer schwer zu sagen, woll? Kann spät werden."

„Na schön, und Heinz Hofmann?"

„Der schläft, et is ja von vier bis sechs. Wir sind ja Bäcker, woll?"

„Natürlich."

„Is et dann wichtig?"

„Schon, ist denn gar niemand von der Familie zu sprechen?"

„Dä Frau Hofmann es in ihrem Bürro, gleich hier nebenan, und oben es noch der Opa."

„Frau Hofmann dann bitte."

„Wat, Sie meinen, ach so, ja, 'n Moment mal, woll?"

„Danke."

Sie verschwindet durch eine Schiebetür, Bornholm hört ein paar Schritte über Fliesen klackern, Klopfen und das ächzende Geräusch, das alte große Messingklinken von sich geben. Sie tauschen wohl ein paar Sätze, dann kehrt die Verkäuferin zurück und bittet Bornholm unbeholfen herein. Er folgt ihr durch die Schiebetür, Duft von Mehl und süße Wärme aus der Backstube, ein aus dunklem Holz gezimmerten Treppenaufgang. Prallt beinahe in eine klein und breit gewachsene Frau, der schwarzes Stirnhaar bis über die große Brille fällt. Auch ihr Gesicht wirkt auf eine angenehme Weise breit, grobknochig, mit einem Mund, den weit auseinanderstehende Wangenknochen dehnen; weit entfernt stehende Augen, die auch nicht zusammen rücken, als sie die Brille abnimmt. Ein offenes Gesicht. Sie stellt sich vor, wirkt auf Bornholm aufgeregt, aber nicht abweisend. Auch nicht zu unterwürfig bietet sie ihm einen Stuhl, fast wie einem Gast eher.

„Mein Beileid, Frau Hofmann.“

„Ja.“ sagt sie nur, verlegen. Und noch: „Schrecklich, was die Menschen tun.“ Es ist keine Floskel, Bornholm spürt das und kann sich auf seinen Sinn verlassen.

„Eines vorweg, Frau Hofmann, dass ich hier bin, ist reine Routine. Wenn so etwas geschieht, müssen wir zunächst Personen befragen, die uns erste Anhaltspunkte liefern können, und dazu zählt nun mal in der Regel die nähere Verwandtschaft.“

Jetzt erst schaut sie erschreckt. „Ja wenn Sie meinen, dass ich Ihnen, was wollen Sie denn wissen?“

„Sie sind Franz Hofmanns Schwägerin, richtig?“

„Ja, Franz ist der Bruder vom Heinz. Von meinem Mann.“

„Wie würden Sie Franz beschreiben?“

„Ach Gott, der Franz. Eigentlich, er hat doch nie wem was getan, ich versteh das einfach nicht, hat immer ein bisschen angegeben, aber in der Seele war der gut, wenn wir mal Hände zu wenig hatten, der Franz ist immer gekommen, und immer so'n fröhlicher Mensch gewesen, hat viel gelacht und gesungen, nein ich versteh das nicht, ich versteh das einfach nicht ... “ Ihre Stimme beschlägt, sie hält sich die flache, breit gearbeitete Hand vor die Lippen und wiegt den Kopf.

„Hatte Franz mit irgendjemand Streit gehabt, vielleicht auch vor längerer Zeit?“

Bornholm kann beobachten, wie ihr Blut sich ins Innerste zurückzieht. Ihr Gesicht erbleicht mit diesem Satz bis auf zwei Hitzeinseln unter den hohen Wangenknochen.

„Nein, nein überhaupt nicht, niemand.“

„Denken Sie noch einmal nach, es muss ja gar nichts gravierendes sein, ist denn da nie mal etwas vorgefallen?“

„Nein.“

„Noch eine Frage, Der ältere Bruder von Franz Hofmann, Martin, seit wann wohnt er bei Ihnen?"

„Na, seit dem – seit zwei Jahren, ungefähr."

„Und sein jüngster Sohn auch, nicht wahr?"

„Timo, ja."

„Ihre eigenen Kinder sind alle aus dem Haus?"

Sie blickte Bornholm mit forschendem Misstrauen an. „Ja. Die haben woanders gelernt, und unsere Jüngste ist studieren, in Bayern."

„Ich würde mich gerne mit Martin Hofmann unterhalten, würden Sie ihm bitte ausrichten, er möchte morgen um zehn Uhr in die Dienststelle am Rathaus kommen?"

„Ja, nun, ich will's versuchen."

„Versuchen?"

„Es ist, er kommt meistens sehr spät, und dann schläft er lang, ich kann es nicht versprechen, dass ich ihn – kann ich Sie morgen früh anrufen?"

„Wollen Sie die Nummer notieren?"

Sie holt einen Notizblock aus einer Schublade des Sekretärs. Bornholm blickt über die Lehne ihres leeren Stuhls hinweg auf eine Korktafel, auf die Fotografien geheftet sind. Sie lässt sich die Nummer diktieren, wiederholt die Ziffernfolge. Fragt nach, bei wem sich Martin Hofmann zunächst zu melden habe.

„Eine letzte Frage noch, ihr Schwiegervater, der wohnt doch auch hier?"

„Ja."

„Er muss ja um die 80 sein, ist er bei guter Gesundheit?"

„Er wird 80 nächsten April, aber doch, alles in allem, er kann sich nicht beschweren, die Hüfte ist nicht mehr so gut, aber sonst."

„Wie hat er die Nachricht aufgenommen?"

„Sehr gefasst" eine Pause. „Das ist die Generation."

„Verstehe. Ich würde gerne – wirklich nur ganz kurz – mit ihm sprechen."

„Ich weiß nicht recht, ob das so –„

„Nur ganz kurz, zwei, drei Fragen, er wohnt wohl in den oberen Etagen?"

„Ja, aber – gut, ich gehe aber kurz vor und sage es ihm. Wenn Sie solange noch –„

„Ich warte hier." Sie lässt die Tür weit offen stehen und steigt die Holztreppe hinauf, die jeden Schritt mit einem lauten Knarzen begleitet. Bornholm notiert sich einige Sätze in seinem schwarzen Büchlein; Eindrücke: Ein Kruzifix an der Wand. Daneben ein bemalter Teller, eine verschneite Kirche. Auf der bestickten Tischdecke: Jahreszeitenmotive. Die Fotos: Die Töchter, in allen Altersstufen, einzeln oder zu dritt, mit den Eltern, er erkennt die Frau in jüngeren Jahren.

Nach einigen Minuten kehrt Frau Hofmann zurück und bittet Bornholm hinauf. Ein Treppenaufgang, der Vertrauen erweckt: die gedrechselten Knaufe an den Enden der Stiege, wo die Treppe einen kleinen, mit altertümlichen Werkzeugen und Backgeräten ausgeschmückten Absatz erreicht, Brotschieber und Schleifstein; das mit schweren Balken versehene Geländer lädt dazu ein, die rechte vertrauensvoll darauf zu legen und mit den Schritten über das Holz gleiten zu lassen. Sie steigen bis in die dritte Etage, die genauso geschnitten ist wie die vorige, wieder sind es vier Türen, die rings vom Treppenhaus ausgehen; als besteige man einen Turm. Frau Hofmann klopft kurz mit dem Knöchel an bevor sie fast gleichzeitig eintritt. Bornholm wartet einen Moment, ehe er ihr folgt.

Der Alte sitzt in einem dunkelroten Plüschsessel, der zwischen die beiden winzigen Fenster des Raumes gerückt ist. Er beugt sich vor und sieht den Besucher auf eine Bornholm nicht eindeutige Weise an. Er ist groß, Bornholm schätzt, daß der Alte ihn überragen würde, wenn er aufstünde, aber das tut er nicht, entschuldigt sich: „Isch bleiben sitzen, wenn et nixen ausmacht." Es ist Spott oder Freundlichkeit darin, Bornholm entscheidet es nicht. Hofmann sieht ein wenig altersschwer aus, aber durch das Gewicht der Jahre hindurch glaubt Bornholm eine schlanke Körperanlage zu entdecken, sein Haar ist voll bis zu den Schläfen und kraus in tuchweißen Locken über den Ohren. Bornholm wendet sich an die Frau: „Danke, Frau Hofmann." Und als diese nicht versteht: „Ich würde mich gerne ein wenig allein mit Herrn Hofmann unterhalten."

„Is gut, Ella." beschwichtigt der Alte, als sie zu protestieren ansetzt. „Is schon recht."

„Aber bitte wirklich nicht zu lange, Herr Kommissar, ich warte dann unten auf Sie, ja?" Schon knarzt die Treppe unter ihrem stämmigen Schritt. „Bitte" weist der alte Hofmann Bornholm einen Stuhl.

„Es tut mir sehr Leid um ihren Sohn."

Hofmann schließt kurz die Augen und nickt tief, vielleicht ein wenig unduldsam. Sein Kopf sitzt groß auf den Schultern. Er hat ein klar gezogenes Kinn und volle, beinahe weibliche Lippen, darüber eine nicht große, aber unebene Nase, die in einer pflaumendicken Rundung endete. Die Augen sind von wässrigem Blau, wie der heitere Himmel an einem Wintertag.

„Ich weiß, dass unsere Fragen unangenehm sind, aber dennoch müssen wir ... "

„Herr Bornholm." Er spricht nicht laut, aber bestimmt. „Et is
gut."

Es liegt Bornholm auf der Zunge, sich zu entschuldigen. Er
legt einen Unterarm auf den Tisch. Der Alte sitzt unbeweg-
lich. „Also dann, können Sie sich jemand vorstellen, der das
getan hat?"

„Nein."

„Aber so ein Mord geschieht doch nicht aus heiterem
Himmel, da muss es doch einen Streit gegeben haben, ein
Zerwürfnis, und es muss so heftig gewesen sein, dass es auf-
fiel."

„Wenn et so auffallend wor."

„Bitte?"

„Dann müssen Sie ja nixen fragen, wenn es so auffallend
war."

„Ich meine ja, wir von der Polizei, wir kennen ja nicht Ihre
Familienverhältnisse, auch wenn das für Nahestehende kein
Geheimnis war. Um auf den Punkt zu kommen: Gab es nicht
Animositäten, Abneigungen zwischen den Brüdern?"

„Und wenn. Dat geht keinen nixen wat an."

„Ich fürchte doch. Also gab es welche."

„Dat is so zwischen Brüdern. Der eine es so und der andere
so. Und wat die Leute all so soddern ... "

„Bitte?"

„Die Leute, die reden zu viel."

„Kann sein. Umso wichtiger, dass Sie mir berichten, wie es
wirklich war. Damit ich kein falsches Bild bekomme."

„Da es nixen jewesen. Die haben sich ab und zu gezankt, dat
es alles."

„Und worüber? Worum ging es da?"

„Wat weiß denn ich, dem Franz is et nicht so gut gegangen

vorher, und dem Martin jetzen, und da haben se sich drüber gezankt, dat es hier in den allermeisten Familien so, und dat geht gar keinen nixen wat an."

„Es gibt Leute, die sagen, Franz habe Martin damit aufgezogen, dass er alles verloren hat. Und dass er Martin damit zur Weißglut bringe konnte. Es sei schon mal fast zu Handgreiflichkeiten gekommen."

„Und?"

„Was sagen Sie dazu, stimmt das?"

„Und wenn schon. Der Martin hätt dem Franz nixen getan. Der könnt dat gar nit mehr."

„Sie meinen wegen seines Alkoholkonsums."

„Der Martin is immer schon ein schmächtiges Kerlchen jewesen. Und jetzten ... nä, der könnt dat gar nicht."

„Die Wut verleiht zuweilen ungeahnte Kräfte."

„Ich hab da nixen zu zu sagen."

„Na gut. Aber helfen könne sie doch. Ich muss unbedingt mit Martin sprechen, und zwar nüchtern. Es ist wirklich wichtig. Und nur gut für ihn. Morgen Vormittag, er soll auf die Station kommen. Können Sie ihm das deutlich machen?"

„Ich kann et versuchen."

„Also dann. Wiedersehen."

„Wiedersehen."

Die Treppe hinunter, wo die gute Frau bereits wartet.

„Eins noch, Frau Hofmann: Ich würde mir gern das Zimmer ansehen, das Martin Hofmann gerade bewohnt."

„Das ist oben, aber ... das wär doch besser, wenn er da wär, oder?"

„Mir wäre es gewiss lieber, wenn er da wäre, aber so habe ich wenigstens einen kleinen Einblick. Es muss sein."

Sie geht wieder voran, unwilliger. „Hier."

Eine Kammer. Kaum drei, vier Schritte im Quadrat. Klapp-bett, ein schmaler Schrank. Ein kleines, schräges Fenster. Hinter einem Vorhang ein Waschbecken. Der Spiegel halb-blind. Zwei Zahnbürsten. Das Bett aufgeschüttelt, es liegt nichts herum, ein paar Zeitschriften ordentlich auf den klei-nen Beistelltisch neben dem Klappbett gestapelt.

„Sie halten hier alles in Ordnung?"

Sie nickt.

„Es muss für Ihren Schwager – nicht einfach sein."

„Nein. Ist es auch nicht."

„Er hat vorher anders gelebt."

„Schon recht. Wir tun was wir können, aber – was soll's, der Herr hat gegeben ... "

„Sieht Martin Hofmann das auch so? Ich könnte mir vorstel-len, er hat geglaubt, seinen Reichtum verdient zu haben."

„Ja. Hat er."

„Und genommen hat es ihm doch nicht der Herr, sondern ganz bestimmte Leute. Leute, denen es nach der Revolution jetzt besser geht. Richtig?"

„Ich weiß, was Sie sagen wollen."

„Und?"

„Ich kann Ihnen dazu nichts sagen, wirklich nicht. Martin war ... schwer gekränkt, das ja. Aber nicht so ... Herr Bornholm, er war's nicht. Glauben Sie mir."

„Ich darf nicht glauben in meinem Beruf. Wir dürfen ja auch niemanden einsperren, nur weil wir glauben, er habe etwas getan, und umgekehrt ist das leider genauso."

Sie nickt, aber es drückt keine Zustimmung aus.

„Ich müsste mir auch mal den Kleiderschrank ansehen."

Die Wäsche ist sorgsam gefaltet und gestapelt. Drei Hemden an Bügeln.

„Wann haben Sie zuletzt seine Wäsche gewaschen?"

„Gestern früh."

„Und wo bewahren sie die schmutzige Wäsche auf?"

„Im Keller ist die Waschküche, aber warum wollen Sie denn
... " dann versteht sie. „Ach so."

„Ich müsste da auch mal einen Blick drauf werfen. Und die
Sachen mitnehmen, die Martin Hofmann gestern getragen
hat."

„Ich hole sie."

„Ich komme mit, wenn es Ihnen nichts ausmacht. Im Keller,
sagten Sie?"

Die Treppen hinunter, wieder die Hand am schweren Holz
des Geländers, man steigt diese Treppe unwillkürlich langsam hinab.

„Sagen Sie, Martins Sohn, Timotheus, der wohnt doch auch
bei Ihnen seit ... zwei Jahren, nicht wahr?"

„Tim, ja, aber der hat heute Dienst."

„Hat er auch ein Zimmer?"

„Ja, gleich neben seinem Vater."

„Wann hat er denn heute Dienstschluss, wissen Sie das?"

„Um fünf, aber ich bin nicht sicher, ob er überhaupt noch
mal herkommt zwischendurch. Er ist 19, die haben bestimmt
noch was vor heut Abend."

„Sicher? Immerhin ist gerade sein Onkel gestorben."

„Ja, aber trotzdem."

„Scheint sich nicht viel aus seinem Onkel gemacht zu haben."

Sie bleibt auf der Treppe stehen, es ist bereits die letzte vor
dem Erdgeschoss. „Herr Bornholm, entschuldigen Sie, aber
das ist gemein. Wenn Sie den Jungen kennen würden ... "

„Ich will nicht gemein sein. Ich will wissen, wer das getan

hat. Damit nicht noch mehr passiert. Und deshalb müssen solche Fragen sein. Aber Sie haben Recht, vielleicht kann man das freundlicher formulieren. Also wie war Tims Verhältnis zu seinem Onkel Franz?"

„Sie mochten sich, glaube ich. Jedenfalls mehr als ... egal."

„Mehr als sein Vater den Franz mochte, meinten Sie das?"

„Nein, mehr als ... ach was weiß ich, man soll nicht immer in die Menschen reinraten. Hier ist die Waschküche. Ich suche schnell die Sachen raus. Brauchen Sie wirklich alles?"

„Ja. Alles."

Sie wühlt in einem Korb, dann in einem Leinensack. Wirft die Stücke auf einen Haufen."

„Das müsste alles sein."

„Kein Pullover? Es ist kalt."

„Den wechselt er doch nicht jeden Tag."

„Und hat er einen Mantel, oder eine Jacke?"

„Ja, einen dunklen, langen Mantel, aber den hat er jetzt natürlich auch an, er hat nur den einen."

„Nun gut, er wird sich ja morgen bei uns melden. Die Sachen nehme ich schon mal mit."

„Ich gebe Ihnen eine Tüte."

„Nicht nötig. Ich habe alles dabei."

*

Bornholm steht schon im Hof, als das Auto mit dem roten Schriftzug einfährt. Ein Junge steigt aus. Das muss er sein.

„Timotheus Hofmann?"

Nickt schüchtern.

„Kommissar Bornholm. Es tut mir Leid um Ihren Onkel."

Nickt erneut, weiß nicht, was man sagt. „Können wir uns

kurz drinnen unterhalten?" Antwortet mit einem Wort, leise. „Am besten in Ihrem Zimmer, wenn's recht ist." Der Junge schließt auf, geht voran. Die Tante blickt entgegen, vorwurfsvoll. „Nur ein paar Fragen." Wieder die Treppe. Ein Husten aus dem Zimmer des Großvaters. Eine Kammer, noch kleiner als die des Vaters. Ein Bett, eine Truhe mit Kissen darauf. Bei Bornholms Tochter hängen die Wände voll mit Postern. Hier ist nichts. Der Junge steht im Raum, als gehöre er nicht hierher. Bornholm setzt sich auf die Truhe. „Ist doch so gedacht?" Wieder das Nicken. Der Junge aufs Bett. „Ich muss Ihnen ein paar Fragen stellen, und es ist sehr wichtig, dass Sie mir so genau und richtig antworten wie Sie können, Herr Hofmann." „Tim. Sagen Sie Tim." „Gut. Tim. Wo waren Sie gestern Abend?"

Hier, sagt er. Er habe gelesen. Was denn? Etwas für einen Kurs. Kurs? Aber er sei doch bei der Altenhilfe? Schon, aber samstags gebe es einen Kurs bei einer Lehrerin vom Gymnasium, der sei offen. Da gehe er hin. Was es denn nun genau sei, was er gelesen habe ... aber er kann es angeben, glaubhaft. Wirkt sicher. Auf die nächste Frage nach dem Vater schon nicht mehr. Wann er gekommen sei, da lügt er. Gegen eins, das sagt er wie bei einer Prüfung. Auswendig gelernt. Auch alles weitere. Er habe auf die Uhr gesehen, weil er noch am Abend mit der Lektüre fertig werden wollte, da habe er die Uhr im Blick gehabt, daher wisse er es so genau. Kurz habe man sich noch gesprochen, gute Nacht halt, nicht mehr. Nein, nichts Auffälliges. Lügt etwas besser als die Tante. Aber nicht gut genug. Wie es denn war, zwischen Franz und Martin? Normal. Wie oft sie sich denn so gesehen hätten im Jahr, normalerweise? So drei Mal, vier Mal, sagt der Junge. Bei Opas Geburtstag, Weihnachten und so. Bornholm: Und das finde er normal? Brüder, die im gleichen Dorf leben, sehen sich drei-vier Mal im Jahr, und nur wenn es ein Anlass erzwingt?

Der Junge gibt sich Mühe, aber er hat keine Chance. Er ist schlank und ernst, beides gefällt Bornholm, kann aber nichts zur Sache tun. Er rundet es ab, technisch. Weiteres Umfeld: Wie war das mit der Mutter und Franz? Darauf weiß der Junge nichts. Hat er nicht mit gerechnet und weiß jetzt nicht, was er lügen soll. Was dann kommt ist denn wohl auch zum ersten Mal die Wahrheit: Aversionen, Antipathien. Ja, so klingt die Wahrheit. Weiter in die Richtung: Was ist mit ihm selbst? Wie sah er Franz? Wieder die Wahrheit, aus Verlegenheit: Er habe Franz gemocht, trotzdem. Der sei auch zu ihm immer sehr freundlich gewesen, habe sich auch nie davon beirren lassen, dass sein Vater ... jetzt merkt er, dass er sich verplappert hat, sucht den Rückweg, findet keine Formulierung. Also, kann Bornholm einhaken, es gab schon mal Streit, nicht wahr? Das sei lange her. In der letzten Zeit seien sie ausgekommen, wozu auch noch streiten. Es sei ja nun alles anders. Ja, sagt Bornholm langsam, eben. Der Junge versucht ihn fest anzublicken, aber es misslingt. Das reicht, mehr wollte Bornholm nicht wissen. Die richtige Spur.

*

Es ist nicht weit vom Bäckershaus zum Stadion, wo die Schachspieler sich in der Gaststätte treffen. Nur über den Fluss und ein Stück an ihm entlang, eine Promenade mit Laternen und Bänken. Dies war die bessere, neuere Seite der Stadt gewesen. Hier hat es nur kurze Zeit einen Zaun gegeben, als man das Gelände der Hauptschule vom Gymnasium absonderte. Später war auch das den feineren Kreisen noch zu viel, dass die Schulbusse zwischen dem Zaun der ehemalige Arbeiterkolonie und der Schule pendelten, und man verlegte die Hauptschule kurzerhand in den Zaun selbst. Solche Sachen erfährt Bornholm im Schachklub. Das gemeinsame Spiel hilft, schafft, eigentlich grundlos, Vertrauen. Man erzählt ihm was, zunehmend ungefiltert von der Vorsicht, dass hier einer der neuen Männer sitzt, einer von drüben, und dazu noch ein Polizist, den nicht wenige – ganz kann Bornholm es nicht verübeln – als eine Art Präfekten sehen, den Statthalter einer fernen, fremden Macht. Sie erzählen zwischen den Partien und nach der letzten, vorm Nachhausegehen, vor allem die älteren, die herkommen auch um des Spieles willen, aber nicht vorrangig. Sie erzählen die Dinge in einer Tonlage, die Bornholm nirgendwo sonst vernimmt, schon gar nicht in den amtlichen Berichten, aber auch nicht von seinen Untergebenen oder anderen, denen er flüchtig begegnet, etwa bei einem Elternabend. Keiner dieser Männer hat im Zaun gelebt. Sie haben alle das Gymnasium besucht, hier oder anderswo, und haben ein gutes Auskommen gehabt, wie Höffner, der die Post geleitet hat, oder Robert, der bei der Bank war. Der bärbeißige Thomas war Lehrer an der Berufsschule, der schlaksige Karl ewiger Student. Teils sind sie noch, was sie waren, teils nicht. Man hört hier dies und jenes, die Bitterkeit der Uneinsichtigen dicht neben dem vorherrschenden Ton, der melancholisch und ein wenig selbstmitleidig des Vergangenen gedenkt und doch weiß und fühlt wie unhaltbar das alles war. Fast scheint es Bornholm, manche sind froh, einen von drüben zu haben, dem sie das alles erzählen können, als

ob er befugt sei, etwas zu ändern, oder auch nur entgegen-
zunehmen, als ob damit ihnen Gehör verschafft sei an höherer Stelle, als hätten sie hier Gelegenheit zum Widerspruch,
zur Rechtfertigung, und, selten, zur reinigenden Selbstan-
klage. Bornholm ist der richtige Mann für diese Rolle. Er besitzt feste Ansichten und hat es daher nicht nötig, fanatisch
zu sein. Er kann aufrichtig interessiert zuhören, ohne innerlich wirklich Anteil zu nehmen, seinerseits zu Widerspruch
oder Verurteilung sich herausgefordert zu fühlen. Was diese
Männer erzählen, hat mit ihm nichts zu tun, spielte sich in
einem fernen Land in einer fernen Zeit ab. Fast bewundert
er, als seien es nur weitere Partien, die sie spielen, den Va-
riantenreichtum der Erzählungen, die je so verschiedenen
Gründe. Was Bornholm über das Dorf weiß, seine Geschichte
und Bewohner, weiß er eigentlich nur aus diesen Gesprächen. Die Routine der Polizeistation sagt darüber nichts, ist
nur eine Außenstelle der Volksrepublik, isoliert wie ein Bot-
schaftsgelände in einem – da ist es wieder – fernen Land.
Und was er über dieses Land weiß – verhält es sich damit
denn anders? Die Vielfalt der Gründe ... da ist Thomas, bär-
tig und kahlköpfig, der immer alles weiß und niemals lacht.
Berufsschullehrer. Natürlich hat er recht gehabt. Es alles klar
kommen sehen. Was seine Partei gewollt hatte, lief es nicht
darauf hinaus, die Zäune endlich ganz abzuschaffen? Man
habe sich lediglich verrechnet, taktisch, dachte dafür seien
die Mehrheiten nicht reif, und, Herr Bornholm, belehrt er,
Mehrheiten brauchen Sie nun mal in einer Demokratie. Das
sei jetzt leicht, sich hinzustellen und zu sagen, „man hätte
doch" und „wie konnte man nur". Man habe eben auf das
falsche Pferd gesetzt, gedacht, das Elend ließe sich lindern.
Was sei daran so verwerflich? Als habe man die Probleme

geleugnet! Ähnlich und doch anders der dicke Höffner, vor wie nach Postvorsteher: Das Ausmaß, ja, das habe dann doch überrascht. Insbesondere die Verhältnisse hinter dem Südzaun, Afrika, Indien und so, man war da nicht richtig informiert. Diese Zahlen jetzt ... nein, wenn man das gewusst hätte. Und auch in den innerstädtischen Zäunen, man kannte das ja nicht, wer ging schon da rein? Arme gibt es immer, habe man sich gedacht, und sei das so falsch? Aber natürlich wolle er da nichts verharmlosen oder beschönigen; ganz abgesehen davon, dass er sich nicht mehr wohl gefühlt habe, all der Quatsch im Fernsehen, alles nur noch Comedy, und die jungen Leute liefen rum wie sie wollten, vor seiner Post vor allem, so mutwillig zerlumpte, gar keine echten aus dem Zaun – gut, dass nun Ordnung herrschte und gerechtere Verhältnisse, man habe ja allmählich auch um die eigenen Kinder gefürchtet, wer bekam denn überhaupt noch eine sichere Anstellung zuletzt? Und die Renten. Als Beamter war man ja noch halbwegs gesichert, aber so blind sei man ja auch nicht gewesen für die anderen. Karl, der ewige Student, das ist sein Thema: Wir hatten Angst. Die Einschläge kamen näher, erst hörte man nur davon, jetzt müssten auch die ersten Akademiker in den Zaun, aber das waren nur Sozialpädagogen und Germanisten. Dann erzählt dir einer, er kennt einen, dessen Bruder ... dann ein ehemaliger Mitschüler, ein Idiot zwar, aber du kommst doch ins Grübeln ... dann der erste Bekannte, obwohl der sogar 'ne Banklehre absolviert hat, zur Sicherheit, wie er sagte. Immer näher, verstehen Sie? Der Zaun, das waren jahrelang immer die anderen. Türken und Assis eben. Und solange hat es uns nicht gekümmert, nun kann man sagen, das war egoistisch, aber so ist der Mensch, nicht wahr? Und irgendwann wird dir

klar, du musst dich wehren, das Ding frisst dich sonst. Robert, nur wenig älter als der Student, zuletzt bei der Bank, jetzt in der Verwaltung, Rechnungswesen: Er habe sich immer schon für den Marxismus interessiert. Als Banker, fachlich. Denn ihm sei in der Schule schon aufgefallen, wie viel da dran sei: Und dann habe er es gesehen, in der Bank, tagtäglich. Die Großen fressen die Kleinen. Hier in Wissen, das war ja eine Volksbank, Solidaritätsgedanke, aber der habe bald nur noch in der Hochglanzbroschüre gestanden. Die Großen haben Druck gemacht, du musst auch groß werden, und das heißt fusionieren auf Teufel komm raus, Leute rauswerfen, keine Kleinkredite mehr ans Handwerk ... und in so einer kleinen Ökonomie wie Wissen, da siehst du alles ganz deutlich, wenn du hinschaust. Immer mehr im Zaun, immer weniger als Kunden in den Läden, ergo immer mehr im Zaun ... eine Spirale. Das System, er habe das ganz nüchtern analysiert, das System sei tot gewesen. Interessant, sagt er. Ganz abgesehen von der eigenen Person. Die nächste Fusionierung war fällig, sie hätten uns dicht gemacht in ein, zwei Jahren spätestens. Er sei mitmarschiert als es losging vorletzten Herbst. Karl auch, was habe man denn zu verlieren gehabt? Thomas? Hält sich bedeckt, er war schon für die Revolution, klar, aber man hätte gern erst noch Wahlen ... Höffner? Nee, nichts für mich, aber Sympathie habe er gehabt mit den Marschierern, seine Tochter sei auch mit. Sympathie, wenn auch, wie gesagt, aus etwas anderen Gründen, diese jungen Leute, die so verlottert immer vor der Post rumhingen, und überhaupt der ganze Schmodder, im Fernsehen und sonst auch, wie gesagt, das musste weg. Jetzt sei wieder alles schön ordentlich.
Bornholm hat zu alldem seine Meinung, sagt sie aber nicht.

Wenn es zum Streit kommt hat er keinen Teil daran, hört auch dann nur zu, diskret, als werde er Zeuge einer Intimität, die ihm nicht zusteht. Und sie geraten oft aneinander, wenn der Abend spät ist, Thomas vor allem und Robert. Was, wie Bornholm beobachtet, mehr ihrem Naturell geschuldet ist als ihren Ansichten. Das Stadion, eng am Fluss, wo sonst wäre ein Hektar flach genug in diesem Hügelland. Es missfällt Bornholm, dass die Schachspieler sich hier in der Gaststätte treffen, aber es kommt ihm natürlich nicht zu, daran zu rütteln. Der Nassauer Hof wäre wohl geeigneter, ruhiger und etwas bürgerlicher, während hier stets ein Schankraum zu durchqueren ist, den Bornholm verabscheut und der die ruhige Stimmung der Promenade zerstiebt. Bornholm teilt den Rauch wie einen Vorhang. Sagt guten Abend, der Wirt nickt. Stimmung aus totgeschlagenem Feierabend, Bier und verlebten Weibergesichtern. Vor ihm hat ein Stämmiger mit prall überm Bauch gespanntem Hemd und Kraushaar alle Tische mit dem Knöchel beklopft. Geheimzeichen, Rituale der Zugehörigkeit. Hat keine Verabredung nötig, kommt her zu den anderen, klopft die Namen mit dem Knöchel auf die Tische. Brüllt nach seinem Bier, das ist sein Handschlag für den Wirt. Bornholm erhält keine Blicke, teilt den Rauch, bahnt sich Weg zur Ziehharmonikatür am Ende des Schankraums. Der Qualm beginnt schon zu nisten in seinen Kleidern, er watet durch den Rauch, hört gossenrauhe Weiberstimmen, denen scharfer Schnaps die Gurgel zerrieben hat und Aschehusten von den Tischen, die er unbehaglich im Rücken lässt. Der Rauch wabert in trägem Gleichgewicht. Bornholm konzentriert sich auf den Mechanismus der Schiebetür, öffnet einen Spalt breit genug, mit geraden Schultern hindurch gehen zu können. Überquert die unsichtbare Grenze in das Land, in dem man wieder seine Sprache spricht, und schließt souverän die Falttür. Eine Welt, zwar fern von der patrizischen Würde vergleichbarer Orte in Rostock, aber immerhin ein Refugium, ein Ressort gedanklicher Anstrengung, seit drei Wochen auf Mitgliederbeschluss sogar rauchfrei, aber der Rauch ist mit der molekularen Struktur der Tische, der Decken und Wände verwoben, er haftet am Holz der Figuren und wabert durch die Uhrwerke der kastenförmigen, mit zwei Zifferblättern bestückten Zeitmesser, die neben den Brettern aufgestellt sind. Er ist längst da, vermehrt oder nicht durch weiteren Tabak hat er die Lufthoheit im Raum. Von zwei Tischreihen empfängt, während Bornholm die Falttür schließt, der Schachklang aus geschlagenen Figuren und brütendem Gebrumm, aus dem Repertoire geloste Kraftmeierei, „Halt die Frau fest" und „Schach! mit Getöse", unwillig Gemurmeltes: „Da hat er recht" – „oh, heidewitzka" – Belehrendes: „Patzer sieht Schach – Patzer gibt Schach" – frech Triumphales: „der *vor*letzte Bock gewinnt!" Bornholm überblickt die beiden Tischreihen, vermerkt mäßigen Besuch, zwölf oder fünfzehn mögen da sein, der dicke Höffner grüßt lässig quer durch den Raum mit tiefem Organ: „Ahoi, Käpt'n", Bornholm lässt sich die Schrulle gefallen, sagt guten Abend mit einem Lächeln, die Beiden am Brett nächst der Tür schauen auf, der hagere, zwei Meter lange Karl, der eine mächtige Brille in der Farbe seines dunkelbraunen, schlecht geordneten Haares trägt, erklärt einem etwa Vierzehnjährigen, den er seit Wochen zu seinem Schüler erkoren hat, Feinheiten der katalanischen Eröffnung. Der Junge nutzt die Gelegenheit, grüßt ausführlich, wohl nicht nur um die ihn langweilende Stunde zu unterbrechen; er fühlt sich, das spürt Bornholm, der einen Sinn für das Ehrliche hat, zu dem wortkargen, geraden Mann hingezogen, der nie in die Rauheiten und das Ungehobelte der anderen Männer verfällt, der wie weit hergekommen scheint, den etwas Fremdländisches umgibt und den er sich tatsächlich, nicht erst seit Höffner diese scherzhafte Anrede wählte, als Kapitän vorstellte. Bornholm grüßt wider, und zu dem hageren Studenten Karl gewandt: „Ob ich wohl später eine Partie mit unserem jungen Meister spielen dürfte? Nach dem Unterricht, versteht sich?" Der Hagere erwidert linkisch und unbequem, sagt es aber zu. Bornholm blickt wieder auf. An einigen Brettern herrscht der hektische Rhythmus des Blitzschachs; sie blicken nicht auf, die Hand zuckt zum Stift der Schachuhr, sobald eine Figur abgesetzt ist, der massige Robert fällt ins Auge, dem die wilden schwarzen Haare in die Stirn fallen, dessen fleischige Nase an der Wurzel eine grimmigen Falte wirft, der starrt mit pechschwarzen Augen auf eine Partie im Endstadium und wippt mit der Wade. Thomas grimmig, aber das heißt nicht viel. Zum Glück ist Höffner frei. Höffner wäre genau der Richtige für ein erstes, die Stimmung sondierendes Gespräch. Sie haben sich an Bornholm gewöhnt als den Schachkameraden, der solide und zuverlässig an Vereinsaufgaben sich beteiligt. An den Mann aus dem Osten, der zuhört und Fragen stellt, nicht immer nur mit Antworten auftrumpft. Aber heute Abend werden sie sich erinnern, was er ist – Polizist, Staatsgewalt. So gut kennt Bornholm die Wege des Städtchens: er weiß, wie nutzlos die Nachrichtensperre war. Das Dorf braucht keine Zeitung bei einer Nachricht wie dieser. Vielleicht haben es noch nicht alle gewusst, die heute Abend herkamen, aber viele, es wird nicht unbedingt sofort Thema gewesen sein, sie sind ja, in ihrer Verschrobenheit, auch durchaus wohltuend anders, aber er wird sich erklären müssen, wenn er davon anfängt. Höffner also, ahoi. Sie spielen zunächst eine Partie, das ist Usus, Teil der Begrüßung fast, ein paar Züge zu machen ehe man plaudert, wie war die Woche, habt ihr einen gefangen, scherzt Höffner dann meist. Bornholm lässt den freundlichen Mann, dessen Gesicht ohne jede Ecke auskommt, rasch gewinnen. Knüpft ein Gespräch an, die Aussichten bei den Kreismeisterschaften, frühere Erfolge des Klubs, Gründung, Männer der ersten Stunde, Sponsoring, damit gelangt er zu seinem Thema. Ja, sagt Höffner, das Sportgeschäft ein paar Jahre, aber lohnte sich wohl nicht, und dann auch mal die Volksbank. Hatte man da denn Beziehungen? Nein, aber der Hofmann – er zögert – der Hofmann war immer aufgeschlossen fürs Sportliche und was Werbung brachte fürs Städtchen im weiteren regionalen Umkreis. Das Zögern war eindeutig, Bornholm muss die Katze aus dem Sack lassen, ehe ein anderer es tut: „Hofmann. Haben Sie davon schon gehört?"

Er spürt, wie Ohren sich spitzen, Thomas' vor allem, über drei Bretter hinweg. Höffner, zu misstrauischem Ausdruck nicht fähig, schaut noch zögerlicher.

„Vom Hofmanns Franz. Ja, schlimm schlimm. Sie ... ermitteln da jetzt, nehme ich an? Oder wissen Sie's schon?"

„Nein. Nein, ich bin nicht zuständig, die haben uns Leute aus Köln geschickt, die machen das." Nicht gelogen.

„Ach so." Höffner sammelt sein Zögern mit einem breiten Lächeln ein, geschwind, als wolle er sich dafür entschuldigen. „Ja, so was ist hier, glaube ich, noch nie passiert, kann mich nicht erinnern. Doch, warten Sie, da war was, da war ich noch an der Fachschule, hat einer seine Frau erschlagen, oder andersrum, jedenfalls 'n Eifersuchtsdrama."

„Frau hat er anscheinend ja keine mehr gehabt?"

„Was weiß ich. Kannte ihn bloß flüchtig. Wie man sich eben so kennt vom gleichen Jahrgang. War nicht mein Fall, um ehrlich zu sein."

„Warum nicht? Ich dachte er sei beliebt gewesen, als engagiertes Gemeindemitglied."

„Sie meinen die Singerei? Damit ist er erst recht allen auf die Nerven gegangen. Nee, aber das ist es nicht. Ein Angeber ist das gewesen, nichts gegen gesundes Selbstvertrauen, braucht man vielleicht, und in manchen Berufen mehr als in anderen, aber der – und ich hab vor allem was gegen Typen, die sich werweißwas einbilden und dabei gar nichts auf der Pfanne haben. Aber nun ja, über die Toten nichts Schlechtes."

„Aber er hatte doch Einiges auf die Beine gestellt, hatte er nicht ein Unternehmen gegründet? Beziehungsweise sogar mehrere?"

„Was heißt er. Sein Bruder, meinen Sie wohl. Der Franz Hofmann, der hatte nur verrückte Ideen und wollte was darstellen, nach außen hin, möglichst ohne Anstrengung, so schätze ich den ein."

„Verstehe ich richtig, das Geld dazu kam von Martin Hofmann? Dann muss Franz ja ziemlich viel Geld – es wurde sicher nicht zurückgezahlt?"

„Sicher nicht, obwohl, warten Sie mal, Robert!"

„Scht!!"

„Oh, tschuldige, na wenn er fertig ist, Robert weiß bestimmt was, der ist bei der Bank gewesen die zehn Jahre bis zuletzt.

Aber ich bin sicher, da kam nichts zurück."

„Dann muss Franz aber ein gutes Verhältnis zu seinem Bruder gehabt haben, wenn der ihm ständig geholfen hat."

„Ach, Herr Bornholm, nichts gegen 'ne schöne Uhr zu Weihnachten oder so, aber sonst – nichts verpestet die zwischenmenschlichen Beziehungen so sehr wie Geschenke. Und ständige erst! Na Robert, abgepatzt?"

„Remis geschenkt. Höre nur Bank – Abend, Bornholm. Wegen dem Hofmann? Also wenn Sie was wissen wollen, gerne."

„Sie wissen was über die Geschäfte der Hofmanns?"

„Klar, nicht im Detail natürlich, da müssten Sie die Steuerberater fragen, aber was den Martin Hofmann betrifft: Der war clever, ein Fuchs, verstehen Sie? Der hat seinem Bruder zwar auch was geschenkt, soviel wie's grad braucht um – na ja, seine Sache, aber das meiste waren Kredite, die er ihm besorgt hat."

„Die Sie ihm sonst nicht gewährt hätten?"

„Ganz recht, wer hätte einem wie dem Franz Hofmann schon Geld geliehen. Einem, der zwei Lehren abbricht, gibst du kein Geld, ganz egal was er dir erzählt."

„Aber wenn Martin Hofmann sich für einen stark machte ... "

„War die Sache geritzt, an allen Zuständigkeiten vorbei, ganz genau."

„Aber gab es denn keine Aufsichtsbehörde, den Gemeinderat ... "

„Tja, so war das eben. Gerade auf der kommunalen Ebene, das waren doch alles dieselben vier, fünf Leute, die was entschieden: Aufsichtsrat der Bank, Bürgermeister, Kreisparteichef der Bürgerlichen Partei ... und die waren natürlich auch im Gemeindevorstand der Kirche, im Schulbeirat ... nee, das waren Kartelle. Dagegen half nur noch 'ne Revolution."

„Blödsinn!" Das ist Thomas, natürlich. „Absoluter Blödsinn, wenn Ihr nicht die Typen gewählt hättet, wären die auch nicht drangeblieben, so ein Quatsch."

„Ist jetzt nicht das Thema, Thomas."

„Und ob, jetzt stellen sich wieder ... "

„Thomas, ich weiß, hätten wir alle deine Partei gewählt, wäre alles anders gekommen. Wer hat doch gleich den letzten Kanzler gestellt?"

„Das waren Sachzwänge, verdammt, tut doch jetzt nicht alle so oberschlau, ihr habt doch auch gewählt und geglaubt das wär's."

„Robert, Thomas, jetzt lasst doch mal, darum geht's jetzt wirklich nicht" – Höffner natürlich, der Beschwichtiger – „ist doch ganz einfach, Politik hin oder her, einer ist tot, und der andere ist mit ihm spinnefeind gewesen, so, und dabei ist es nicht zuletzt ums Geld gegangen, so, und da interessiert man sich eben für die Hintergründe. Tja, Herr Bornholm, ich kann Ihnen da sonst nicht viel helfen. Wir hatten zum Schluss wegen der ganzen Ausnahmen zwar kein richtiges Postgeheimnis mehr, aber ... "

„Schon gut, wie gesagt, es ist ja gar nicht meine Zuständigkeit. Man interessiert sich halt, ganz wie Sie sagen."

„Der Hofmann. Hätt ich nie gedacht. Immer so souverän."

„Haben Sie ihn für eine starke Persönlichkeit gehalten?"

„Ja. Unbedingt. Wie der auftrat, aber eben nicht unangenehm. Kleiner Mann, aber strahlte was aus. Und wenn man ihn jetzt sieht ... wissen Sie, klingt komisch, aber manchmal denke ich, wir sind alle reingefallen, so wie die Leute in die-

ser Geschichte, in der einer sich 'ne Uniform besorgt und
alle rumkommandiert, weil sie glauben, er ist ein Offizier."

6. Tim

Alle hatten geschwiegen beim Abendbrot. Das Gebet war
länger gewesen, und das einzige Mal, dass Franz' Name fiel.
Dann klirrten die Suppenlöffel gegen die Teller. Und es kam
Tim nicht zu, irgendetwas dagegen zu tun. Er ist Gast, immer noch, eigentlich weniger als das. Ein Asylant, ein
Flüchtiger, so phantasiert er sich zuweilen selbst. Jemand,
der nicht in dieses Haus gehört, und nur auf Zeit geduldet
ist. Dabei weiß Tim, wie unfair sein Unbehagen ist: Sie sind
freundlich zu ihm, ausnahmslos, glauben wohl, vor allem
die breite Tante, ihm nicht nur das heimatliche Haus, sondern auch noch die Mutter ersetzen zu müssen. Und doch:
Ist er stiller, sieht sich häufig um, ob er alles an den Platz
gelegt hat. Nicht einmal in der Kammer unter dem Dach, die
ihm freigeräumt worden ist, dass er wenigstens eine Tür hat
zum Schließen – und Tim ist nicht undankbar, er schätzt das
sehr – bewegt er sich wie ganz in dem seinen, als hüte er nur
diese Kammer für ihren Besitzer, der jeden Moment erscheinen könne.
Die Mutter ersetzen – als ob sie tot sei. Für Ella ist sie das
wohl auch. Eine Mutter, die ihr Kind zurück lässt. Noch dazu
für eine Sekte. Tim weiß, dass das nicht stimmt. Zumindest
zu einfach ist. Sie ist in ihren Ashram gezogen nach Düsseldorf, das ja. Aber darum ging es nicht. Es hätte schließlich
auch nicht mal die Revolution gebraucht, sie hatte sich noch
kurz bevor alles losbrach, noch im Spätsommer, eine ganz

normale Wohnung genommen. Sie hatte weg gewollt, das war alles, und war das so unverständlich? Nie wäre es Tim in den Sinn gekommen, von ihr mitgenommen zu werden. Zu fremd war sie ihm geworden. Aber weg – wollte er doch auch. Wie ihr das vorwerfen? Und wohin sollte sie sonst. Diese Leute – sie kamen nur einmal nach Wissen ins Haus, ein Mann und zwei Frauen, verhärmte Gestalten in bunten Tüchern. Gingen grußlos an allen und allem vorbei, man hörte ihr Gemurmel und die Klangschalen im oberen Balkonzimmer, das Mutter sich eingerichtet hatte für ihre Meditationen, lauter orangerote Kissen mit vielarmigen Elefanten und solches Zeug. Sie gingen bald darauf und kamen nicht wieder. „Negative Wellen" sagte Mutter noch am Abend vorwurfsvoll. Das Haus sei voll davon, spirituell fortgeschrittene Menschen spürten das. Auftakt zu einer der heftiger werdenden Auseinandersetzungen. Noch gedämpft, noch waren sie zu stolz zum Gebrüll. Versuchte beide, die kühle Oberhand zu behalten, tödliche Spitzen zu setzen. Tim verspürte nie den Impuls, zu schlichten. Sie hatten ja beide so Recht, einander zu hassen. Verkroch sich nach oben, sein Zimmer lag weitab. Kopfhörer. Oder die Laufschuhe. Tim hat nie soviel trainiert wie in diesem letzten Winter des Landes seiner Kindheit. Es gibt kein Zurück, in das Land, in das Haus. Sie bauen es um, es ist schon umgebaut, er hört davon, kann es nicht mehr hören, Vaters ins Wahnsinnige sich steigernde Tiraden, der jeden ausgerissenen Strauch nachweist, jede eingezogene Wand, jeden Durchbruch für neue Türen. Es ist bewohnt, besetzt, neu besessen, zerstückelt und aufgeteilt, und damit schon nicht mehr das Haus, sein Mobiliar zusammengesetzt aus Ihrem und Fremdem, wie Monster im Traum. Aber das Haus ist ihm egal, denkt er. Sie können es haben, es spielt keine Rolle mehr. Es ist oft kalt in der Kammer unterm Dach, aber Tim sagt sich, es sei lange genug warm gewesen, zu lange. Und zu lange habe er nicht gewusst, wie es die anderen hatten, die hinter dem Zaun, in Häusern, die er bewusst zum ersten Mal sah in diesem letzten Winter. Es war der Abend ihres finalen Streites. Endlich schrien sie. Beinahe befreiend, und doch nicht auszuhalten. Tim zieht seine Laufschuhe an. Der frühe Abend in stehendes Eis gepackt; ein paar Kristalle stehen mehr als das sie fallen in der schwarzblauen Luft, als stoße eine Faust an den Himmel und schüttele sie heraus wie Staub. Tim schließt die Tür leise. Er will sie nicht stören. Vom Plateau vor der mächtigen, mit dickem Glas durchsetzten Eingangstür kann man den Hügel hinab blicken und auf die nächste Höhe, die jetzt nur noch als schwarzer Buckel sich vor dem Himmel duckt. Wie eine zerklüftete Eiswüste ragt die Silhouette des unlängst vom Sturm vernichteten Wäldchens auf. Zwischen dem rechterhand angebauten Flügel und der Baumhecke zur Linken führen Steinstufen herab zur Einfahrt. Konzentration auf die ersten, betont langsamen Laufschritte, das Abrollen über den Ballen, Konzentration auf den strengen Rhythmus der Atmung, zweimal scharf einsaugen die eiskalte Luft, ausatmen in mit dem Schritt federnden Stößen. Zwischen dem Feld, das früher voll Mais gestanden hatte, viel höher als er, und dem vernichteten Waldstück, läuft Tim die Schotterstraße hügelabwärts, vorbei an der „Ranch“, und der „Prärie“ zum hinteren Eingang des Parks, grüßt den Wachmann mit lässiger Geste. Tim drückt die Uhr, geht schnell an. Die kalte Luft scheuert an seinen Lungenwänden, die Muskeln verhärten, fühlen sich rund und taub an. Tim sieht auf die

Uhr, als er eine Laterne passiert, zieht die Lippen grimmig ein, lässt den Schritt allmählich ausrollen, bis er in ein federndes Gehen wechselt. Er ist allein im Park. Hört nichts als seinen sich rasch beruhigenden Atem und sein Blut. Kein Laut dringt zu ihm her, als wäre aller Schall gefroren. Verlässt die Bahn, geht ins abseitige Dunkel, durch die winterkahlen Sträucher und die wartenden Beete, steigt auf den mannshohen Erdwall, der den Park umgiebt, Tritt findend im Frost.

Von dort sieht er den glimmenden Faden des Zauns, wie er sich am Fuße des Hügels um das Armenviertel schnürt. Scheinwerfer und starke Lampen leuchten die frei, übersichtlich gehaltenen Flächen zu seinen beiden Seiten aus. Wachmänner in Uniformen mit Stablampen und scharfköpfigen Hunden schreiten ihre Segmente ab, eines je zwischen zwei Kontrollposten, wo tagsüber Putzfrauen und Hilfsarbeiter zur Arbeit in die Stadt durchgelassen werden. Der Zaun sieht neu und blank aus. Zu beiden Seiten eine wohl gepflegte, etwa acht Meter breite Rasenfläche angelegt. Tim sieht hin mit kalt werdendem Blut. Blickt in die Häusermasse des Armenviertels, schwarz wie ein Karziom auf der Haut, verschwindend seine Lichter gegen die feuernden Scheinwerfer des Zauns. Er hat es schon oft gesehen, und nie. Er sagt sich den Namen: Das ist der Zaun. Immer wieder nur diesen Satz: Das ist der Zaun.

Sie ging am nächsten Tag. Ohne ein Wort, er war in der Schule. Als Tim nach Hause kam, lag Vater auf dem Sofa, lallte: Die kommt wieder, ich lass, alle Karten, sperren, a-lle, a-lle, angekrochen, hörsu, an-ge-krochen kommt die ...

Es musste ihr schwer gefallen sein. Egal was in den Büchern stand, die ihr die Sekte zum Einstieg in einer großen Kiste zusandte, egal was sie in hohem und immer höheren Ton von sich gab über Enthaltung und Bedürfnislosigkeit – sie blieb bis zuletzt Frau Hofmann, wenn es ans Einkaufen ging. Natürlich kriegt Frau Hofmann Sondertermine beim Friseur, und in der Boutique wird die Chefin von hinten gerufen, sobald Frau Hofmann den Laden betritt. Tim hatte es genossen, mit ihr Einkaufen zu gehen, als er klein war. Und auch später noch, sie ging mit ihm auch den ersten Rasierapparat kaufen. Der junge Herr Hofmann, da ist es wieder, der Beweis: Es muss kurz vor der Revolution gewesen sein, verdammt kurz, als er diese Rolle noch genoss. Das Königliche seiner Mutter – sie hatte es, wo dem Vater zu sehr der Mehlstaub der Herkunft und der Schweiß des Hinaufkämpfens anhafteten. Sie war zu gut für den Ort und ließ es alle spüren. Noch dass sie ging, kurz bevor diese Welt zusammenbrach, erschien Tim im Nachhinein zuweilen wie eine noble Witterung für umschlagende Verhältnisse. Ihre Welt, das war Düsseldorf, der Flughafen, und die Orte, die dieser mit Düsseldorf verband. Als Tim vierzehn war, musste er einmal mitkommen in die Zentrale, natürlich in Düsseldorf. Damals hörte er erstmals das Wort, Ashram, und noch viele unaussprechliche, vielsilbige Worte. Ein modernes Gebäude, aber innen: orange, rot, gelb, Teppiche, Kissen. An jeder Wand ein Foto. Immer derselbe Mann. In der „Bibliothek" an die 500 Bücher. Alle von ihm verfasst. Sie hatten einen Gesprächstermin, jeder für sich. Tim musste sich mit einer Frau unterhalten, Anfang fünfzig, gefärbte Haare, irgendwas zwischen gelb und rot. Sie vollführte beständig unnatürliche Gesten, die sicher etwas ausdrücken sollten. Am Ende des Gespräches wurde ihm mitgeteilt, seine Persönlichkeit leide an etwas, dessen Name er gleich darauf wieder vergaß. Aber es gebe noch einen Funken Hoffnung für ihn. Ob er nicht nächste Woche mal zusammen mit seiner Mutter ... Er hat ihr alles verziehen, die vielen Male, dass sie ihn allein gelassen hat, mit seinem Vater, wenn der in Zorn war, oder wenn sie allein auf Reisen ging, weil sie „sich endlich auch mal erholen wollte", sogar dass sie ihn dann ganz alleine ließ vor zwei Jahren, alles, behauptet Tim von sich, habe er verziehen – nur nicht diesen Nachmittag. Er sagte nein. Er wolle nicht. Mutter schwand. Verflüchtigte sich. Tim weiß nicht, was genau in diesen Räumen vor sich ging, was in den Tabletten war, die sie zugeteilt bekam, einen ganzen Koffer voll. Aber sie saugten etwas aus seiner Mutter heraus. Kühl, hochmütig war sie schon immer gewesen. Aber nun konnte es vorkommen, dass sie ein harmloses Gespräch mitten im Satz unterbrach, sich abwendete und zu einem der Bücher griff. Ohne Erklärung, aber sie wussten schon: Es war Zeichen des spirituell Fortgeschrittenen, sich den Konventionen der noch gefangenen Menschen zu unterwerfen: Wenn der spirituell Fortgeschrittene sich mit einem Menschen langweilt, hat er die Stärke, das zu zeigen. Und er langweilt sich natürlich ständig.

Die letzten Jahre. Tim allein in seinem Zimmer. Sie ließen ihn allein, und es war ihm recht so. Er war zu groß, als dass Vater ihn noch schlagen konnte; fast schien er damit das Interesse an Tim zu verlieren. Tim unterwegs mit seinen Jungs, Jacketts und Börsenspiele. Der Mantel, der Ring, Klassensprecherwahlen. Ein Rasierer für den jungen Herrn Hofmann. Eine Geisterwelt, parallel zum Außen, das vom Spuk keine Notiz nahm. Er, Vater, Mutter: Gespenster, durchsichtig, bewegten ihre Hüllen als sei nichts geschehen. Und weit weg, unsichtbar und nicht genannt seit Jahren, wirklich wie ein Geist, sein Bruder David. Den Vater nicht mehr ins Haus lässt seit ein paar Jahren, wegen irgendwas, das David geschrieben hat. Mit dem auch Mutter nicht mehr redete, weil er sie in Diskussionen verwickelte über ihre Sekte. Keinen Kompromiss gelten ließ. Der auch nicht auf die Idee kam, Tim mal für ein Wochenende zu sich zu holen. Auch nicht, als Mutter ging. Als Tim eine Flucht hätte brauchen können. Stattdessen: Wickelte Tim Bücher und Geschirr in Zeitungspapier. Mutters Hälfte. Sie war davon, mit dem BMW, dem Schmuck, einem Koffer Kleider. Tim hatte den Auftrag, von wem eigentlich, Kartons zu packen. Sie hatten zwei Bücherregale. Er verfuhr wahllos, taub wie das Papier. Eine Hälfte. Beim Geschirr war es sowieso einfacher. Vater suchte Streit, schrie ihn einmal an, als er eine bestimmte Miene machte, er solle diese Grimasse lassen, typisch Kröger sei das, diese hochmütige Fratze, typisch Kröger ... ihr Mädchenname. Einmal zertrümmerte er einen Schrank. Das Hochzeitsgeschenk ihres Vaters. Plötzlich haftete den Dingen eine Herkunft an, die sie für Tim zuvor nie besessen hatten. Es gab jetzt eine Geschichte der Anschaffung, des Wachstums, woher etwas stammte, die Dinge zerstückelten einander immerzu, während Tim mit den immer schneller geschnittenen Puzzleteilen rang. All das erfuhr Tim erst jetzt, da die Rückseiten der Biographien sichtbar wurden, eine zweite Aufklärung, nicht die über Entstehung und Wachstum, sondern die über den Verfall. Der erste Besuch bei der Mutter, ein Waldspaziergang, in den Ashram wollte er nicht. Sie stapften durch das Laub, schweigend und keine gemeinsame Sprache findend, und betroffen davon wie ein Liebespaar, das sein Ende nicht fassen kann. Im Haus, in den letzten Jahren, war das Schweigen nicht aufgefallen, es war groß genug gewesen, Tim hatte eine ganze Etage zum Schweigen für sich gehabt, beim Essen lief das Radio, mittags, und der Fernseher, abends, und natürlich muss es Gespräche gegeben haben, auch wenn Tim schon nicht mehr sagen kann, worüber. Also ließ er sie reden, als sie das Laub laut rascheln ließen, lauschte auf ihre Stimme ob da etwas sei von früher, ganz früher, vom Vorlesen, von den Kinderplaudereien auf Wanderungen, ganz früher, von denen er Fotos gesehen hat und sich auch selbst erinnern kann, frische, farbige Fotos von den Bergen, und seine Eltern ebenso frisch, rotwangig nach einem Anstieg. Und Fotos mit Erinnerungen durchsetzt von ihren gemeinsamen Wochen an der See, einmal im Jahr, nur er und Mama, wie er sie nicht mehr nennt seit sie fort ist. Möwen im Herbstwind, Pfannkuchen und heiße Schokolade. Und die Kinderplaudereien, von denen ihm kein Wort erinnerlich ist, nur der Klang, der warme Klang. Er versucht, von dort zu finden in dieses Waldstück, einen Weg von ihrem eiskalten Hochmut gegen alle Welt, ihren Phantasien, die sie vor ihm ausbreitet, wie Vater zu ihr kommen werde, ratsuchend und verzweifelt ... es muss einmal anders gewesen sein. Ihr Lachen ist auf den Photos geblieben als habe ein böser Geist es in die Maschine gesogen und damit auf immer getilgt. Er wollte sie zum Abschied umarmen, weil er dachte, das würde sie freuen, aber sie legte nur die Hände flach über der Brust zusammen und nickte andächtig. Er fuhr nach Hause. Und fragte sich noch im Zug, ob er so sagen könne. Vater nicht da, oft kam er gar nicht mehr. Es waren noch CDs da, eine Hälfte, hier hatte Tim selektiert. Legte die mit der Filmmusik auf. Ein langsames Stück, Streicher, die zum Ende hin anschwellen. Er hörte die Streicher noch vier Mal.

Ging dann ein sein Zimmer und nahm alles von den Wänden. Urkunden, Poster, Fotos. Packte alles in eine große Kiste. Räumte den Kleiderschrank aus. Alles außer Unterwäsche, T-Shirts, Pullover, Jeans. Das Regal: Bücher, die er noch vor der Firmung gelesen hat, und manches, was aus der Zeit danach stammte: „Maklern wie die Broker", „Zehn Schritte zum Erfolg". Souvenirs aus Familienurlauben am Meer, bunter Korallenkitsch und geschnitzte Tiere. Hinzu. Ging in die Küche und schaute, was für Tee da war. Nur etwas gegen Erkältung. Er brühte ihn trotzdem auf. Setzte sich mit der Tasse in das neue Zimmer. Ernst machen.

Als am nächsten Morgen der Fahrer hupte, sagte Tim ihm, er fahre ab jetzt mit dem Fahrrad. Als Zusatztraining, die Freiluftsaison gehe bald los. Der Mantel blieb da, die Aktentasche. Sogar der Ring. Er nahm die Sporttasche auf den Rücken, warum nicht. Ein T-Shirt zum Wechseln, er würde schwitzen den Berg hinauf zur Schule. Auf der Schussfahrt hinab ins Tal fiel ihm kein Film ein, in dem es so war wie jetzt.

Im April begann das Rumoren. Die ersten Demonstrationen, während in Paris schon die Steine flogen und erste Durchbrüche durch den Zaun erfolgten. Diskussionen an der Schule, die stets damit zu enden hatten, das man ja über alles reden könne, aber es gebe nun mal gewisse Grundbedingungen unserer freiheitlich-demokratischen Ordnung ... Ralf war da noch Schülersprecher, aber er wurde bald abgesetzt, als sich die Lage im Juni zuspitzte sogar vom Abitur ausgeschlossen, kurz vor den Prüfungen. Tim sah zu. Zu Ralfs Leuten gehörte er nicht, konnte er noch nicht gehören. Fuhr in den Sommerurlaub mit seinen Jungs, mit Fahrrad und Zelten, ihr neuer Stil, aber das war alles. Nach

Frankreich, liberté. Aber sie diskutierten das nicht. Die Revolution war ein Naturereignis, wie ein sehr heißer Sommer. Als er zurückkam hatte Vater Wachschutz organisiert, verzäunte das Gelände. Er war bleich. Sie hatten seine Arbeitslager in Brasilien gestürmt und in den Städten gärte es weiter. Wissen blieb ruhig, bis zuletzt.

Der letzte Besuch bei Mutter in Düsseldorf, der erste und letzte in einem schicken Appartement – die erste gerichtlich erstrittene Apanage war gekommen. Hier und da noch indisches, aber bereits deutlich zum Accessoire zurückgestuft. Sie öffnete sogar wieder die Arme, aber nun wollte Tim nicht mehr. Sie machte Wein auf, ging mit ihm Essen, ein Nobelitaliener. Bestellte vegetarisch, das noch. Ließ ihm aber seine Fleischsoße unkommentiert. Zürnte dem Pöbel, Tim wich aus. Wozu noch. Sie tat ihm bereits leid, das Orchester spielte zwar noch, aber die Neigung des Dampfers war unübersehbar – und dann dauerte es nur noch eine Woche. Im Fernsehen versank ihr Land. Wissen war spät, wie immer.

Eine weitere Woche verstrich, ehe sich ein Revolutionsrat formiert hatte, der auch sogleich Weisungen aus Köln erhielt. Sie kamen am nächsten Tag, die Wächter waren bereits weg, Tim machte das Tor auf. Einer großmäulig, zwei peinlich verdruckst. Wahrscheinlich kannten sie Vater schon lange, sein Alter in etwa. Der Räumung war in vierundzwanzig Stunden nachzukommen. Tim ging in sein Zimmer, das immer noch so leer war wie seit dem Tag, als er zum ersten Mal aus Düsseldorf zurückgekehrt war. Er sah sich um, die kahlen Wände, der halbleere Schrank, und nickte zufrieden. Vater schrie unten, was das solle, er habe diese Stadt ernährt, sie würden schon sehen ... Tim packte in fünfzehn Minuten. Ein Koffer, ein Rucksack, die Gitarre, die er seit drei Monaten spielte. Nur was er würde tragen können. Stieg die Treppe hinab, noch während Vater sich sträubte und die beiden Verdrucksten immer verlegener, der Großmäulige immer hämischer wurde. Privat, dachte Tim, es ist privat. Vater sah ihn die Treppe hinabsteigen, hielt inne, entgeistert, als fasse ihn jetzt erst der ganze Horror. Tim suchte nach einer Zeile, aber er fand keine, die geklungen hätte. So sagte er nur: „Sie haben Recht, Vater. Wir müssen gehen." Vater schloss den Mund, langsam als koste es Kraft. Er hatte es nicht mitbekommen: Dass auch sein zweiter Sohn sich längst seinem Haus entzogen hatte. Hatte ihn, trotz all der verbalen Rempeleien der vergangenen Monate, in denen Tim seine neuen Überzeugungen ihm nicht verborgen hatte, immer noch für einen der seinen gehalten; übersehen, dass sein Sohn die Zeichen abgelegt hatte, oder es nicht wichtig genommen, wahrscheinlich aber wirklich schlicht übersehen, wie er über Tim hinweg sah nicht erst seit Mutter fort war. Ihn verbucht auf der Haben-Seite, mit ihm gerechnet als Nachfolger, nicht konkret genug um sich für ihn zu interessieren, dazu war es noch zu früh und er selbst noch zu stark, aber natürlich würde der Junge Wirtschaft studieren wie er und eines Tages, zunächst freilich noch unter seiner Leitung ... und nun stand er da und gab denen Recht. Hatte schon gepackt. Ihr Komplize. Die Wächter waren weg, das Personal auch. Alle, die wussten, er würde sie sehr bald nicht mehr bezahlen können. Und nun sein Sohn. Tim las all das aus seinen Augen. „Geh nur" sagte Vater, und das konnte eine Verstoßung sein oder eine wohlmeinende Entlassung aus der Pflicht, er sagte es resigniert, ohne Ton.

Tim gelangte mit tauben Armen an die Bäckerei. Er hatte den Koffer und die Gitarre nicht abgesetzt. Heinz holte seinen Bruder am nächsten Tag mit dem Lieferwagen. Der Jaguar war beschlagnahmt. Die Konten auch, aber es würde eh bald neues Geld geben. Mutter kroch bei ihrer Mutter unter, die erste Apanage war auch die letzte gewesen. Omi hatte das Erbe ihres Mannes zum Glück schon durchgebracht. Der erste Besuch dort, kurz darauf, Tim mit dem Fahrrad bis ins Westfälische, die Schule ruhte drei Wochen, Untersuchungen, hieß es. Mutter mit einem letzten Talisman, einem geschnitzten Elefant, um den Hals. Indien war wieder so weit weg wie zu Großmutters Zeiten, die Küche roch nach Kohl. Mutter aufgelöst, sie esse nichts mehr, legte seine Hand in ihre Seite, damit er die Knochen fühle. Großmutter nickend, aber mit hanseatischer Haltung: Nu is dat man wieder so, erst sinn se alle für, und auf einmol ... Tim sagte ihr nicht, worum es in der Untersuchung an der Schule ging: Nicht nur um die Lehrer. Ralf hatte es ihm gesteckt, der natürlich vorne mit dabei gewesen war und jetzt den Ton mit angab, in der sich formierenden Jugendeinheit sogar weit über Wissen hinaus. Ein Drittel der Lehrer werde nicht durchkommen, so eine Richtlinie. Mehr könne man nicht ersetzen. Aber dabei solle es nicht bleiben. Es werde auch an die Schüler gehen, insbesondere beim Eintritt in die Abiturphase. Tims Jahrgang. Ralf versprach für ihn zu tun was er könne.

*

Dienstschluss, Tim will gleich zu Großvater, aber sie warten schon auf ihn in der Einfahrt. Das heißt, es ist nur einer, ein klarer, grauer Mann. Spricht ohne jeden Dialekt, mutet fremd an. Kein schnarrender Typ, aber einer, dem man gerne gehorcht. Keine Waffe, keine Uniform. Nur ein grauer Regenmantel, aber es ist Tim sofort klar, wer das ist. Deswegen nickt er bloß zu allem, was der Kommissar sagt: Ja, da sind Sie also. Ella steht auf der Treppe, mit einer Miene, die Tim noch nicht an ihr kennt, abweisend. Er führt den grauen drahtigen Mann die Treppe hinauf, noch einmal dieses Hofmann-Gefühl: Ein großes Haus, nicht? Sehen Sie, wie hoch man steigen kann. Sein Zimmer, fast freut er sich, es einem Fremden zeigen zu können: Schlicht, die wenigen Dinge aufgeräumt. Die Gitarre an der Wand. Der Polizist sieht sich rasch um und nickt. Anerkennend? Kann man ihn auf die Truhe setzen? Aber wohin sonst? Er tut es selbst, das ist einer, der sich nicht lange damit aufhält, wo er sitzen kann. Seine Fragen sind die erwarteten. „Wo waren Sie ...“ und solche Fragen. Dass er ihn siezt, stört Tim nicht, er wird seit einem halben Jahr gesiezt und es gefällt ihm, ein deutliches Zeichen seines neuen Standes, es stört ihn eher, von Mascha Kallinowski beim Zirkel geduzt zu werden. Nur Herr Hofmann möchte er nicht sein. Wie sie ihn nennen beim Dienst, das ist gerade recht, „Tim“ und „Sie“. Er hat sich zurechtgelegt, was er sagen will, die Fragen waren leicht auszurechnen. Sogar woher er so genau wissen könnte, wann sein Vater zurück war, hat er sich überlegt. Wie Vater zu Franz stand, klar, dass sie das fragen würden. Tim spielt, tut so, als würde er sich die Antworten jetzt erst überlegen, stockt, zögert, setzt neu an. Erst als der Graue das Thema wechselt, muss er sich wirklich bedenken, seine Antwort auf ihre Wirkung abklopfen, ehe er sie gibt. Wie er selbst zu Franz stünde, damit hatte er noch gerechnet. Aber zu seinem Vater? Und was das für ein Mensch sei? Aber auch darin hat Tim ja eine gewisse Übung, er stellt sich das

Fuchsgesicht des Kreisleiters vor, wie war das? Und je öfter
er es behauptet – fängt Tim an, es sich zu glauben. Stand
dieser Mann nicht, ganz egal wie sie zustande gekommen
war, für eine gewisse Leistung? Eine Leistung, die kein anderer aus dem Ort zu erbringen imstande gewesen war?
Und dass nun viel mitschwingt, nicht nur Berechtigtes,
wenn sie ihn hetzen? Nämlich der Neid, es nicht selbst so
weit gebracht zu haben, damals, in der BRD. Nicht das
schmutzige Geld werfen sie ihm vor. Sondern, dass *er* es gemacht hatte, nicht sie. Die Erleichterung, jetzt fein raus zu
sein. Sie hatten nur die Gier, er den Erfolg. Die Gier ist
schnell kaschiert. Und das Versagen, das so lange nagte,
jetzt ein Trumpf: Auf der Siegerseite steht nur, wer vorher
Verlierer war. Was Vater für ein Mensch war? Klar, was sie
hören wollen: Jähzorn, Erbitterung, Hass, was sich eben
fügt zum Bild eines, der seinen Bruder erschlug. Tim könnte
es ihnen liefern, vom Jähzorn erzählen, dem Horror der
Strafexpeditionen, die sein Vater „Aufräumen des Kinder-
zimmers" nannte; von der Erbitterung, die ihn in etwas
treibt, das von Wahnsinn nicht mehr recht zu unterscheiden
ist, seine Kladde voller Skizzen für das Wissen der Zukunft,
„wenn wir die alle weggeräumt haben, a-lle, hörstu!" Den
Hass, sogar den ganz speziellen, den sie haben wollen, und
von dem sie hören werden, aber nicht von ihm. Den Hass
auf Franz, der tiefer liegt, weiter zurück geht als die
Erschütterungen der letzten Jahre, Tim ahnt es nur, genährt
von ein paar Andeutungen, die Heinz gemacht hat, das
reicht, wie jeder ordentliche Hass, weit zurück. Sie werden
es rauskriegen, wozu sich da Illusionen machen. Aber dennoch: Nicht von ihm. Tim antwortet, und er denkt sich einen anderen Mann dabei, sein Vater sei manchmal streng

gewesen aber immer gerecht, keinesfalls nachtragend. Und so weiter. Er weiß, dieser Part klingt nicht mehr so glaubwürdig. Und die Mutter? fragt der Graue. Wie stand die zu Franz? Tim weiß nicht, in welche Richtung er lügen soll. Also sagt er die Wahrheit. Sie konnte Franz nicht ausstehen. Oft gab es Streit, weil Vater ihm wieder mal Geld gab. Und an deine eigenen Kinder denkst du gar nicht? Woraufhin gerechnet wurde: Wieviel bekamen ihre Eltern Jahr für Jahr zu Weihnachten geschenkt ... aber auch zwischen Mutter und Franz ging es nicht darum. Sie konnte ihn nicht ausstehen, weil er „so ein flacher Mensch" war, diese ordinären Witze, schon so seien die Familienfeiern der Hofmanns ja nicht auszuhalten, dieser bäuerliche Geschmack in allem, aber Franz' Witze – daran entzündete sich ihr Widerwille. Und er, Tim? Wie sehe er Franz? Tim sagt, was er denkt: Ein sympathischer Typ. Immer fröhlich. Nett zu Kindern. Der Graue schreibt etwas in sein Notizbuch. Nett zu Kindern? Oder: Tim H.: harmlos? Klappt es zu, schaut Tim an. Das habe jetzt scheinbar nichts mit dem Fall zu tun, aber Tim müsse verstehen, das ganze Umfeld sei immer wichtig, daher – also es sei doch etwas ungewöhnlich, dass ein junger Mann, dem nach dem Abitur nun der Weg offen stünde ... nichts gegen Altenhilfe, im Gegenteil, das sei ja bewundernswert, nur ... ob er das erklären könne?

Gute Frage. Er brauche eben Zeit.

Zeit wofür? Um sich für ein Studienfach zu entscheiden?

Ja, genau, das sei es. Er wisse eben noch nicht so recht.

Habe er denn keine Neigung? Nach einer bestimmten Seite? Musik? Deutet auf die Gitarre.

Nein, das ist nur – nur so. Hobby.

Hm. Und was habe er denn gelesen gestern?

Gestern? Ach so, für den Kurs von Frau Kallinowski, ein Buch von einem Engländer, ist aber schon lange her.

Wie, lange her?

Der Engländer. Ist schon lange tot.

Ach so. Was studieren denn Ihre Schulfreunde so?

Ingenieur.

Und der Vater, war der nicht was mit Wirtschaft?

Ja.

Und das sei wohl alles nichts für ihn?

Nein.

Also mehr Geschichte? Ob daher vielleicht seine Probleme rühren, ein Studium zu finden? Weil jetzt alles so anders ist?

Nein nein, damit habe er kein Problem. Überhaupt kein Problem.

Gut. Wenn er seinen Vater sehe, ganz egal wann – es sei wichtig, dass er sich morgen auf der Polizeistation melde. Sehr wichtig.

Der Graue geht – „bleiben Sie nur oben, ich finde den Weg". Was hat er jetzt eigentlich gewollt? Tim geht das Gespräch durch. Tastet es nach Fehlern ab. Wie am Ende der Lateinarbeit: Man geht den Text durch und weiß, es sind welche drin, ganz bestimmt, man macht immer welche.

7. Iltum

Iltum gruppiert die Krümel seines Mohnkuchens auf dem Teller. Schwarz und weiß, ganz einfach. Für unsere Zwecke jedenfalls ausreichend. Zuckerguß: Wir. Mohn: Die anderen.

Ganz einfach. Also unsere Krümel hier rüber. Franz Hofmann. Den haben sie eingekreist, Mohn drumrum, gehört euch. Wer seid ihr, Krümel? eins zwei drei, die Lehrerin, der Kinofritze, und der alte Kapitalist. Reicht nicht. Drei kreisen keinen ein. An der Schule kommen noch mehr in Frage, klar. Aber das sind alte Nörgler, die kläffen nur noch. Wer hat gebissen. Wie gut sind sie vernetzt. Kriegen sie für so was extra einen von außerhalb, den Mann fürs Grobe? Oder einer von Mascha Kallinowskis Jungs? Vielleicht hält sie sich die ja gar nicht für die Theorie. Jede Menge dunkle Krümel. Und die weißen: Hofmann also weg. Der Professor, der liefert sie uns, wenn er kann, todsicher. Selbst wenn er es jetzt selber noch nicht weiß. Der liefert. Der Doktor, da schaun wir morgen mal, der schuldet uns was, schöne Villa hat er gekriegt, die Filetspitze, da wolln wir was für sehn. Der Herr Direktor – na ja, fleißig fleißig, und 'n ganz gewissenhafter, der schwärzt nicht einfach so Leute an, nur weil er sie nicht mehr im Lehrerkollektiv haben will, das ist 'n korrekter. Wenn der sagt, da ist was – dann ist da was. Tja, und der Pfaffe. Mehr Krümel hab ich nicht. Bornholm soll nicht so tun. Schlechter Verlierer, wetten? Ja, wenn er so viel Informationen gehabt hätte ... so'n Quatsch, Information an sich ist nichts, zwischen den Fingern musst du die fühlen, ob die was wert sind, und die Krümel schieben, bis es passt, auch mal 'ner Eingebung folgen, aber das versteht er doch nicht. Und viel wichtiger, aber davor ekelt er sich ja: Im Café, in der Kneipe, am Taxistand, da kriegste was raus, und ab und zu noch einer, der was weiß gegen 'ne kleine Prämie, zugegeben, ganz ohne die geht's nicht, aber im Prinzip liegt's auf der Straße. Und was macht der alte Igelkopp jetzt? Wetten Bornholm sitzt tief über einen Aktenstapel gebeugt und gönnt sich nicht mal 'n Kaffee, könnt ja 'n Fleck auf die Heilige Schrift kommen. Nee mein Lieber, rannehmen musste die Leute. Und wissen wen. Noch 'ne halbe Stunde bis zum Treffen mit dem Pfaffen. Was die einem erzählen können, glaubst du nicht, steht in keinen Akten. Zahlen! Geht das vielleicht einmal ohne Grinsen, hab ich 'n Witz erzählt oder was. Na bitte, kein Trinkgeld und schon ist Ruhe. Meine Güte seid ihr einfach gehäkelt. Rundgang, gut. Aber was wird's schon sein. Alte Handelsstraße nach links und rechts den Fluaa entlang, Furt, heute Brücke. Kirche in der Mitte, drum rum ein bisschen Läden, Apotheke, Arzt. Kennt man, Hachenburg, Dierdorf und wie die Käffer alle heißen, nimmt sich nicht viel.

Iltum plustert den Mantel, greift nach dem Hut. Klopft auf die Gesäßtasche nach dem Portemonnaie. Stemmt die Glastür auf die Straße, geht nach links Richtung Kirchplatz. Wartet an der einzigen Ampel des Orts, für Fußgänger. Das wenigstens machen die hier auch: Warten auf grün auch wenn hier in der nächsten Viertelstunde kein Auto kommt. Aber auch nur eine Abrichtung. Eine gemeinsame Abrichtung immerhin. Stiftet Gemeinsamkeit. Jetzt marschiert das grüne Männchen zackig, militärisch stechschrittig; strichhaft, digital, reduziert aufs reine Zeichen. Kaltes Land. Iltum schiebt an seinem Hut. Blauer Kreis, weiße Striche: Fußgängerzone. Dicke, lange Striche mit Dreieck: Frau. Kleinere Striche: Kind. Kopfsteinpflaster, dunkle Schaufenster. Altertümelnd Laternen. Enge, schiefe Gasse ohne Lichteinfall. Sport, Blumen, Drogerie. Mädchen mit zwei Jungs auf einer Bank ohne Rückenlehne. Feixen ordinär. Nuttige Kettchen, Nägel Haare Augen alles gefärbt. Sonst keine Menschen. Die Kirche ist rings von niedrigen Häuschen umgeben. Rosa gestrichene Außenfassade. Schweinchenrosa. Die Häuschen rings wie vermickert, Mittelalter wohin man blickt, Butzenscheiben, Kopfsteinpflaster, verknorrte Eichen auf dem Kirchhof. Verdreckte Glasschaukästen, man kann ja kaum die Titel lesen, aber da wird's einem eh gleich schlecht, „Mit Gott auf unsrer Seite", ja das könnte euch so passen, aber ohne den Schupoknüppel dazu nutzt euch Gott nicht viel, falls das noch nicht begriffen wurde, und der Knüppel, ja Freunde, ist euch schon mal die Idee gekommen, das könnte genau anders herum sich verhalten? Kein Gott ohne Knüppel, aber wo ein Knüppel ist auch ein Gott. Dennoch niedlich, in rosa. Ein effeminierter Haufen Schwächlinge, und dieser dickbusige Turm, sieht er nicht aus wie die große Glucke, die ihre Küken schützt? Muss Mutter Kirche euch gegen den bösen Vater Staat verteidigen? Memmen. „Der mütterliche Gott" – da haben wir's doch, steht sogar in der Vitrine. Hättet ihr halt den Schwachsinn mit den schwulen Priestern lassen sollen, ist doch klar, ein Paradies für die Schwulen, 'n ganzer Verein davon, inklusive kleine Jungs zum Weihrauch Schwenken, ja was willste mehr? Und am Ende ist die Kirche rosa, klar. Iltum hat den Hof überquert und drückt die Eisenklinke einer seitlichen Kirchentür, wie es ihm bezeichnet wurde. Er blickt auf die Quarzuhr an seinem Handgelenk. Auf die Minute. Während die Tür langsam hinter ihm die Reste des Tageslichts aussperrt und endlich mit einem im Gewölbe hallenden Ruck ins Schloss fällt, verharrt Iltum, die Fäuste in den Manteltaschen, an der Schwelle. Die Fenster sind hoch und schmal wie gigantische Schießscharten, lassen zu wenig Licht hinein. Unbegreiflich, einfach unbegreiflich. Diese Düsternis, diese nach erkaltetem Rauch und Sonntagsmuff stinkende Gruft, das finden sie also toll. Grottenhafter Hall ertappt jeden Schritt, an der Decke schweben Menschen in Flatterkleidern, in rot und weiß, und hellem Blau. Hübsche Jungs für den Schwulenverein, was? Und all das Gold, Bilder mit Blattgoldrahmen an den Seitenwänden, Iltum geht sie ab, ärgert sich über den Hall, der die Zahl seiner Schritte protokolliert, die Bilder: Gemetzel, Auspeitschungen. Vorne der verreckende Stifter am Balken. Und da hat sich diese fette Kröte aus Bayern ins Bierzelt gestellt und was von Sozialismus und Barbarei gepoltert. Opferblock in zentraler Position, hat da nicht wirklich mal einer seinen Sohn geschlachtet? Und trotzdem: Gut gemacht, muss man euch einfach lassen, gut gemacht. Gruselt noch 'nem alten Atheisten. Wenn ihr mich fragt, hättet beim Katholischen bleiben sollen. Was in Berlin so steht an Kirchen, na ja. Zugige Sitzungssäle mit zu hohen Decken. Aber das hier, das hier, darauf muss man aufpassen. Da steht der Pfaffe schon und macht das Zeichen. Macht er gut, beiläufig. Und wohin jetzt? Beichtstuhl? Hinter die Orgel? Wenn du mich antatschst, Tunte! Aha, Seitentür quer vom Altar, wohl für die Instrumente? Kelch und so. Geht rein, ohne sich umzuwenden. Iltum ihm nach. Kleiner Raum, aber auch keine Besenkammer. 'Ne Art Umkleidekabine? Hängen auch ihre Kaftane an der Wand am Bügel. Stühle, sehr gut, kein Grund für Unbequemlichkeit. Bin ja mal gespannt. Ärzte und Pfaffen sind die besten. Jetzt bei Lichte besehen auch keine Tunte. Stämmiger Kerl, fleischig. Weißgrau schon, Hängebacken. Dicke Brille.

„Also Hochwürden. Was steht an? Hat einer gebeichtet?"

„Sie wissen, Herr Iltum, dass ich Ihnen selbst einen Mörder nicht verraten würde, wenn er mit seiner Schuld zu mir in den Beichtstuhl gekommen ist."

„Ach ja, und wieso steht Ihr Brüder dann auf unserer Soldliste? Aber Beichte oder nicht, legen Sie los, irgendwas werden Sie doch wohl aufgeschnappt haben, kann auch aufem Klo sein, mir egal."

„Ich sagte Ihnen doch bereits am Telefon: Ich weiß nichts. Und mit Verlaub, Sie scheinen unser Arrangement gründlich misszuverstehen."

„Is ja 'n Ding. Na dann erklären Sie's mir doch mal."

„Wir sind – ich bin für die neue Ordnung. Und wir wollen helfen, Sie zu erhalten. Das ist aber auch alles. Es geht nicht darum, irgendjemand auszuhorchen oder gar ans Messer zu liefern."

„Aber Hochwürden, was reden Sie denn da, wer will denn auch sowas, pfui! Messer! Genau darum geht es uns doch, die Ordnung erhalten, apropos Messer – war das jetzt Zufall? Dass Sie ein Messer erwähnen?"

„Ich sagte Ihnen und sage es sooft Sie wollen: Ich weiß nichts über den Mord an Franz Hofmann."

„Aha. Dann sagen Sie mir doch mal, was eigentlich passieren muss, damit Sie uns – wie war das? – helfen die neue Ordnung zu bewahren. *Zwei* Morde? Ein Amoklauf? Muss einer euren Tempel in die Luft sprengen? Heimlich Maschendraht horten um den Zaun wieder aufzubauen wenn die Amis einmarschiert sind?"

„So schlimm es ist, ein Tod – *der* Tod, möchte ich sagen, ist nichts Großes, nach unserem Maßstab."

„Versteht sich, aber so leid's mir tut, eure Eminenz, 'ne andere Elle ham wer nicht in meiner Abteilung, und wenn's noch dazu einen von unseren Leuten trifft, geht's kaum größer."

„Das wusste ich nicht. Dass er für Sie ... das hätte ich nicht gedacht."

„Denkt von Ihnen bestimmt auch keiner, Heiliger Vater, sonst wär's hier ganz schön leer nächsten Sonntag."

„Ich muss widersprechen. Ich bestehe darauf, dass ich kein - Informant bin, oder wie Sie das nennen."

„Das können Sie laut sagen. Der Hofmann, der hat uns ein paar Informationen zukommen lassen, nix Dolles, aber auch das hat sicher manchen nicht gepasst, Informationen übrigens wie es sich gehört, mit Namen, Adressen, richtig Butter bei die Fische, der war sein Geld echt wert. Was deine Silberlinge betrifft ... "

„Ich verbitte mir das. Sie wissen so gut wie ich, dass das Geld weitergeleitet wird, weil Ihre Behörde zu ver... es angeblich nicht anders einrichten kann als derlei mit Zahlungen zu verbinden."

„Weitergeleitet, jaja. Ihr wisst schon, wo Ihr hingehört. Sehen Sie, ich bin ein einfacher Mann, immer schon Kommunist gewesen, war so bei uns zu Hause, wächst man rein. Immer klare Verhältnisse, wir gegen die, kein Schnickschnack. Und deshalb haben wir auch gewonnen. Und Ihr Pfaffen, Sie können doch 'n offenes Wort vertragen, Ihr wart bei denen, klarer Fall. Ab und zu gejammert wie's hinterm Zaun aussieht und für die Neger gebetet, aber sonst Dienstlimousine, so war's doch."

„Das ist ... wenn sich die Kirche nicht in den letzten Jahren konsequent auf die Seite der Armen gestellt hätte, wäre der Zaun niemals eingerissen worden, das wissen Sie ganz genau. Von den Kirchen ging es aus, wir haben ..."

„Das sinkende Schiff habt Ihr Ratten verlassen und sonst gar nichts, und es war nicht das erste Mal, bin ein einfacher Mann wie gesagt, aber so viel weiß ich. So und jetzt zurück zum Punkt, ich will hier kein Konklave halten. Sie stehen auf meiner Liste, und was Sie mit meinem Geld machen, ob Sie's zum Papst tragen oder zur nächsten Nutte ist mir scheißegal ... Klappe, jetzt red' ich ... und dafür will ich was sehen. Wenn Sie uns so gar nichts liefern ... wir können die Zusammenarbeit ja auch beenden. Kann natürlich nicht garantieren, dass die Vertraulichkeit dann weiter so gut gewahrt wird wie bisher ...“

„Das ist, das ist ...“

„Erpressung, klar, was sonst. Also?“

„Geben Sie mir Bedenkzeit.“

„Nein. Jetzt. Hier. Ich hab da 'ne kleine Wette laufen, sonst würd ich mir ja auch mehr Entspannung gönnen, bisschen meditieren im Kreuzgang und so, aber so wie's aussieht – also los jetzt.“

„Da war jemand, vor ein paar Wochen.“

„In der Beichte?“

„Ja. Aber – er schien es mir ... nun, nicht ganz ernst zu meinen. Fast schien es eher ... er hat sich einen bösen Spaß mit mir erlaubt.“

„Wer. Und was.“

„Er sagte – er war angetrunken, man roch es, und die Stimme war auch nicht sehr klar – also er sagte was von: ihm sei oft so, er sei oft so wütend, da könne er auf die Straße rennen und jeden abstechen – abstechen, sagte er ganz wörtlich – ganz egal wer es sei, Vater, Mutter, Onkel, ich habe es mir gemerkt, weil es so sonderbar klang, dass er an dritter Stelle „Onkel“ sagte, aber jetzt .. “

„Verstehe. David Hofmann, richtig?“

„Ich sage nicht ja noch nein. Namen sind nun wirklich ohne Belang; ich habe Sie auf eine Gefahr hingewiesen, meine Pflicht ist erfüllt.“

„Momentmomentmoment. Also erstens: Was hier von Belang ist und was nicht, das lassen Sie mal meine Sorge sein, ich pfusch Ihnen ja auch nicht in der Predigt rum oder sag Ihnen, wie rum Sie ihr Mützchen aufsetzen sollen, klar? Ruhe ... Und zweitens, ja hätten Sie mal hingewiesen, nun isses ja wohl zu spät. Also machen Sie's wieder gut. David Hofmann? Ja oder nein. Wenn nein – wer sonst."

„Ich denke, Sie wissen, was Sie wissen müssen, Herr Iltum. Und ich habe keinen Namen genannt."

„Na schön, verstehe, spielen wir es eben so. Also dieser Mensch, dessen Namen Sie mir nicht gesagt haben, der hat gebeichtet, ja? Aber nur so als Ulk, versteh ich Sie da richtig?"

„Es schien mir so. Aber vielleicht ist er ja auch in allem so ... unernst. Er kann vielleicht nicht anders."

„Der Ärmste. Immer verständnisvoll, was? Also ob Ernst oder nicht, das mit dem Franz Hofmann war jedenfalls kein Jux, also was hat dieser Mensch denn nun genau gesagt?"

„Nun ja, er war voll Zorn, es war nicht einfach, er hörte auch nicht zu, merkwürdig, er beteuerte beständig, beichten zu wollen, und er habe Schuld auf sich geladen, zugleich aber hatte alles, was er sagte, mehr den Charakter einer Anklage als den einer Beichte."

„Anklage. Weswegen. Und gegen wen. Franz Hofmann?"

„Es fiel kein Name, wie ich schon sagte, Namen sind ja ohnehin ... "

„Geschenkt. Weiter!"

„Er war wirr, wie gesagt. Betrunken, aber nicht nur das. Eine verwirrte Seele. Dabei hatte er gute Anlagen."

„Sie kennen ihn – diesen in diesem Gespräch völlig anonym bleibenden Menschen?"

„Er war Messdiener, glühend. Bis er etwa vierzehn wurde."

„Mit vierzehn kommen die meisten zur Vernunft. Was ist daran so bemerkenswert?"

„Sie gleichen ihm, wissen Sie das, Herr Iltum?"

„Was soll das heißen, bin ich mit dreizehn im Rüschenhemdchen durch die Gegend gehopst und hab mich vom Pfarrer – na ja lassen wir das; und jetzt sitze ich jeden Abend besoffen in der Kneipe und geh ab und zu beichten weil mir sonst keiner mehr zuhört, ja?"

„Sie gleichen ihm. Aber wie dem auch sei. Er war wirr wie gesagt, zerrissen. Er schien zu spotten, das ja, aber es war ihm ernst. Ich sagte ja, er kann einfach nicht anders. Und da ist nun, ich denke von dieser frühen, besseren Zeit, das Gefühl in ihm für Schuld, er weiß doch selbst, wie er sein Leben fortgeworfen hat, nicht erst seit zwei Jahren, sondern schon seit dem Moment, als er hier fortging, als er, mit einer obszönen Geste, sein Messdienergewand hier an diesen Haken hing."

„Das hätten Sie gerne, was Hochwürden? Das reuige Schaf. Und wenn er auf ihr Hemdchen gew... na egal. Also ich hätte das dann gerne noch schriftlich, wie gehabt. Wenn Sie doch noch was eingegeben kriegen, von höherer Stelle oder so, bin im Nassauer Hof. Ach, noch was: Wenn hier noch jemand anders von der Polizei auftaucht, dann wissen Sie von nichts, verstanden?"

„Nein, ich verstehe nicht, ich ..."

„Na wär ja auch zu schön gewesen, also dann halten Sie eben einfach so die Schnauze, klar? Sie sagen niemandem, dass ich hier war, und von diesem anonymen reuigen Sünder – das ist Beichtgeheimnis, nicht?"

*

Erst mal was beißen. Frittenbude gab's doch unten an der Ecke, genau das Richtige. Mal sehen, Fidschi? Nee, Kanake, was sonst. Hatten ja keine Fidschis hier. Tachchen, scheiße kalt heute, was? Hier so'n Hammelfleisch im Brot. Mittleres Alter, klein und fleißig. Wieso ham se die bloß alle in den Zaun gesteckt? „Nicht viel los heute, was?"

„Geht. Mittags is besser."

„Haste die Bude schon lange?"

„Was ist lange ... 13 Jahre. Ist das lange?"

„Hat sich ja ganz schön was verändert."

„Wie man nimmt. Die Leute müssen essen."

„Aber jetzt kriegste doch feste Geld, war das nicht früher besser? War doch sicher mehr?"

„Mal ja, mal nein. Kam drauf an. Aber für die junge (jungge, sagt er) Leute is jetzt besser."

„Haste Söhne? Mit im Betrieb?"

„Hab ich zwei Söhne, die waren faul wie Scheiße, jetzt mussen die arbeiten, tut denen gut."

„Und wo?"

„Straße, siehstu? Ist jetzt immer sauber, weil junge Türken mussen arbeiten und junge Deutsche auch."

„Komisch, wa? Und da ham die euch immer gesagt, ist keine Arbeit da."

„Arbeit ist immer, sieht nur nicht jeder."

„Wie alt sind denn deine Jungs?"

„20 und 18,. gute Jungen jetzt. Kommen abends nach Hause und sind müde. Nix mehr mit ständig Party."

„Sag mal, ich hab grade im Cafe gehört, bei euch hamse einen abgestochen vorletzte Nacht, stimmt das?"

„Die Hofmann."

„Die? Franz Hofmann."

„Ja, die Franz, gute Mann. Immer lustig, das iss Scheiße."

„Kam der ab und zu her? Zum Essen?"

„Oft. Guter Mann, guter Esser."

„Is ja'n Jammer! Wer macht denn so was? Bei so 'nem netten Kerl?"

„Scheiße-Leute, was weiße ich. Leute aus die Stadt, nix von hier."

„Hier haben sich alle lieb, was? Nettes Dorf. Aber gibt doch immer mal einen oder zwei, mit denen man nicht kann, oder? Und der Hofmann, wie war das, erzählen sich die Leute da nicht was, ich hab da was gehört, mit seinem Neffen ..."

„Weiß ich nix von. War ein guter Mann, die Franz, immer lustig. Sagen manche, er ist oft gewesen bumsen im Puff, na und sage ich, hat er anständig benommen und bezahlt, alles gut."

„Vielleicht hat er ja nicht bezahlt. Soll ja manchmal klamm gewesen sein, oder?"

„Hat immer eingeladen andere Leute. Meistens. Manchmal lief's Geschäft nicht so gut."

„Aber seit der Revolution, da ging's ihm immer gut, oder? Was haben denn die Leute dazu gesagt, auf einmal nix Problem mehr, schöner Posten, dicker Schreibtisch und so ... Kann mir vorstellen da sind welche ganz schön neidisch gewesen."

„Leute sind immer neidisch, vor die Revolution neidisch auf die, und jetzt neidisch auf die andere."

„Schon klar, lebt ja nicht mehr jeder so fett wie vor der Revolution, nicht? Ich meine, die ehrlichen Arbeiter, Handwerk, kleine Läden und Buden so, die mussten schuften und dann kam die Steuer, aber die Bonzen, die ham's doch in den Arsch gekriegt und mussten nicht viel tun, stimmt doch, oder?"

„So isses, oben keiner gearbeitet, unten keiner gearbeitet, nur wir, kleine Leute mitte kleine Bude, arbeiten krumm und nix verdient."

„Recht haste. Und der Oberbonze hier im Dorf, der mit der Villa oben auf dem Hügel und dem Import-Export-Unternehmen, war das nicht sogar der Bruder von dem Franz Hofmann?"

„Hofmann mit die Villa gab's, aber gibt viele Hofmann, kann der Bruder sein, kann Vetter sein, was weiß ich."

„Hm. Und hier der Typ vom Kino? Heißt der nicht auch Hofmann?"

„Die Wixer von Kino? Heißt auch Hofmann, sag ich ja: gibt viele Hofmann."

„Kannste nicht leiden, was?"

„Kann keiner leiden. Willst Kino gehen, Film gucken, aber die Film fangt und fangt nicht an, quatsche, quatsche, quatsche, halbe Abend. Ganz Tag tut nix, der Typ, hat mir Cousine erzählt, putzt da, alles Müll, und die Typ – schlafe, schlafe bis Mittag."

„Die Sorte ham wer ja gerne."

„Und abends spät, nach Kino, sind da Scheiße-Leute aus Köln, machen Krach, unten wohnt Kumpel von mein Sohn, sagt immer bitte leise, machen die immer noch Krach, saufe und quatsche, saufe und quatsche, ganze Nacht."

„Scheiß-Typ."

„Schreib doch mal die Autokennzeichen auf, anzeigen muss man so Typen. Oder wisst ihr sogar 'n paar Namen?"

„Nee, aber Autonummer aufschreiben ist 'ne gute Idee. Wenn die morgen kommen morgen."

„Kommen die denn morgen?"

„Die kommen oft, Samstag. Lange Haare und haben Schlampen dabei, Scheiße-Leute aus Stadt."

„Weiber auch? Tststs. Und am nächsten Morgen verschwinden die dann immer, ja?"

„Morgen? Est mal ausschlafen. Dann kommen die manchmal mittags hier. Quatsche Scheiße, kann normale Leute gar nicht verstehen."

„Ach ja, aber worum es geht, das verstehste doch, oder?"

„Politike, immer Politike."

„Schimpfen, was? Auf die Politiker?"

„Schimpfen auf alles, auf Staat, auf Politiker, auf kleine Leute, auf alles."

„So sehn se aus, die Langzotteln, na besten Dank, war lecker. Stimmt so."

Scharfes Zeug. Und jetzt 'n Bier. Aha, morgen Abend also, da horchen wir dann mal rein. Guter Mann, der Kanacke, wieso bezahlen wir eigentlich die ganzen nutzlosen Heinis, wenn's der dir für umsonst erzählt? Egal, hier gibt's was. Nicht viel los, und die Weiber ham sie weggesperrt? Verpasste zwar nix. Breite Ärsche, muss am Bier liegen oder vielleicht die Gene vom Urstamm, der hier mal in den Wäldern gehaust hat, mit 35 spätestens kriegen die Weiber hier breite Ärsche. Und die meisten davor, sobald sie 'nen Kerl abgekriegt haben. Der Kolpert müsste nochmal in den Außendienst, zwei Wochen Westerwald, so als Stahlbad gegen die Verständnisscheiße, ich sag dir, Kolpert: Weich kochen ham die sich im Westen lassen von ihren ganzen Langzotteln, von den Friedensfritzen, von den Schwulen, Transen, Müslistrickern, und den Meditierheinis. So sieht's aus. Mit denen kannste keinen Krieg gewinnen, nich mal'n kalten. Gucken wir eine weiter. Hier, das sieht gut aus, wer sagt's denn, „Chagall", da geht doch kein Alter – jawoll, hübscher Tisch, 17, allenfalls, na bitte, gehört ja schließlich auch zur Ermittlung, was die junge Generation so denkt, und: ach nee, wen haben wir da, so so, hierhin geht die Wissener Boheme. Und hocken alle schön beisammen: Frau Lehrerin, Mascha Kallinowski und der Kinofritze. Und der Herr Professor schön brav am Ball, das lob ich mir. Schau an, die zwei. Und warum, zum Teufel, erfahre ich davon nichts? Kann man nicht genug eintrichtern, habe ich auch bis zur Vergasung vorgekaut, aber diese Pappnasen – wer mit wem pennt, Mensch, das ist das Rückgrat jeder Ermittlung, wie oft, warum und ob von hinten oder von vorn, alles wichtiger als die Zeitung, die er liest oder was er bei Tageslicht äußert. Über allen Städten, allen Dörfern, habe ich es ihnen nicht erklärt wie den Idioten, gibt es ein Netz, das man zuziehen kann, wenn man es kennt: Aber nicht nur, wer mit wem gefickt hat, kann gut brauchbar sein, oft noch besser fürs Operative: wer nicht! Wie alles im Leben, nicht wahr: Die Kehrseite der Biographien, was niemand in seine Bewerbungsbögen steckt: Wenn sie einen nicht rangelassen hat. Oder wenn einer es nicht hingekriegt hat. Schweißt zusammen und macht doch auch gegeneinander gefährlich wie ein gemeinsam verübtes Verbrechen, je nachdem. Wird sie ihm nie verzeihen, es ihm persönlich krumm nehmen, bei anderen kann er doch wohl? Er gleichfalls: Bei ihr immer erinnert an den Augenblick der Schmach, und in diesen Dörfern, unterschätzt das nicht, auf die Unbedachtsamkeit einer Karnevalsnacht folgen vierzig Jahre beständigen, unvermeidbaren Über-den-Weg-laufens. Schau an, schau an, und nun sitzen sie also traulich zusammen, aber sie ham noch nicht, das sieht man. Nervöses Girren und Flügelschlagen ihrerseits, zum Hahnenkamm geschwollene Lässigkeit seinerseits, Befund eindeutig: Balzverhalten. Wenn sie schon gefickt hätten, würde sich nur einer von beiden solche Mühe geben, maximal. Tisch oder Theke, Theke ist gut. Auf die Theke schaut nie einer, komisch. Auch näher dran, sogar in Hörweite, reden laut. 'N großes Helles, was sonst, komm ich zum Tee hier rein oder was? Biste mal in 'ner Kneipe mit 'nem bisschen was Strafferes, ist der Kellner prompt 'n Mann. Haben nicht mal 'nen Spiegel hinter der Bar, mensch 'ne Theke braucht doch 'nen Spiegel, meint ihr die Gäste wollen sich die Wand beglotzen? Also gut, halbe Drehung. Ziemliche Pfeife, der Herr Professor, ein Feigling. Macht immer brav was der Lehrer sagt, wetten? Na mal sehen. Führt das große Wort, Vorlesung, wie? Sieht und hört nichts, egal, hat bestimmt 'n Primanerbläschen, dann halten wir ein Schwätzchen. Zwei gegen einen. Sieht man; kannste messen. Körperabstände, Handstellung, et cetera, is ja wie außem Lehrbuch. Die beiden Balzhühner gegen ihn. Und genauso isses ja auch. Jetzt nimm mal 'nen kräftigen Schluck und geh pissen, bin gespannt worum's geht. Na bitte. Meine Güte, findeste jetzt nich mal das Klo, zum ersten Mal inner Kneipe? Immer hinten, wo sonst? Und wenn's 'ne Treppe runter gibt – na also. Nach ihnen, Herr Professor, und gleich zwei frei, was kann schöner sein.

„Na, Herr Professor, wie läuft's denn so?" Piss mich nicht an vor Schreck.

„Sie?"

„Dachten Sie ich schaukel zu Hause meine Eier während Sie hier an vorderster Front? Nee nee, wir sind immer mittemang. Also, was gibt's?"

„Was es gibt, nun ja, wir unterhalten uns."

„Sagenhaft. Gut dass sie mir diese wichtige Information zukommen lassen. Weiter."

„Dieser Hofmann – kauzige Type, zynisch, nicht so intelligent wie er zu sein glaubt, aber – wohl eher die Sorte harmloser Spinner."

„Die Interpretation mach ich dann, wenn's recht ist. Worum geht das Gespräch? Politik, das sieht man, was hat er für Positionen?"

„Keine – konterrevolutionären, wenn Sie das meinen. Er war, das ist glaubhaft, Antikapitalist. Wenn er jetzt Enttäuschung äußert – das scheint mir eher privat zu sein. Das eigene Scheitern, Sie verstehen."

„Oh ja, verstehe, verstehe. Stell dir vor du warst einer im akademischen Betrieb, und von einem Tag auf den anderen verlierst du alles, deine Position, das Einkommen, die ganze Ehre, Krawatte, Dienstwagen, nur weil du vielleicht einen Fehler gemacht hast, einen kleinen politischen Fehler. Aber Sie würden solche Fehler doch nicht machen, Herr Professor, wie? Sie schätzen doch die Situation richtig ein?"

„Natürlich, ganz sicher."

„Na also. Und die Frau Kallinowski, die ist also auch völlig harmlos, ja?"

„Frau Kallinowski ist – eine Träumerin. War sie immer schon. Will immer das Bessere, das immer-noch-Bessere. Selbst wenn viel erreicht ist, sie hat eben den revolutionären Geist, der vorwärts will und nicht so schnell mit ein paar Anfangserfolgen zufrieden ist ..."

„Ich sag's jetzt noch mal: Interpretation ist mein Ressort. Sie berichten: Wer hat was gesagt ... jetzt nicht, wir müssen hoch. Morgen, um eins in meinem Hotel."

II. Samstag

1. Bornholm

„Morgen, Heiner. Da sind Sie ja."

„Morgen. Is et zu spät, ich dacht et wär...?"

„Nein nein, genau acht."

„Dann haben wir jetzen en Vorsprung vor dem Iltum, woll?"

„Zeitlich ja. Was haben Sie herausgefunden gestern Abend?"

„Also, ich hab es aufgeschrieben. Also als erstes bin ich bei der Schwester vom Hofmann gewesen, und die hat gesagt, also wir haben erst so'n bisschen geschwätzt, von früher, der ihre Elsbeth is jetzt verheiratet nach Hachenburg hin ... egal, zum Hofmann hat die gesagt, dat es en ganz schlechtes Verhältnis war bei den Brüdern. Die waren sogar einmal bald handgreiflich geworden, bei 'ner Feier."

„Interessant. Und was war der Grund?"

„Dat wor noch in der BRD, kurz bevor dat hier alles nix mehr war, da hätt der Franz umziehen gemusst, in den Zaun."

„Verstehe. Passt zu dem, was ich gestern erfahren habe."

„Wat dann?"

„Später. Berichten Sie erst zu Ende, bitte."

„Wo war ich dann ... ach so, handgreiflich ... also der Franz hätt umziehen gemusst, und der Martin Hofmann hat ihm nicht geholfen. Dat war der Grund, und die Hannelore – dat is die Schwester, ich sagen Hannelore zu der – die Hannelore sagt, sie hätten auch alle andern den Martin gebeten, er soll doch dem Franz helfen, aber der hätt nixen hören wollen."

„Und darüber kam es zu einem heftigen Streit, der eskalierte? Wann genau?"

143

„Dat war... bei ihrem Opa – also dat es der Vater – seinem Geburtstag, dat es am 14. April, vor zwei Jahren."

„Dann hat Franz Hofmann also tatsächlich ein halbes Jahr im Zaun gelebt? Bis zur Revolution? Wieso kam er denn sonst nirgendwo unter?"

„Dat hab ich mich auch gefragt."

„Und?"

„Ich weiß et doch nicht, dat kann ich die Hannelore doch nicht fragen."

„Verstehe ich nicht."

„Dat es doch... wie en Vorwurf es dat doch, warum die andern ihm dann nit geholfen haben."

„In der Tat. Aber gut. Was hat Sie Ihnen denn noch erzählt?"

„Ja, wat noch... ich hab natürlich schon gefragt, wie dat vorher war mit den beiden, und da hat die Hannelore gesagt, dat der Martin den Franz noch nie hätt leiden gekonnt. Der war nämlisch immer neidisch gewesen."

„Wer, Martin auf Franz?"

„So wär et gewesen, weil der Franz so'n stattlischer Kerl wor, und der Martin bloß so'n Micker, und da hätt sich der Martin immer weisen wollen..."

„Bitte was?"

„Sich weisen wollen, angeben wollte der, mit seinem Geld, aber dem Franz hätt dat nixen ausgemacht, dat wor so'n feiner Kerl, sagt die Hannelore."

„Genommen hat er es jedenfalls. Aber bleiben wir bei der Schwester. War da sonst noch was?"

„Im Wesentlichen... ich hab hier noch weiter so wat aufgeschrieben, aber dat es et, dat Auffallende, woll? Eins noch: Der Hofmann, also der Martin, der hätt sich einmal an die

Frau vom Franz rangemacht, dat es jetzt aber schon bald zehn Jahre her."

„Könnte interessant sein. Wusste sie Näheres?"

„Die Käthe – die Käthe es die Frau vom Franz – also die Käthe hätt sich ne Weile wat schenken lassen vom Martin, aber dat es ihr dann zu viel geworden. Die Leute hatten schon geredet."

„Es ist also nichts draus geworden."

„Et Hannelore sagt nä."

„Und umgekehrt?"

„Wat dann?"

„Franz und Martins Frau, gibt es da Gerüchte?"

„Nä, da hätt et Hannelore nixen von gesagt, und ich hab da auch noch nixen von gehört."

„Gut. Sonst noch was?"

„Vom Hannelore nit, aber isch bin ja noch bei dem Vorsitzenden gewesen, von dem Gesangsverein."

„Und?"

„Also ich sollte ja nach Konkurrenz fragen und so, woll? Also der Vorsitzende, dat es der Herr Klapproth, der Herr Klapproth hätt gesagt, moment, dat hab ich auch aufgeschrieben ... dat gibt et nicht bei 'nem Chor, Konkurrenz, hätt er gesagt, an und für sich, weil bei 'nem Chor, da tun ja alle zusammen singen, aber es war schon so, dat der Franz Hofmann nicht so beliebt war, bei manchen, einmal wegen wat mein Schwager ja auch schon gesagt hätt, dat mit den Frauen, woll? und zweitens hätt der Franz Hofmann sich immer für wat besseres gehalten, auch beim Singen, da hätt er sich manchmal nit einordnen gekonnt, ich versteh da jo nixen von, aber der Klapproth hätt gesagt, dat tät stören bei 'nem Chor, wenn einer da besonders singt, nicht andere

145

Noten, nur irgendswie auffälliger, aber dat konnt er mir auch nicht so richtig erklären ..."

„Ist im Detail vielleicht auch nicht so wichtig, aber jedenfalls gab es da Animositäten? Abneigungen."

„So hab ich ihn verstanden."

„Und hat er da Namen genannt?"

„Nä, dat wär mehr so ein allgemeines Gefühl gewesen."

„Ja gab's da nun konkrete Äußerungen oder nicht und von wem, so allgemein nützt uns das doch nichts."

„Da hätt er nixen zu sagen wollen, aber isch hann mir ne Liste geben lassen von alle Leute, die da mitsingen."

„Zeigen Sie mal her. Dreizehn Namen. Machen wir später, die können wir jetzt nicht alle – was bedeutet dieser Stern?"

„Dat mach ich so, wenn wat auffallend is, ich hab es hier aber auch noch mal aufgeschrieben, den Stern hann ich bei dem Niebach gemalt, woll? Dat is nämlich der, wo der Franz Hofmann mit dem seiner Frau ... wat gehabt hätt."

„Interessant. Wann?"

„Dat es um die Jubiläumsfeier rum gewesen, deshalb sagt der Klapproth weiß er es so genau, weil da beinah die Feier ausgefallen war deswegen. Hundert Jahre „Köttinger Eintracht", so heißt der Verein, woll? Und da haste so 'nen Streit, dat da zwei nicht mehr miteinander singen wollen."

„Und wie ist es ausgegangen? Offenbar sangen sie ja jetzt wieder beide."

„Dat hab ich den Klapproth auch gefragt. Die Frau von dem Niebach is zurück zu ihm, und dann ging dat wieder, aber die zwei haben sich noch ne Weile nicht mit dem Arsch angeguckt."

„Kein Wort miteinander gewechselt, aha. Und zuletzt? War das Verhältnis immer noch angespannt?"

„Nä, leider nicht, will ich mal sagen, sonst hätten wir ja nen Verdächtigen, woll? aber die haben sich zuletzt wieder gut verstanden, seit zwei Jahren, weil der Niebach hätt auch in den Zaun gemusst umziehen, weil seine Firma hätt zugemacht, die wo die Container bauen drüben in Morsbach ... egal, und dat hätt die zwei irgendswie wieder zusammen gebracht, sagt der Klapproth, und auch wie dat jetzen is, da waren die einer Meinung."

„Wir behalten diesen Niebach mal im Auge, aber eine heiße Spur ist das nicht. Zu lange her, auf den Franz Hofmann hat jemand eine ganz frische Wut gehabt. Aber das ist ein weiterer Punkt, ich hoffe Sie haben danach gefragt: Hofmann war im Zaun, Niebach auch, und sangen weiter mit im Verein? Wie ging das?"

„Ja wie dat es hier im Dorf, woll? da is immer wat möglich, wenn du die richtige Leute kennst. Und die Beiträge, für den Verein, dat haben die andern übernommen, dat is ja dat gute an so 'nem Verein, woll? dat die schon wat zusammenhalten."

„Verstehe. Und die richtigen Leute?"

„Dat war wegen der Kontrolle, woll? Die haben ja nicht einfach so raus gedurft am Abend, da haste einen kennen gemusst."

„Schon klar. Und wen, wen hat Franz Hofmann da gekannt, hat Ihnen Herr Klapproth das auch verraten?"

„Er sagt, er weiß et nicht, und dat er dat auch nicht hätt wissen wollen damals, weil dat war ja strafbar bei uns, inner BRD."

„Ist vielleicht auch nicht so wichtig, wie sollte sich daraus ein Motiv ergeben. Heute kann man damit jedenfalls keinen mehr erpressen, und – nein, das bringt nichts. Ich denke, wir sind auf der richtigen Spur mit Martin Hofmann."

„Sie sind sich da sicher, mit dem Hofmann?"

„Nein. Aber es ist eine ökonomische Erklärung, nicht? Einfach und schlüssig, ohne viele Nebenannahmen und Phantasie. Und die stimmen meistens."

„Haben Sie dann noch wat rausgefunden gestern Abend?"

„Vielleicht ja. Ich habe die Sachen mitgenommen, die Martin Hofmann am Tatabend getragen hat, jedenfalls alles bis auf Pullover und Mantel. Die schicken wir morgen nach Köln, ich kenn da auch noch jemand im Labor."

„Nä, und der macht dat dann so unter der Hand, woll?"

„Ist im Interesse der Sache. Auf Iltums Ergebnisse müssen wir gar nicht erst warten. Wenn wir Glück haben, kriegen wir den Obduktionsbericht zu sehen. Wie auch immer – Martin Hofmann ist in der Tatnacht nicht mehr nach Hause gekommen, das steht fest. Seine Familie deckt ihn, aber durchschaubar. Und ein Motiv haben wir auch."

„Ja, wenn die sich so spinnefeind waren, wie et Hannelore gesagt hätt ..."

„Und im Schachklub habe ich gestern dazu noch ein paar interessante Details erfahren. Franz Hofmann hat Jahre lang am Tropf seines Bruders gehangen, der hat ihm Kredite bei der Bank verschafft und selbst auch Geld reingesteckt. Aber dann war damit auf einmal Schluss, und ich wüsste gern, wieso."

„Vielleicht is et dem Hofmann nicht mehr so gut gegangen."

„Wie meinen Sie das?"

„So hieß et damals, als ihm die Frau weg is – so wat is teuer gewesen inner BRD – und dat schon alles anfing mit den Krawallen bei den Negern, wo er die Fabriken gehabt hätt, da hann die Leute gesagt, der Hofmann hätt et nicht mehr so dicke."

„Und das sagen Sie mir jetzt?"

„Ich hab dat nicht für wichtig gehalten, dat war doch Kappes, der Hofmann hätt doch dat dicke Auto gehabt und die Villa, dat war doch dumm Geschwätz von den Leuten, hab ich gedacht. Aber wenn er dem Franz dann nicht mehr hätt helfen wollen, dat kann dann schon sein, woll?"

„Kann sein. Kann aber auch was anderes dahinter stecken. Wie auch immer, es fügt sich eins ins andere."

Bornholm hat während des Gesprächs mit dem Bleistift Eintragungen auf seiner Skizze gemacht. Stichworte und Linien. Felder und Notationen, Dame F6 und dergleichen, er hat da sein System. Die Namen Niebach und Klapproth, die Männer vom Gesangsverein, im Winkel, Randfiguren. Das Zentrum ist Martin Hofmann. Bornholm weiß, dass es nach halb Neun ist, dennoch blickt er auf die Uhr. „Acht Dreißig durch. Ich schätze wir haben noch Zeit bis Hofmann hier auftaucht. Wenn er es tut. Sie halten hier die Stellung, vielleicht telefonieren Sie noch ein wenig herum, diese Liste mit den Namen vom Gesangsverein, und dann ist da ja noch dieses Etablissement."

„Wat?"

„Das Bordell. Sie wissen schon. Wir müssen da mal jemand befragen, machen Sie einen Termin für den Nachmittag mit der Leitung."

„Da müssen aber Sie hinfahren, Herr Bornholm, wenn dat meine Hilda mitkriegen tut ..."

„Keine Sorge."

„Dann mach ich dat, aber ich hab keine Nummer."

„Habe ich hier notiert. Ich fahre noch mal zu Hofmanns Wohnung. Bin in einer Stunde wieder da."

Bornholm lenkt den Wagen auf die Grotewohl-Allee und biegt gleich rechts in die steil ansteigende Hachenburger ein. Zwei Kilometer bis zum Haus. Zu den Häusern vielmehr. Kein Zufall, jetzt ist Bornholm klar, warum Franz Hofmann nach der Revolution dieses Haus bekommen hat, in Sichtweite des ehemaligen Anwesens seines Bruders. Und warum er es haben wollte. Fragt sich nur, warum nicht gleich eine der Wohnungen im Anwesen selbst, aber wahrscheinlich hat Iltum auch noch ein paar dickere Fische im Ort, die er zuerst ködern musste. Bornholm will sich auf den Verkehr konzentrieren, aber es gibt keinen. Nur eine Tempo-30 Zone an jenem Abschnitt, der an der Berufsausbildungschule vorbeiführt. Die Häuser liegen am Scheitelpunkt des Hügels, links, leicht abfallend den Hang hinab, das ehemalige Anwesen Hofmanns. Rechts, von der Straße zurückversetzt und durch Bäume von ihr abgeschirmt, das Haus, das zuletzt Franz Hofmann bewohnte. Acht Uhr dreiundvierzig, Bornholm will nicht vor neun klingeln. Biegt links ab, zum Anwesen. Ein geteerter Weg mit mannshoher Buchenhecke zur einen und Brombeergesträuch zur anderen Seite. Die Hecke endet an einem steinernen Portal, die Gitter stehen offen. Dahinter eine mit Kies bestreute Parkfläche. Bornholm steigt aus, spürt unangenehm den nur halbfesten Boden unter den Sohlen, die weichenden Kieskörner. Nicht eindeutig, wie zum Eingang zu gelangen ist: Verschachtelt ist die Villa in den Hügel gebaut, von komplexen Grundriss, und damit kaum noch das, was Bornholm unter einem Haus versteht, ein Begriff, der ihm eng mit Viereckigkeit verbunden ist. Ein Weg aus Steinplatten führt zwischen ansteigenden Blumenbeeten zu einer zweiflügeligen Eingangstür. Zu beiden Seiten Beete, im hoch wuchernden Gewirr aus Gräsern, Kräutern und ursprünglicher Bepflanzung, die ihre älteren Rechte nicht gegen die Neuankömmlinge verteidigen konnte, liegen umgestürzte Steinstelen. Aus einem Seitenflügel dringen Geräusche: Wasser und Gesang. Kinderschreien. Vier Klingelknöpfe an der Tür. Er geht um das Haus herum, weiter den Steinplatten folgend. Sieht, was die Buchenhecke verborgen hat: die parkähnliche Anlage, mit breiter, kolonialweiß getünchter Veranda, ein Brunnen aus Bruchsteinen, Beete und Steinwege, die zu einem Rondell im hinteren Teil des Anwesens führen; ein Schwimmbecken, das kein Wasser führt, der struppig gewachsene Rasen. Auf der Veranda stehen übervolle Aschenbecher, die Blumen in den Kübeln sind lange nicht gezupft worden, und näher besehen, blättert an den Pfosten Lack und entblößt das schmutzige Dunkel des Holzes. Bornholm steigt die breiten Bohlen hinab, die als Treppe von der Veranda in den Garten führen, und tritt an das Schwimmbecken: Laub hat sich darin zu sammeln begonnen und klebt regennass an der blauen Plane, mit der das Becken ausgeschlagen ist. Der Brunnen, gleich daneben, ist tot, und die Rohre, die wohl ein Wasserspiel veranstalten konnten, ragen nutzlos aus dem trüb stehenden Wasser. „Was machen Sie denn da?" Bornholm war darauf gefasst, dreht sich um, ein kleiner Mann mit kugelrundem Schädel steht auf der Veranda. „Bornholm, Polizei. Entschuldigen Sie die Störung, ich wollte mich nur mal umsehen. In der Sache Hofmann, Sie werden davon gehört haben."

„Dann kommen Sie doch rein, warum klingeln Sie denn nicht?" Bornholm steigt auf die Veranda. Der kleine Mann kneift beide Augen zusammen als blicke er in die Sonne. „Kann ich mal Ihren Ausweis sehen? Nichts für Ungut, aber

Sie verstehen."

„Sicher." Bornholm zeigt ihn vor. „Na dann, aber ich hab nicht viel Zeit." Er spricht näselnd, hat einen Akzent oder einen Sprachfehler, nicht genau zu sagen. Bietet Bornholm Platz am Küchentisch. „Kaffee?"

„Danke, Herr ...?"

„Dr. Breschinsky."

„Mediziner?"

„Habe meine Praxis unten. Im ehemaligen Büro."

„Waren Sie am Donnerstagabend zu Hause?"

„Ja."

„Und ist Ihnen da irgendetwas aufgefallen, drüben bei Hofmann oder hier?"

„Nein. Wir sind ja hier etwas abseits."

„Und in der Zeit zuvor?"

„Worauf spielen Sie an?"

„Ich frage nur."

„Also gut. Ja, er war hier."

„Martin Hofmann."

„Ja."

„Was heißt, er war hier, hat er Sie aufgesucht? Ärztlich?"

„Nein, zu mir geht er nicht mehr. Aber er – streunt, muss man fast sagen, ums Haus. Zeichnet, oder schreibt. Sie kennen ja wohl die Hintergründe."

„Ungefähr. Wie würden sie denn die Hintergründe beschreiben?"

„Martin Hofmann ..." er rührt in seiner Kaffeetasse und macht das Gesicht für schwierige Fälle, „...war ein großer Mann. Über den Ort hinaus, der viel geleistet hat. Das wollen jetzt viele nicht mehr wahrhaben. Und dass er nun dies alles hier verloren hat ... menschlich, darüber nicht recht hinwegzukommen, aber das ist es nicht einmal. Es ist mehr – innerlich. Die Demütigung. Und das von Männern, die schlechter sind als er, zehnmal schlechter. Von denen hätte keiner geschafft, was er ... aber das zählt jetzt nicht."

„Waren Sie befreundet?"

„Nein. Ich war sein Arzt, und man traf sich auch mal privat. Ich weiß nicht, ob er Freunde hatte."

„Aber Sie haben ihn geschätzt?"

„Wie stellen sich die Menschen das vor? Großes Leisten aber dabei nicht mal einen Grashalm zertrampeln? Sie brauchen Willen, um dahin zu kommen, wo er war, großen Willen. Und was wäre das Dorf gewesen ohne ihn? Was hat er nicht alles gesponsort, und da hat keiner danach gefragt, wie er das Geld verdient hat, keiner. Und die Leute, die sein Spielzeug gekauft haben, haben die gefragt, wie und wo und von wem es produziert wurde? Keiner hat gefragt." Sein Akzent wird in der Erregung stärker, schwillt wie seine Adern am kugelrunden Schädel.

„Mag sein. Wie kommt es eigentlich, dass Sie hier ... es muss doch, auch wenn Sie nicht direkt befreundet waren, für Martin Hofmann ein Schock gewesen sein, dass ein Vertrauter seine Villa bezieht."

„Besser ich als einer von den anderen, oder? Was meinen Sie, wer alles noch hier rauf wollte. Als Arzt hat man einen klaren Blick, die Diagnose, Sie verstehen? Die BRD war ein hoffnungsloser Fall, mit bloß drei vier leistungsbereiten Berufsgruppen bleibt kein Staat gesund, wir haben das auch nicht mehr eingesehen, jede Woche 80 Stunden arbeiten, nach *der* Ausbildung, 60 davon umsonst, weil mit den armen Schluckern aus der gesetzlichen ..."

„Das tut jetzt wohl wenig zur Sache, also Hofmann war hier, auf dem Gelände, und hat gezeichnet. Wann zuletzt?"

„Wenig zur Sache, sagen *Sie*, aber gut, gesehen habe ich ihn vor einer Woche, aber das heißt nichts, ich liege ja nicht jeden Abend mit Nachtfernrohr auf der Lauer, und dann ... ist es mir auch herzlich egal, wenn er es so haben will – ich hab ihn oft eingeladen, zum Kaffee, aber ... soll er sich sein Haus eben ansehen."

„Da Sie ihn kennen, vielleicht doch besser als die meisten anderen – trauen Sie es ihm zu?"

„Meine Antwort ist Ihnen wohl kaum von Nutzen. Wie sollten Sie mir glauben, ich sagte doch, ich habe ihn geschätzt."

„Ich möchte die Antwort trotzdem hören."

„Er war jähzornig, fürchterlicher Blutdruck, schon immer. Zu wenig Bewegung, immer nur die Firma, hätte sich noch totgeschuftet. Immerhin kein Übergewicht, ein energetischer Typ, aber alles nur innere Kraft, seine Konstitution war schwach, Trichterbrust, kaum Muskulatur – kurz, er hatte eigentlich nicht den Körper zu seinem Willen. Schon so gesehen kann er es kaum gewesen sein, es bedarf einiger Kraft, einem Mann ein Messer tödlich ins Fleisch zu rammen, und in einem Kampf mit Franz Hofmann – nein. Aber der Wille, wollen Sie einwenden? Der war weg. Ich hab ihn noch ein, zweimal gesprochen, bevor ich diese Wohnung bezog ... es war, als habe jemand das Gefäß mit seiner Lebenskraft entkorkt, das klingt nicht sehr klinisch, ich weiß, aber es gibt doch so etwas, natürlich rein physiologisch, Nervenbahnen et cetera, das den ganzen Menschen zusammenhält, sie können das bei Leuten beobachten, die sich gegen eine Krankheit stemmen ... oder ihr nachgeben."

„Und er hat nachgegeben?"

„Die Durchschnittsmenschen, die nach ihren 40 Stunden den Stift fallen lassen und nach Hause gehen, die sagen einfach: Kleider machen Leute. Die können jetzt höhnen: Seht, was der Hofmann wert ist, ohne sein Haus und sein Auto. Aber es ist umgekehrt, er hat, physiologisch, über seinen Möglichkeiten gelebt, und das ging nur durch Anreize, Doping, Sie verstehen, wie eine Droge. Die kleinen Leute sehen das Auto und denken, dafür sei der Erfolg gut, dass man sich das Auto leisten kann, aber das ist gar nicht der Punkt, das Auto ist auch nur ein Mittel zum Zweck, der Anerkennung. Das Aufschauen. Hofmann war ehrgeizig, und achten Sie auf das Wort, es geht nicht um Autos und Häuser. Und dass *das* weg war mit einem Schlag – sein kleines Königtum, das hat ihm den Willen geraubt. Er war's nicht, Herr Bornholm, kann es unmöglich gewesen sein. Er könnte morden, um seine Ehre wieder zu erlangen, aber nicht aus Rache, Erbitterung, oder was sonst zwischen ihm und seinem Bruder gewesen sein mag. Aber – dies noch – diese Antwort ist wie gesagt für Sie völlig wertlos. Ich hätte den Befund auch anders interpretieren können, wenn mir daran gelegen gewesen wäre."

Bornholm wartet einen Moment, der Arzt hat ihn nicht angesehen, während er sprach, aus dem Fenster geblickt oder in die Kaffeetasse, oder halbhoch vor sich hin als tippe er die Sätze ein. Jetzt schaut er Bornholm ins Gesicht. Er hat nicht gelogen. Aber vielleicht sich geirrt. Und was die Unterscheidung besagen soll, für seine Ehre habe Hofmann wohl morden können, nicht aber aus Rache – erscheint Bornholm reichlich akademisch. Rache aus verletztem Ehrgefühl heraus, warum nicht, nichts anderes hat er angenommen. Gleich Neun, „gut, dann danke ich Ihnen" im Gehen zur Tür noch ein Innehalten: „Woher wissen Sie eigentlich, dass es ein Messer war?" „Ich bitte Sie, Herr Bornholm, glauben Sie Ihre Nachrichtensperre spinnt das Haus dort drüben in einen Kokon? Wenn es etwas gibt, das schneller von Haus zu Haus fliegt als die Grippeviren im Winter ... aber das ist ja auch Ihre Chance, nicht wahr?"

„Wie meinen Sie das?"

„Wie lange sind Sie schon hier?"

„Fast zwei Jahre, wieso?"

„Sehen Sie, ich bin jetzt schon fast zwanzig Jahre hier, aber immer noch ein Fremder. Und trotzdem ... es wird Ihnen zugetragen werden, warten Sie's ab. Sie müssen dann nur das eine wahre Gerücht erkennen. Unter all dem Unsinn, den Ihnen die Leute sonst noch erzählen werden."

„Sie meinen Unsinn über Martin Hofmann?"

„Sicher. Also."

„Also. Wenn Ihnen noch was einfällt ..."

„Sicher nicht."

*

Um Neun Uhr Dreißig ist Bornholm wieder im Büro. Hofmann ist nicht da. „Ich hab schon angerufen bei den Hofmanns unten, woll? Und die haben gesagt, der Hofmann wär nicht da."

„Wie, nicht da? Ist er schon losgegangen, zu uns?"

„Nä, nicht da, er wär nicht gekommen, dat Bett wär noch gemacht, die Frau Hofmann hätt mal nach ihm gesehen am Morgen, und da hätt sie es gesehen."

„Wir müssen Iltum informieren. Wir brauchen eine Fahndung."

„Meinen Sie, der is ... abgehauen oder so?"

„Was glauben denn Sie?"

„Also die Frau Hofmann hätt gesagt, dat wär öfters vorge-kommen, dat der Hofmann es nicht mehr nach Haus ge-schafft hätt, vor allem am Samstag."

„Gestern war Freitag. Und das glauben Sie? Dass ein Haupt-verdächtiger in einem Mordfall nicht mehr aufzufinden ist, dies aber nicht im Mindesten ungewöhnlich sei?"

„Nä nä, dat es schon – auffallend, es dat, woll?"

„Allerdings. Ich rufe Iltum an ... Hier Bornholm, Polizei, ich möchte einen ihrer Gäste sprechen, Herrn Iltum, Zimmer 14 ... ja, ich warte ... ja? Das Telefon rausgezogen? Noch nicht zum Frühstück ... verstehe ... nein, ist gut, lassen Sie ihm bit-te eine Nachricht da, er möge sich umgehend bei Kommissar Bornholm melden. Danke."

„Der schläft noch?"

„Habe ich's Ihnen nicht gesagt. Egal, kommt auf die Stunde nicht an. Gibt uns die Chance ... ich versuch's noch mal selbst unten in der Bäckerei."

„Wat haben die oben denn gesagt, die Nachbarn von dem Hofmann?"

„Nichts Neues. Eine hohe Männerstimme oder eine tiefe Frauenstimme, Sie wollten sich nicht festlegen. Sie bleiben am Telefon – wenn Iltum anruft, Sie wissen bescheid."

„Ich wollte noch, wegen dem Verein, ich hab da angerufen ..."

„Nicht jetzt, die Zeit drängt. Besser wenn wir's ohne Iltum hinkriegen."

157

2. Iltum/David

Iltum am Fenster, das Grau hat sich etwas erhellt, mehr nicht. Kein noch so feiner Riss im Teig am Himmel. Nicht mal schwarze Wolken, ein einziger, einfallsloser Ton. Kurz vor Neun. Kollege Viezuder ist jetzt in Caracas stationiert und baut da den Apparat auf. Die alljährlichen Treffen in der Zentrale sind die reinste Folter: „Sage Ihnen Iltum, kann man nicht meckern, kann man einfach nicht, ne! Diese Dankbarkeit, die uns entgegenschlägt, das grenzenlose Vertrauen, die Hingabe an den sozialistischen Aufbau ... „schon klar was der meint mit der Hingabe. Runter in den Frühstückssaal". Ja wenn's denn einer wäre, mit Lüster und Marmor und kleinen schwarzen Dienern, die weiße Handschuhe tragen. Ist doch nur der gleiche, immergleiche Kleinstadtmief, Tische, die in jeder Wohnstube stehen könnten, Serviererinnen, die abends irgendwo als Frau und Mutter vor dem Fernseher hängen und sich mit Kartoffelchips vollstopfen, die kleine Alersch ist nicht da, mit den kleinen Brüsten von gestern, statt dessen ein Flusspferd von einer Kellnerin, ganz schlecht könnte einem werden, so vor dem ersten Kaffee. Iltum nimmt den Stuhl am Fenster, dreht ihn schräg zum Tisch, so dass er die Beine über einander schlagen und nach draußen schauen kann, denkt an eine breite Holzveranda, leicht erhöht gegen das Niveau der Straße, Caracas, über die Ellbogen aufgekrempelte Hemdsärmel, Whiskey um vier, Eiswürfel klingeln im Glas, ein schwarzes Treiben, nahebei und doch auf Distanz, durch die blütenweiß getünchten Pfosten der Veranda und einige unauffällige Uniformierte auf Distanz, vor dem Abendessen im Club noch mal das Hemd wechseln zu Hause. Wahrscheinlich führe man mit dem Wagen über einen geharkten Kiesweg zwischen Blumenrabatten zum Portal, wo schon ein Diener wartet um die Stiefel in Empfang zu nehmen… er verlangt einen Kaffee und das Frühstück Kontinental. Die Läden sind geöffnet, gegenüber ein Fleischer und ein Krimskramsladen. Die Leute bewegen sich träge durch den verhangenen Morgen, und wir schreiben von der Aufbruchstimmung nach Köln, und die machen daraus den überwältigenden Enthusiasmus der Befreiten nach Berlin, und bis die Berichte ganz an der Spitze sind, gibt es überhaupt kein Halten mehr vor Begeisterung. Siegreiche Armeen brauchen keine Spaliere winkender Befreiter. Aber Berichte davon. So sind die Leute hier: Immer nur Murren, kein Wunder dass da was ausgebrütet wird. Bin gespannt auf den Knochenklempner. Schreibt eigentlich die besten Berichte, das verschlagene kleine Biest. Sieht aus wie'n, ja wie'n Jude, spricht auch so komisch, meine Güte mit was für Leuten man sich abgeben muss. Aber was hilft's, auch so'n Ding in diesen Käffern, drei Ärzte, wenn Du die Bohrer nicht mitzählst und den Frauenarzt, und zwei waren sauer wegen der Revolution, kann man ja verstehen sogar, irgendwie, und unser kleiner Jude, der war bestimmt auch sauer, aber gerissen dazu, hat die Augen noch enger zusammen gekniffen, wie sprach der nur, mit vielen gelängten Äs in den Worten: Ja Härr Iltum, eine Hand wääscht die andere. Und was er sich denn so als Seife vorstellte hab ich gefragt? Die Villa! Sah ihn mir an, den Zwerg, klar, das größte Haus im ganzen Landkreis, das will er haben, das braucht er, schnelle Anfrage bei der Wohnverfügungsbehörde, kein Mensch wusste was, gab nur ein paar spinnerte Ideen ("Museum der Ausbeutung" wollte einer draus machen), leichtes Spiel für uns. Iltum schlürft den ersten Schluck Kaffee. Der ist in Ordnung. Wir haben eine Flasche Vodka aufgemacht und den Antrag geschrieben: Als Symbol der gerechten neuen Gesellschaft blabla Schandmal des Kapitalismus den Werktätigen öffnen blabla Umbau in vier Wohneinheiten blabla zum Zeichen der Gesundung des deutschen Volkes Arztpraxis mit Dienstwohnung vorsehen. Gefiel mir, hat hinterher in ähnlichen Fällen noch'n paar Mal geklappt, in Ransbach und in Rennerod, einmal beim Bürgermeister und einmal beim Leiter der Landwirtschaftskommune. Macht eben nicht jeder umsonst wie der Pfarrer hier. Hab ich auch gar nichts gegen. Sind mir sogar lieber. Wer's für Geld und Vorteil macht, bleibt eher bei der Stange und müht sich auch was zu liefern. Der Pfaffe gestern ... na, Schwamm drüber, gibt ja Leute bei uns, die schwärmen von den Pfarrern, ist ja zur Manie geworden, oder wie so'n Kartenspiel in der Kantine, wer hat die meisten Pfarrer auf der Hand? Das Brötchen Pappe, die Butter ein Stein. In Caracas, erzählte Viezuder, gibt es Ananas zum Frühstück. Aber vielleicht übertreibt der auch. Berufskrankheit.

Iltum lässt nach dem Frühstück ein Taxi rufen. Es soll Leute in der Abteilung geben, die darüber heimlich Witze reißen. Leute die außer Auto fahren sonst nichts können. Klar könnte Iltum die Fahrerlaubnis machen, ist ja'n Klacks, aber wer erzählt einem dann während der Fahrt, was das Volk denkt und worüber es spricht, der Zigarettenanzünder? Nein, Taxi musste fahren. Das ist die Situation, in der geredet wird, zwei Leute, abhörsicher. Taxifahrer kriegen alles mit.

Steigt hinten ein, knurrt die Adresse nach vorn. Er muss hinter den Beifahrersitz, der des Fahrers ist weit, bis zum Anschlag, so scheint es, nach hinten gerutscht, und doch passt der gewaltige Bauch des Mannes gerade so hinter das Steuer. „Zur Hofmann-Villa, ja? Dat muss ja en neue Touristenattraktion sein."

Schön, geschwätzig. Die Dicken sind manchmal brummig, gerade am Morgen. „Wieso, fahren Sie da so viele hin?"

„Nä, aber kütt für, kütt für."

„Was?"

„Dat kommt schon mal vor. Wo sind Sie dann her?"

„Berlin."

„Ou! Und wat machen Sie hier? Wanderurlaub?"

„Seh ich so aus? Sagen Sie mal, dieser Hofmann, was ist denn nun mit dem? Arbeitet der was?"

„Nä, ich glaub et nicht, hat sich dat bis nach Berlin rumgesprochen mit dem Hofmann?"

„Ja, gewissermaßen."

„Na, dat war ja auch en Nummer. Nä, der tut nixen mehr. Der is en bisschen bekloppt geworden."

„Ach, wirklich? Und wie äußert sich das?"

„Wat?"

„Ich meine, wie weiß man, dass er verrückt ist, redet er wirres Zeug oder was macht er?"

„Nä, der rennt in der Gegend rum, mit dem Zeichenblock und kritzelt da drin rum, woll? Und tut so als wär et wer weiß wie wichtig, dabei is et nur Gekritzel und nixen sust."

Hätte mir eine von Bornholms Witzfiguren als Dolmetscher mitnehmen sollen „Und was bitte?"

„Und nix sonst, meine ich."

„Aha. Und wie sieht er aus?"

„Wie? Na so wie immer."

„Ja, guter Mann, aber ich hab ihn ja noch nie gesehen, nicht wahr?"

„Ach so, ja mein Gott wie sieht der Hofmann aus, so mittelgroß, en schmächtiger, woll? und blond. Aber runtergekommen halt, Haar struppig, dabei hat er früher, früher, da hat er immer schick ausgesehen, mit Jackett und allem drum und dran, und ein schickes Auto is er gefahren, Jaguar, der war mit der erste gewesen, der en Mercedes hatte, schon vor zwanzig Jahren oder so, aber en Mercedes hatten viele zum Schluss, und da hat er sich en Jaguar geholt."

Mal testen: „Wissen Sie, wo der jetzt ist?"

„Nä, wat weiß ich, den wird jetzt irgendso'n Bonze fahren, woll? Da ändert sich ja nixen dran, so grundsätzlich, will ich mal sagen."

Gar nicht dumm. „Nanu, aber geht's denn heute nicht ein ganzes Stück gerechter zu?"

„Ach wissen Sie, dat is relativ, will ich mal sagen, ungerecht is immer wat, und et kommt nur drauf an, wat man so gewohnt is. Früher, inne BRD, woll? da is man dran gewöhnt gewesen, an die Unterschiede, dat haben wir nicht so schlimm gefunden, wenn einer wie der Hofmann so viel Geld gehabt hätt, gut, da is man schon mal en bisschen neidisch gewesen, aber so schlimm war dat nit."

„Und die Leute hinter dem Zaun?"

„Ach mein Gott, haben die et denn so schlimm gehabt, et es doch keiner verhungert, und wenn einer krank war, konnt er immer zum Arzt, und en Dach hann die auch alle gehabt, nä, dat is nicht so schlimm gewesen wie et immer heißt, die wollten auch gar nicht richtig schaffen, da war viel faul Gesindel mit dabei, aber ich sag ihnen wat, dat mit Afrika und sonstwo, dat es schlimm gewesen, richtig schlimm, und soll ich Ihnen wat sagen, da schäm ich mich manchmal für, dat wir dat so haben passieren lassen und haben alle gedacht, da könnten wir nixen machen und haben die Kinder da all krepieren lassen, nä, dat tut mir in der Seele weh, dat war nicht recht. So, dat Haus hier rechts is et. Ich hab noch et alte Taxameter, entschuldigen Sie, dat sind dann ... moment ... "

„Stimmt so. Schönen Tag noch."

Schönen Tag noch, schon wieder, wenn du mit der Wessischeiße anfängst, Johnny, willst du auch noch winken? Also wo geht's hier lang, ist das ein Kasten, Eingang oben, Eingang unten, Teufel ham die's gehabt, hier: Praxis Dr. Breschinsky, na dann. Riecht schon nach Arzt, hat er 'ne kleine niedliche Sprechstunden ... O.K. vergiss es, Caracas, möcht nicht wissen was Viehzuder wenn er zum Arzt geht verschrieben bekommt. „Zum Doktor, wenn's recht ist. Termin? Nicht in deinem Kalenderchen, aber wenn Sie ihm sagen, dass Iltum ... ich hör in drei Sekunden auf freundlich zu sein, Iltum aus Köln, nein ich warte nicht kurz, grade niemand drin? Gut, danke ... und ob das geht, diese Tür schätze ich? Ja dann warten die anderen eben, Tag Herr Doktor, sehen Sie wie der Herr Doktor sich freut, also ich hätt gern einen Kaffee, und bitte keinen mehr reinlassen, Sie machen das sehr gut, also Herr Doktor, Ihre Diagnose?

„Herr Iltum. Freut mich sehr."

„Glaub ich Ihnen nicht, alter Gauner. Trotzdem nett. Also? Gut eingelebt?"

„Kann nicht klagen."

„Wär ja auch noch schöner. Tollen Kasten hat der Hofmann gehabt, also, was gibt's Neues?"

„Da war einer hier, heute Morgen, Kollege von Ihnen, angeblich."

„So'n Grauer? Stoppelfrisur, Gesicht zur Faust geballt?"

„Ja. Ein gewisser Bornholm."

„Geht in Ordnung, der ist wirklich von uns. Na ja, nicht direkt. Wir spielen da so ein Spiel, was hat er denn gefragt?"

„Wollte viel über Hofmann wissen."

„In die Richtung, dachte ich mir. Und, was haben Sie ihm gesagt?"

„Was ich weiß. Nicht viel. Dass er von schwacher Konstitution war."

„Aber doch hoffentlich nicht zu schwach für einen Mord, das haben Sie doch sicher nicht gesagt?"

„Nein, nicht direkt, obwohl ... ich es denke."

„Egal, denken können Sie sogar dass es meine Mutter war, Hauptsache Bornholm kriegt Futter für seine bescheuerte Idee. Also unter uns, Hofmann war zu fertig dazu, oder?"

„Unbestreitbar."

„Na also, wenn er drin hängt, dann mit anderen, eher im Hintergrund, richtig?"

„Schon eher. Es gibt viele Unzufriedene."

„Wie man Ihren netten kleinen Dossiers entnehmen kann, wir haben das im Auge. Aber was ist mit dem Mord an Franz Hofmann, gibt's da was Konkretes."

„Tja, müssen wir unterscheiden. Es gibt Kranke, die werden unzufrieden, ganz normal. Schimpfen über alles Mögliche, sind aber eigentlich nur sauer auf ihre Krankheit. Und dann gibt es Unzufriedene, die werden krank. Vor lauter Unzufriedenheit, Sie verstehen."

„Nicht ganz. Aber reden Sie mal weiter."

„Hatte so einen Fall, vor einem Jahr etwa. Junge Frau, nach unseren Maßstäben, aber hat's schon im Kreuz, sagt sie. Kein Befund, war eine komische Type, nicht von hier, kam gerade erst von drüben, wollte sich nicht untersuchen lassen, ganz komisch. Hab kurz drauf vom Kollegen unten im Dorf mitgekriegt, dass Sie zu ihm ist."

„Kommt die Pointe noch?"

„Gleich, ich hab da einen Kollegen von ihr in Behandlung, hat ständig Kopfschmerzen, weil er mit den Kindern nicht klar kommt, das ist so einer: erst unzufrieden, dann krank, der schimpft auf alles und jeden, und auch auf diese junge Kollegin, was die sich alles rausnimmt, höchst verdächtig sei die ihm schon immer gewesen, unglaublich was die uns alles rüberschicken ... na ja ... und jetzt sei es ganz offenbar, dass was mit ihr nicht stimmt, gestern Morgen nämlich, da sei sie grinsend wie's Honigkuchenpferd in die Schule gekommen, am Morgen nachdem das mit Hofmann ... und gestern Abend treffe ich den Kollegen wieder, bei dem sie in Behandlung ist, nicht ganz zufällig, gebe ich zu, ich wusste, Sie würden heute hier auftauchen, nach dem was geschehen ist ... jedenfalls bringe ich das Gespräch auf die junge Frau, und er sagt, ja, die mit den Rückenschmerzen, schlimme Sache, das Blutbild."

„Krebs?"

„Er weiß es noch nicht. Jedenfalls stimmt da was nicht, organisch. Und vielleicht ahnt sie das."

„Interessant. Sie meinen also ...?"

„Nur Vermutungen. Hypothese. Nehmen Sie von den Puzzlestücken, was Sie wollen. Nur die Verdächtigungen eines Hypochonder? Der vielleicht bloß neidisch auf eine junge Kollegin ist, die bei der Jugend besser ankommt? Oder stiftet da wirklich jemand die Jugend an, halb aus Überzeugung und halb weil sie ahnt, dass ihr nicht mehr viel Zeit bleibt, um etwas Großes zu tun, etwas Revolutionäres, ein Jungmädchentraum, für den es eng wird kurz vor dem Tod?"

„Viel Phantasie für einen Arzt."

„Nein. Vorstellungsvermögen. Von Symptomen auf Ursachen schließen."

„Nicht schlecht. Könnten sogar recht haben. Also, Doktor, Sie halten mich auf dem Laufenden, wegen dem Blutbild, und geben Sie dem Kollegen der Dame bald wieder einen Termin, Sie verstehen? Wenn noch was ist, Sie erreichen mich im Nassauer Hof. Mindestens bis Montag, fürchte ich."

*

David

Während das Bewusstsein aufsteigt wie ein tranfetter Wal aus der Meerestiefe: schrill, lang und zu zweit wie Ausrufezeichen dagegen die Klingel, das Wasser wird dünner, bald ist die Oberfläche erreicht mit ihrer Unruhe, ihrem Seegang, den lästigen Möwen, den Harpunen. deutlicher noch, schon zu dritt wieder die Zeichen, der Wal bläst, Abschiedsfontaine, der letzte wehmütige Gruß an das bergende Dunkel, die Begriffe verdichten sich, Klingel, Zimmer, Kopf, tastende Tritte nach festerem Grund: die Uhr, nach zehn, Geländer, erste Pfade: Wochentag? Wochenende, aufstehen und dabei die Bleikugel balancieren, die sonst schmerzhaft an die Schädelwände stößt, vermeiden: Erschütterung und Licht. Vor der Tür: Schmächtiger Junge mit Pickeln und 'nem Koffer, so'n Quatsch. „Morgen." Okay, kein Quatsch, Tim, Samstagmorgen, Schrammelzeit, Schlüssel geben, „soll ich selbst aufschließen?" was sonst, tragen hätt ich ihn schon noch können, Tür zu, komme später.

Kaffee. Die Dose bedrohlich leicht. Reicht noch. Gerade so. Noch zwei Zigaretten in der Packung, wetten – nein, Tabletten die Fülle. Hätte gepasst. Geradeso-Morgen. Gerade so

166

noch. Das beruhigende Geschnarche der Kaffeemaschine, sei ihr ein langes Leben beschieden, neue gibt es nicht. Mit der Zeit sterben die letzten Dinge, die Dinge haben das Land überlebt, wie einer Leiche noch einige Tage Haar und Nägel wachsen. Nicht dass man dran gehangen hätte, übermäßig. Und doch. Es wächst die Fremde mit jedem Teil, das in Stücke geht. Solche Morgen sind Umschlagplätze des Rausches. Was man sich für ihn einhandelt, ein schlechtes Geschäft, und wie oft schon abgeschlossen. Nicht die Kopfschmerzen, dafür gibt's Pillen, die hat jedes Land, die sind staatserhaltend. Aber – samstags gehts noch, sonntags, vor allem, wenn man mit den Glocken wach wird. Was man mit sieben Jahren lernt, vergisst man nie: Fahrradfahren und die Fürchterlichkeit Gottes. Der Duft des Antiserums steigt auf. Tiefer Zug, Rauch blasen, gestrandeter Wal. Wer macht sich schon die Mühe, den ins Meer zu ziehen? Die Lieblingsgeschichte: Vom Wal, der den Propheten drei Tage in sich trug. Kinderbibel, bunt, bereinigt, kindgerecht. Höllenlos und ohne Gotteszorn. Der liebe Gott eben, so eine Art freundlicher Polizist. Jetzt lernen die Kids anderen Quatsch, und die freundlichen Polizisten heißen anders. Und dafür die Mühe?

„Die Hoffnung lag im Weg wie eine Falle." Getroffen, genau so war's. Ich dachte – wir dachten, da sei was zu retten, die Idee, der Kern. Was die verrückte Ossin da ihren Kids zu lesen gibt, John Locke, das schien so schlicht und wahr, Naturzustand, alle sind wir frei und gleich an Rechten geboren ... ein freies Streifen durch die Welt, und was ich erarbeite, ist meins, nicht mehr und nicht weniger. Die Hoffnung. Irgendwie hab ich sie immer noch. Dass eine neue, ferne Zeit es noch einmal versuchen wird, vielleicht mit anderen Menschen. Da ist sie immer noch, die Falle: Sich in den Glauben flüchten, es sei menschliches Versagen gewesen. Nein, es war die Maschine. Und doch ... eine der zwei, drei großartigen Ideen, die den Menschen im Politischen eingefallen sind außer der Herrschaft des dicksten Affen. Evolution? Dann wäre das, was wir jetzt haben, das Beste. Oder zumindest das den Bedingungen am besten angepasste. Ist damit etwa sich abzufinden? Mit einem phantasielosen Polizeistaat, nur weil er mit dem Knüppel durchsetzt, was wir ohne nicht hingekriegt haben? Warum zum Teufel hätten wir das alles nicht – da ist sie wieder, die Falle Hoffnung: Dass wir das gleiche parlamentarisch hätten regeln können, frei und gleich wie wir waren, in den Büchern stand es doch ... Prophetien. Wir waren die eigentliche, letzte Religion.

Ich hab nicht mehr viel vor. Eigentlich nur noch dies: Mir nichts mehr vorzumachen. Windmühlen Windmühlen nennen. Ich werfe Sand um mich, aber was davon geht schon ins Getriebe? Keine Illusion. Die meisten Körner streu ich mir immer noch selbst in die Augen. Lustiges Spiel: Sie denken, dass ich denke, dass sie denken ... Sie denken, ich denke, sie merken nichts. Dabei ist es nur eine Frage der Zeit, und sie sind da. Oder auch nicht. Vielleicht denken sie, ich denke, es sei bedeutsam, was ich tue, denken aber auch, dem sei keineswegs so. Und lassen mich machen. Selbst wenn sie drauf kommen, ich könnte mein Onkelchen ... selbst das, was zählt das schon, hey, wir haben grad Weltrevolution auf dem Programm, nerv hier nicht mit 'ner popeligen Leiche im Westerwald rum. Maulesel Maulesel nennen, Klepper Klepper, das wär doch schon viel. Vielleicht ein zwei dazu bringen, das auch zu tun. Meine Erfahrungen sind schließlich alle nichts mehr wert, bis auf diese, genau diese eine: Wie wenig Erfahrungen wert sein können. Manchmal denke ich, siebzig wäre besser. Noch ein bisschen Schimpfen aufs Neue, aber sonst die Rente in Bier anlegen und auf dem Sofa die Zeit absitzen wie offenen Vollzug. Oder Siebzehn, wie mein Bürschchen Bruder: war da was? Ich soll mitgemacht haben, Anzug, Krawatte, ich? Ja und? war doch erst siebzehn, und jetzt bläst der Wind wieder von hinten, ein Jahr Anstandstrauer im Pflegehabit, und dann geht's los, steile Karriere in der Partei, geläuterter Funktionärssohn, kann man immer brauchen. Aber so mitten drin, was biste mit fünfunddreißig. Das Leben haut dich in Stücke. Und dann kommen die Typen rüber, die sind so alt wie du, und dabei heil wie frisch unter Mamas Rockzipfel weg. Die haben das Spiel gewonnen und nicht einen Schweißfleck auf dem Trikot, wegen der späten Einwechslung. Und kriegen eben trotzdem ihre Prämie. So einer wird jetzt Professor, nicht zu fassen. Kein übler Kerl, glaub ich gar nicht mal, einfach nur: einfach. Einer, der nie was riskiert hat, schon gar keinen Gedanken. Aber dran denken: Klepper Klepper nennen. War bei uns dasselbe, nur waren die Typen nicht so nett. 'ne klare Verbesserung sogar, so gesehen. Mein Gott, wer kam schon hoch bei uns. Verkaufe war's, ne große Verkaufe. Da lob ich mir wieder irgendwie meinen Alten, der hat gesagt, was er macht: Verkaufen, und scheißdrauf wer's zahlt. Daran kannste doch sehen, wo die Macht lag: Die haben nicht unsere Schlabberpullis imitiert, aber immer mehr von uns ihre Anzüge. Laptop, Powerpoint, und selbst wenn du Professor für Altorientalistik werden wolltest: Der PowerPoint stach noch das perfekteste Aramäisch aus. Verkaufe. Aber was soll's. Alle weg vom Fenster, die meisten jedenfalls. Zeit lässt steigen dich ... und ich hab wenigstens mein Auskommen und brauch keine Arbeitshandschuhe. Sauberer Job, paar Zuhörer, Bierchen abends. Wetten, dass sie denken: So leicht haben wir ihn ruhig gestellt. Sie haben Recht. Fast.

Ich sitz unten, mag sein. Aber es ist ein Irrglaube, oben sehe man besser. Im Gegenteil, die oben sehen gar nichts mehr. Oben sind lauter Spiegel, die sehen nur sich selbst. Durchsichtig ist das Glas, das uns umgibt, nur unten. Aber vielleicht ist das schon wieder das Sandmännchen. Hinter Glas: Die aufgespießten Träume. Wenn das Leben sich unerbittlich in den Indikativ dreht, was bleibt dir dann als über alle Möglichkeitsformen zu spotten. Ist 'ne Strategie. Die letzte Erhabenheit: Die des Pragmatischen, das letzte Pathos: nüchtern zu sein. Hat mal ein Freund gesagt.

Freunde? Ja, da war mal was. Geteilte Zigaretten, gemeinsame Pamphlete für die Uni-Zeitung. Im Sommer und Herbst, als wir – wir! – den Zaun niedermachten, sogar Verschworenheit, aber das schon mit anderen. Die einen: zu spät kennen gelernt, im Studium und später, da bleibt immer etwas Distanz, die Fremdheit verschiedener Herkunft. Man ist schon in Pose. Und vom gleichen Fach sogar bald in Konkurrenz. Schwächen zeigen ja, aber dosiert. Von den Eltern muss man erzählen, die kennen sie nicht. Die anderen, von früher, Schulzeit und Pickel: Da reicht schon dass sich die Freundinnen nicht leiden können. Und sobald sie'n Kind haben, ist's eh vorbei, nichts mehr mit anzufangen. Oder Entfernung, Job, die Anrufe werden seltener, das gemeinsam Erlebte schrumpft und schrumpelt zur Erinnerung wie Trockenobst, und frisches Erleben kommt nicht hinzu, schade, na dann vielleicht nächstes Jahr, ja nächstes Jahr bestimmt. Und dann sind die vier, fünf Jahre plötzlich ein Wimpernschlag, fern, kurz und abgetan die Gefühle jener Zeit, wie entschuldigend: Jugend.

Ach ja, Jugend: Zeit runter zu gehen. Timmy wird quatschen wollen. Oh, Verzeihung, Tim. Soll ich ihn jetzt nennen. Als ob ein Name was ändert, Kleiner. Bist du jetzt auch reif für den Ashram? Wie hieß unsere Mama da gleich? Kashri, Tashri, irgendwie sowas. Und wehe man nahm's nicht ernst. Hast ihre Humorlosigkeit geerbt, Kleiner – wenn's doch so wäre, dass man die Charaktere erbt wie Penunzen und Klunker, was der eine bekommt, kann der andere nicht haben, ich sag dir, könntest alles kriegen, ich überlass es dir. Aber so geht das Spiel nicht. Schau an dir runter, innen und außen, was da alles von den Alten an dir hängen bleibt, von den Plattfüßen bis zur Eitelkeit. Familienkrankheit: mehr sein zu wollen als die anderen. Und du hast da gerade 'ne ganz raffinierte Variante am Wickel: Demut. Aber nicht so originell wie du glaubst, denk mal an Mutti im Ashram. Und weit her ist es mit der Demut dann auch wieder nicht. Hält nicht lange vor. Glaubst du ich weiß nicht, warum du da oben auf der Rampe spielen willst? Akustik, jaja. Ich seh doch wie du träumst, der Saal ist voll, die Leute lauschen dir, dem politischen Liedermacher Timotheus – bald wirst du dich so nennen lassen, wetten? und ganz wie der Alte hinzufügen: Das ist aus der Literatur – oder der Volkstribun, Reden ans Volk, ganz egal, Hauptsache sie hören dir zu. Ach Kleiner, kletter auf kein Podium, mach keine großen Gesten, mach überhaupt nichts zu deutlich, sieht man alles, von unten wohlgemerkt, von unten sieht man das alles, und pass nur auf, dass sie alle so tun als lauschten sie gebannt – und dann brüllen sie los vor Spott, an der pathetischsten Stelle deiner Rede. Ich weiß, bei mir lachen sie auch, manche, insgeheim, manche ja auch offen, und ich will nicht so tun, als wären wir nicht verwandt, in allem, wir stehen gerne vorne oben, wir Hofmanns. Nur: ich weiß das. Ich kann mich jetzt mit nach unten setzen und mitlachen über mich. Nicht sonderlich herzhaft, eher schnaubend wie bei einer bissigen Pointe, aber es geht. Stimmt, viel voraus ist das nicht. Aber immerhin. Davon abgesehen, gibt es Grade, verschiedene Ausprägungen solcher Erbmerkmale. Und du warst schon immer ein Prachtexemplar.

*

„Was ist los, Kleiner, ich dachte ich höre noch ein paar Songs." Tim klappt einen Sitz zwei Reihen vor David um, in halber Drehung ihm zugewandt. „Scheiße. Das mit Franz."
„Miese Stimmung unten, wie?"
„Könntest ruhig mal reinschauen. Würden sich sicher freuen."
„Da wär ich mir nicht so sicher. Und dann? Herzlich Beileid und der ganze Müll? Nee danke, die ganze Heuchelei ist nicht meins."
„Was heißt Heuchelei. Kann man ja wohl sagen."
„Nicht wenn's so'n Arschloch war wie Franz."
Tim schüttelt den Kopf.
„Hör mal Kleiner, ich weiß ja, du fandst den Onkel prima, netter Kerl, immer 'n Bonbon in der Tasche, aber du hast ihn nicht gekannt, glaub mir."
„Und wenn. Hast du ihn denn gekannt?"
„Hab mir jedenfalls genug von ihm anhören müssen, kommt was zusammen in den Jahren, Omas Siebzigster, Opas Fünf-

undsiebzigster, Goldene Hochzeit ... und jedes Jahr kann er's nicht lassen, immer diese Stichelei, war ja ein ganz witziger, der Onkel Franz."

„Das mit dem Hausmeister. Ja und? Soll er doch."

„Soll er doch, aha. Sagt sich leicht, wenn's einen nicht betrifft. Und da gab's noch ganz andere Sprüche, wenn er besoffen war, aber da war unser Kleiner schon immer im Bett."

„Ich kenne ihn eben nicht anders. Was du von ihm hältst – deine Sache."

„Oh, wie großzügig, das sind ja ganz neue Töne. Seit wann dürfen denn jetzt andere als Tim Hofmann entscheiden, wer sich versündigt hat und wer nicht."

„Ich hab doch gar nichts gesagt, was willst du denn ..."

„Du machst dir alles schön leicht, Tim, immer auf dem hohen Ross, der kleine Engel fliegt und fliegt, und alle anderen sind gefallen, was?"

„Was?"

„Gar nichts weißt du, und gar nichts kennst du, aber jetzt läufst du rum wie Jesus höchstpersönlich und hältst andern Leuten ihr Leben vor."

„Mach ich doch gar nicht, ich sage nur, mit tut Franz leid, ich hab ihn gemocht. 'Tschuldige wenn das ein Verbrechen ist."

„Verbrechen. Wenn du wüsstest. Was die gemacht haben, all die Jahre, das waren Verbrechen, aber wenn du rechtzeitig abspringst, dann kriegst du noch ein schönes Haus und 'nen dicken Posten. Und andere, die sich reingeworfen haben damit die ganze Scheiße aufhört, die werden geschasst und müssen sich dann noch Belehrungen anhören von irgendwelchen Pennern, die drüben nie und nimmer 'ne Professur bekommen hätten, die kommen jetzt her und blasen sich auf und erzählen dir was du alles falsch gemacht hast ..."

„Wovon redest du, ich hab damit doch gar nichts ...“

„Und ob, du bläst dich genauso auf, genau so, und dabei hast du doch fein mitgemacht, warst doch Papas Lieblingssöhnchen, immer fein mit Krawatte, schon mal üben für den Vorstandsposten, und nachgeplappert wie ein Papagei, oh ja, lieber Vater, natürlich brauchen wir den Zaun, wie können wir sonst das Wirtschaftswachstum schützen, und das brauchen wir um die Sozialleistungen im Zaun zu finanzieren ...“

„Du bist unfair.“

„Ach ja? Hast du das gesagt oder nicht? Noch im letzten Jahr, ich hab's doch genau im Ohr, aufgeschrieben habe ich's sogar, weil ich es so bezeichnend fand, Januar war das, und jetzt meinst du, du kannst hier auftreten wie der Prophet?“

„Ich hab mich geirrt.“

„Ja, und jetzt hast du Recht, so einfach ist das, ja?“

Plötzlich ist noch jemand im Raum, David spürt das an einer Abdunkelung des Saales, als hätte jemand die Tür angelehnt; er wendet sich um: In der weit offenen Tür, von der Tageslicht den Saal speist, steht die nur als Schattenriss wahrnehmbare Kontur eines massigen Mannes, der sich nicht bewegt. Er hat einen Hut auf und Mantelschöße stehen um seine Beine. David räuspert sich, er fühlt den Tabak in der Kehle, er fragt im sachlichen Dienstleisterton: „Kann ich was für Sie tun?“ Jetzt bewegt sich der Koloss, mit schwer tappenden Schritten, die sich wiegen, aber ohne Unentschlossenheit, er schlendert den Gang hinunter, und gibt keinen Laut von sich als das Knirschen der Krümel unter seinen Sohlen. Tim versucht, ihm ins Gesicht zu sehen, aber er kommt aus dem Licht, nur allmählich gewinnt die Gestalt Farbe und Tiefe, er hat tatsächlich einen beigen langen Mantel an und einen dunklen Hut mit Band auf dem Kopf, den er jetzt erst abnimmt, da er schon fast den halben Weg zu ihnen an die Rampe zurückgelegt hat. Er verschränkt die Hände, in denen der Hut fast zu verschwinden scheint, hinter dem Rücken, was seine Schritte noch weiter verlangsamt, er legt jetzt sogar den Kopf in den feisten Nacken und lässt den Blick an der Decke entlang schweifen als besichtige er eine alte Kirche, endlich, wenige Schritte noch, bis er Tim berühre könnte, hören sie seine Stimme: „Ja, Sie können."

„Bitte?"

„Sie haben mich doch freundlichst gefragt, ob Sie mir helfen können, schon vergessen? Oder war das nur so daher gesagt."

„Am besten, Sie sagen ganz einfach, was Sie wollen."

„Schon besser, schon besser, sehen Sie, so kommen wir der Wahrheit doch schon einen Schritt näher, nicht wahr? Herr Hofmann, wenn ich nicht irre?"

„So ist es."

„Und dieser junge Freund hier?"

Tim antwortet nicht. Er verspürt die Sehnsucht nach Schutz und weiß zugleich, dass David ihm nicht helfen kann, dass David selbst es ist, nicht er, der nun Acht haben muss.

David tut es für ihn: „Timotheus."

„Timotheus, was für ein schöner Name, und so klassisch, gibt es da nicht sogar ein Gedicht, wie geht das noch, wir mussten das mal auswendig lernen, na egal, aber deine Freunde nennen dich doch gewiss nicht Timotheus. Timo?

„Tim."

„So, so, Tim, und wie weiter?"

„Ich will nicht unhöflich sein und Sie unterbrechen, aber fänden sie es nicht angebracht, zunächst einmal sich selbst vorzustellen?"

„Was? Habe ich das noch nicht? Oh Verzeihung, wie peinlich, ja also mein Name ist Iltum, Johann Iltum. Das wäre dann also geklärt. Und du, Tim? Übt ihr hier für den nächsten Stummfilm?" Er deutet mit dem dicken, aber faltenlosen Kinn auf den Gitarrenkoffer.

„Ich übe. Nur so."

„Aha, ja verstehe, nur so."

„Hören Sie, Herr Iltum, wir haben geschlossen, ich muss gleich mit dem Aufräumen beginnen, und der Junge ist auch schon spät dran fürs Mittagessen, pack ein Tim, du musst los, also sagen Sie mir doch einfach, was Sie so dringendes wollen."

„Dringendes? Ich bitte abermals um Verzeihung, habe ich bei Ihnen den Eindruck erweckt, es handele sich um etwas Dringendes, als habe ich es eilig? Das verwundert mich. Und auch Sie, mit Verlaub, machten bis zu meinem Eintreffen nicht den Eindruck großer Hast. Woher nur auf einmal so viel Dringlichkeit?"

„Ich geh dann mal, tschüss David, bis nächste Woche."

„Tschau, Tim."

„Wiedersehen."

„Ja, ganz bestimmt, wiedersehen, Tim, du wohnst doch hoffentlich nicht weit von hier, mit dem schweren Koffer?"

„Es geht."

„Los, ab jetzt, Tim, es ist gleich zwölf."

Tim nickt und beeilt sich den Gang hinauf. „Und mach die Tür zu, bitte."

Eine Pause. David wartet, bis Tim den Saal verlassen hat.

176

„Also gut, Herr Iltum, reden wir Tacheless. Sie sind von der Polizei."

„Gute Güte, das klingt ja wie ein Vorwurf, beinahe so als sagten Sie: Sie sind ein Verbrecher, dabei ist es ja ganz das Gegenteil, nicht wahr."

„Ich fände es korrekter, sich auszuweisen und klar zu machen, wer Sie sind und was Sie wollen, wenn Sie dienstlich da sind."

„Korrekter, ja, ja, ich hatte es fast vergessen, Sie sind ja, wie hieß das? Politikologe?"

„Fast."

„Nicht dass sie denken, das sei bei uns anders, natürlich haben auch wir Vorschriften, und ein Polizist, natürlich, der muss seine Marke hinhalten und amtlich sein, und all das, wir sind ja kein Unrechtsstaat."

„Wollen Sie damit sagen, dass Sie kein Polizist sind?"

„Na sagen wir mal nicht im Hauptwachtmeistersinne, mit Trillerpfeife, Gummiknüttel und Notizblock."

„Hatten wir nicht gesagt, wir wollten Tacheless reden?"

„Wir? Nein keineswegs, Sie haben das gesagt."

„Also ich fange jetzt an mit fegen. Falls Ihnen doch noch einfällt, was Sie hier eigentlich wollen, können sie mich ja zwischen zwei Sitzreihen befragen."

„Moment, Herr Hofmann."

Er hat die Blasiertheit und alles spöttisch-spielerische vom Gesicht genommen wie man ein Werkzeug aus der Hand legt.

„Sie wissen ganz genau, warum ich hier bin. Oder nicht ganz genau, sie wissen, dass ich Sie wegen des Mordes an Franz Hofmann spreche, aber Sie wissen vielleicht nicht, warum ich es hier bei Ihnen tue, gewissermaßen unter uns, und nicht, sagen wir, in einem Zimmer meines Vereins."

„Also? Warum hier?"

„Betrachten Sie es als ein Angebot. Ein Angebot, von dem natürlich niemand etwas erfahren wird außer Ihnen, mir, und den Beamten, die man nun einmal informieren muss für ein strafschwächendes Verfahren."

„Hey, stop mal, wovon reden Sie da, Mann?"

Der Dicke tritt einen Halbschritt zurück wie in einem Tanz. „Oho, das kann er aber, Entrüstung, ganz die Unschuld selbst, schaut man sich wohl was ab in dem Metier, wie? Aber wir sind doch ganz unter uns, was soll die Schminke, wir können doch ganz offen reden, Junge." Er setzt sich, seufzt mit der schwerfälligen Gutmütigkeit eines Beicht-vaters. „Gut, Du hast 'nen Fehler gemacht, kommt vor, soll ich Dir was sagen? ich hätt's vielleicht auch gemacht, und letztendendes: hab ich es nicht? Als sie mich gefragt haben, natürlich die andere Seite, aber was ändert das schon for-mal, vom Menschlichen her, ich hab ja auch Ja gesagt, und glaub mir, ich weiß wie man sich fühlt, wenn da ganz in Wichtigkeit gekleidete Herren zu einem kommen und einem eröffnen, man habe dich lange schon beobachtet, deine Qualitäten und so weiter, unverzichtbarer Streiter seist du für die gerechte Sache, ich kenn's doch, menschlich, sehr menschlich. Deshalb hast du hier und jetzt mein Angebot."

„Herr ..."

„Iltum."

„Herr Iltum, ich weiß wirklich nicht, worum es in diesem Angebot gehen soll. Ich habe mit dem Mord an Franz nicht das Geringste zu tun."

„Schade." Er hat die schweren Hände auf die Knie gestemmt, schaut ins irgendwo der Bühne, wendet sich plötzlich um und blickt David scharf an. „Dabei gibt's ja Gründe genug, nicht wahr? Mal ganz abgesehen von diversen ominösen Treffen mit gewissen Herren aus Köln – ja, jetzt guckt er ganz erschrocken, da staunst Du, was wir alles wissen."

„Meine Freunde haben nun wirklich nichts damit zu tun, ist das jetzt verboten, sich zu treffen?"

„Deine Freunde also nicht, wirklich nicht, aber du schon, wie? Nein, Treffen ist in Ordnung, und plaudern so über das Fußballspiel letzten Sonntag oder wie's mit der und der im Bett ist ... nichts dagegen, aber was ihr da so für Reden schwingt, was euch nicht alles passt ... jetzt überlegst du, nicht wahr? woher zum Teufel weiß er das."

„Ja. Woher zum Teufel?"

„Teufel, na ja, ich bin so eine Art lieber Gott, ich weiß alles. Sogar was du denkst. Also du siehst, das Angebot wird schon konkreter."

„Jetzt verstehe ich was Sie meinen. Aber Sie irren sich. Ich habe niemanden, den ich für irgendwas verpfeifen könnte."

„Tja, das scheint der eine oder andere von deinen sogenannten Freunden ja nicht ganz so eng zu sehen, nicht? Oder glaubst du wir können wirklich durch die Wände hören?"

„Vielleicht schon. Und wenn, wir üben Kritik, was ist darin unmarxistisch?"

„Ach je, istisch oder nicht istisch, so was interessiert mich doch gar nicht, schwätzen könnt ihr von mir aus bis die Zunge fusselt, aber wenn ich mich mit einem meiner Männer unterhalten will, und finde den aufgeschlitzt auf dem Küchenboden – da hab ich was gegen."

„Einen Ihrer Männer? Was soll das heißen?"

„Ach jaaa, ganz erstaunt!! Hast dir echt was abgeguckt bei den Filmheinis, aber bei mir zieht das nicht, als ob du das nicht gewusst hast."

„Unglaublich. Darum also."

„Was? Sprich dich nur aus."

„Das Haus. Der Posten bei der Kreisverwaltung. Hätte ich mir denken können."

„Neidisch, was? So ein blöder Versager – wozu drum rum reden? – und kriegt so ein schönes Haus, und ein aufrechter Streiter für die gerechte Sache, der an vorderster Front stand im Kampf gegen den Zaun – wird zum Einlegen der Spule degradiert. Scheiße, was?"

„Scheiße, ja. Aber kein Grund, jemanden umzulegen, wenn Sie darauf hinauswollen."

„Das allein wohl nicht, aber ... wie war das mit dem Hausmeister? Immer der Hohn, all die Jahre, nicht? Ja ja, du siehst, wenn der liebe Gott mal was nicht weiß – ruft er bei mir an."

„Ich hab ihn nicht gemocht, ja und? Den haben viele nicht gemocht, das halbe Dorf, wenn das reicht, wollen Sie die jetzt alle verhaften?"

„Nur zu gerne, glaub mir, aber man muss sich bescheiden. Mir reichen vier, fünf, muss auch gar nicht aus dem Dorf sein, wenn's nach Köln rein reicht – umso besser, wobei das mit dem Franz – das müssen wir ja gar nicht so hoch hängen, kleine Schlägerei im Suff, was passiert nicht alles im Suff, nicht wahr?"

„Mag sein."

„Sie sind ein stadtbekannter Säufer, Hofmann."

„Blödsinn. Ich trink abends mein Bier wie jeder hier im Dorf. Im Übrigen wüsste ich nicht, was Sie das angehen sollte."

„Mich? Mich geht alles an, was hier passiert, merken Sie sich das. Alles. Hübscher Junge, vorhin der mit der Gitarre, bisschen mager vielleicht, aber so was knabenhaftes hat ja auch was, nicht?"

180

„Herr Iltum, jetzt werden Sie albern."

„Wieso? Ist doch nichts dabei? Sind Sie verklemmt oder was? Oder haben Sie etwa was gegen Schwule?"

„Nein, um Gottes willen, aber deshalb muss ich doch nicht, verflucht was wollen Sie denn nun?"

„Nein, müssen nicht, aber Sie sind doch ein freigeistiger Mensch, ohne bürgerliche Vorurteile, da dachte ich, und Sie gelten ja sicher einiges bei der Jugend hier, so ein weitgereister Mann, gelehrt noch dazu, und jetzt in verantwortungsvoller Position ..."

„Iltum, lassen wir das. Sie kriegen nicht, was Sie wollen, merken Sie das nicht?"

„Ja, ja, doch, zunehmend, sehr professionell, gar nicht aus der Fassung zu bringen, sehr professionell, alles schon bedacht, jeder Vorwurf, jede Schwäche, wie leicht Sie alles parieren, sehr beachtlich. Ein Naturtalent gewissermaßen,. die meisten lernen das erst nach Jahren, aber Sie, also nach meinen Informationen können Sie höchstens seit einem halben Jahr angeworben sein, wenn das mal reicht."

David schreit. „Schluss, verdammt, hören Sie auf, ich hab mit alldem nichts zu tun, lassen Sie mich in Ruhe!"

Iltum dreht den Hut, langsam, als suche er eine bestimmte Stelle daran. „Ja, die Natur, die Natur, ein Kribbeln in den Füßen, nicht? Pulsschlag, Adrenalin, uralte Geschichte, aber wir haben uns selbst an die Kette gelegt, haben uns das Weglaufen abgewöhnt, aber die Energie dazu baut der Körper immer noch auf, und wohin damit? Und wohin solltet ihr auch laufen?" Er setzt den Hut auf, mit Bedauern. Stemmt die Hände wieder auf die Knie, um aufzustehen. „Wohin? Ich hab's schon vor zwei Jahren gesagt, gleich als sie den Zaun aufgesägt haben, Kinder habe ich gesagt, das gibt Ärger. Jetzt gibt's kein Weglaufen mehr, übertragen meine ich natürlich, ganz übertragen, gedanklich geradezu, die Welt ist voll seit diesem Tag, voll von uns ..." er geht schon, ohne auch nur einen Gruß zu nicken, spricht wie ein Schauspieler seinen Text ins Dunkel des Parketts hinein deklamiert: „... und wohin geht die Energie der Leute dann, die versagen, die was zum Weglaufen brauchen in ihren Träumen, Phantasien, Utopien? Wir sind schon überall, wie der Igel im Märchen. Märchen, muss ja ein Alptraum sein. Ich hab's gesagt, Kinder, das fällt auf uns zurück, wenn ein Ballon zu voll ist, platzt er, und die Welt ..." er hat fast die Tür erreicht, aber David hört ihn noch so gut als stünde er direkt neben ihm, er muss wohl kalkuliert die Stimme gesteigert haben mit jedem Schritt, so gleichbleibend klar kann David ihn vernehmen: „... die Welt ist so ein Ballon, zu voll, zu voll, zu voll von uns selbst, und eine große, öde Einseitigkeit, nur eine Idee gilt und der Rest ist Wahn, da müssen ja geradezu junge Männer kommen, zornige junge Männer, Dialektik, alles ist Dialektik, wenn die jungen Männer keinen Platz mehr finden im Ballon ... Peng." Schon in der Tür: „Wir sehen uns, Hofmann. Mein Angebot steht noch, aber die Preise fallen. Mit jedem Tag."

3. Jonas

Jonas weckt ein Ton, den er erst in seinem Bauch vernimmt, ehe er ihn in den Ohren spürt, das Bett scheint zu vibrieren davon, Mascha muss sich direkt vor die Tür gesetzt haben. Das Tiefe, das sich auf seinen Bauch legt wie eine warme schnurrende Katze, ist der Ton eines Cellos. Langsam weicht die lästige Erektion. Mascha spielt noch, erstaunlich wie hoch und wie tief so ein Cello kommt. Muss er das Stück kennen? Ach, was muss der Mensch schon. Er wacht seltener mit einer Erektion auf, selten genug um über diese nachzudenken. *Die* Fremde, sagt man, die Fremde ist weiblich, sie erregt. Er hofft, das Stück werde noch eine Weile dauern, obwohl es laut ist. Gaumen und Zunge fühlen sich an wie mit Bier bestrichen, Bier steht lakig in seinem Schädel wie vergessenes Spülwasser. Hatten sie gestritten? Heftig diskutiert zumindest. Es beruhigt ihn, das Mascha Cello spielt, er weiß nicht warum, gerade im Zusammenhang mit dem Westler beruhigt es ihn, als sei dies ein schützender Zauber, den sie um sich zieht. Oder um sie beide. Der Typ – eigentlich nicht mal richtig unsympathisch, kann man nicht sagen. Gut, so'n Verkorkster, aber darauf hatte Jonas sich eingestellt. Die hören sich natürlich gerne reden, weil sie kein Amt haben, keinen Beruf, bei dem ihnen andere zuhören müssen, aber sie denken natürlich, eigentlich hätten sie doch so ein Amt verdient, normalerweise, mit ihrer Begabung. Und dann müssen es die anderen sein, bösartige Konkurrenten, oder gleich die Weltgeschichte, die's vermasselt hat. Kennt man, kann man mit umgehen, lass sie eben reden. Der war immerhin ganz unterhaltsam, wie war das mit der Ameise, die den Elefanten erwürgen will ... kriegt Jonas nicht mehr zusammen, jedenfalls 'n witziger Typ, und irgendwie ist Jonas trotz allem gestern in der Stimmung dazu gewesen, hätte zu gerne alles vergessen, den Auftrag erst recht, aber auch Mareike, zu Hause, alles, so in der Kneipe mit Mascha und dem witzigen Typ und viel Bier, junges Volk, die Musik kannte er nicht, aber die war auch wie früher ... und dann Iltum. Plötzlich steht der Dicke neben dir und du pinkelst fast gegen die Wand vor Schreck. Und dann ist alles da, der Auftrag, aber mit ihm auch alles andere, das Amt, Mareike, alles. Bonn eben. Und du weißt, er hört jetzt zu, eigentlich kann er nichts hören, aber wenn doch, wer weiß was die können, vielleicht Lippenlesen, oder sie haben da jetzt neue kleine Apparate, wer weiß. Jedenfalls muss man doch noch mal auf das Politische, dabei war das eigentlich gut umschifft schon vor 'ner Stunde, ist doch ganz einfach, du musst doch nur sagen, was du gut fandest an der BRD und schon schimpfen die wie die Rohrspatzen los, wie beschissen das früher alles war, aber wehe du fängst das anders rum an mit Sätzen wie „Zum Glück ist ja jetzt nicht mehr...", dann war die BRD das Paradies auf Erden. Also ein Klacks, hat Jonas eben gesagt, als sie bei Ihren Berufen waren: „die freie Studienwahl, das war im Westen schon besser" und: „die ganze Politikwissenschaft pauschal zuzumachen, das war nicht richtig; gab ja auch sehr gute Forschung" und schon läuft das Ding und Mascha freut sich scheckig, weil ihr alter Jonas so'n guter Junge ist. Und der Typ hat natürlich den Rücken frei, und kann sagen, was Jonas auch findet, aber niemals selber als erster hätte sagen dürfen: Dass die ganze Politikwissenschaft, „kritisch" oder nicht, dem System eher genutzt als geschadet hat, reine Ventilfunktion zum Ablassen von Protestdruck. Die Professoren alle nur karrieregeil, hatten gut reden auf ihren Beamtensesseln mit reichlich Pension in Aussicht, bezahlt von den Steuern der vom Katheder herab arg gescholtenen Konzerne – nicht schade drum. Und die Studienfreiheit – was hatten wir davon, die bestgebildeten Taxifahrer der Welt („nur noch 'ne Frage der Zeit und du hättest mit der Taxifahrt gleich mitbuchen können: Vortrag über Hölderlin oder Picasso?"). Und dann war das abgehakt, man war beim gemütlichen Teil, klar redet der zu viel, aber was soll's, kann er immerhin, erzählen, also die Ameisen wollen den Elefanten töten, aber warum eigentlich ... nee, kriegt er nicht mehr zusammen, und was er von seinen Filmen erzählt, warum nicht, ganz interessant, Lawrence von Arabien, was er da jetzt am Wochenende hat (obwohl ihm nicht klar ist, warum man das „Lawrence of Arabia" nennen muss im Gespräch), das mit den Öl und den Scheichs am Schluss, interessant, achtet man sonst bestimmt nicht so drauf. Aber dann saß Iltum im Nacken. Also nochmal auf den Südzaun, Arabien, irgendwie den Bogen schlagen, wie war das. Jonas steifer und immer steifer, er sah sich selbst dabei zu und konnte nichts dagegen tun, spürte Iltum hinter sich und wagte nicht die Konzession, das freundliche Wort, das immer teurer geworden wäre. David – so hieß er doch? – dagegen immer verbohrter, wie auch anders, verdammt Jonas weiß doch wie solche Gespräche laufen, das ist wie Kugeln die schiefe Ebene hinab rollen lassen, völlig vorhersehbar. Nicht als Tourist, darauf lege er Wert, sei er im Süden gewesen, sondern als Beobachter, als Backpacker, zuletzt sogar mit einem Projekt, das genau gegen den Zaun gerichtet gewesen sei. Eine Recherche. Aber Jonas kann schon nicht mehr viel gelten lassen, es hätten doch nicht die Recherchen den Zaun durchbrochen, sondern der bewaffnete Aufstand ... was Jonas denn schon wisse, natürlich sei es wichtig gewesen, Informationen über die wahren Zustände im Süden hier bei ihnen zu verbreiten, was hätten denn die Leute schon gewusst. Es ist wie einen Text aufsagen, Jonas muss jetzt sagen: Sie wussten es schon, aber sie wussten eben auch, dass ihr Wohlstand nicht anders zu haben war, nicht einmal das

Wohlstandselend im Zaun mit Fernseher und Dosenbier. Und so weiter. Irgendwann muss David es ihm dann rundheraus absprechen, sich überhaupt ein Urteil über die BRD bilden zu können, schließlich spreche er ja nicht aus Erfahrung, worauf Jonas einzuwenden hat, man urteile völlig zurecht über viele Dinge, von denen man keine direkte Erfahrung habe, Mord zum Beispiel ... Gelegenheit, vollends unsachlich zu werden: was das denn für ein Vergleich sei, als ob alle im Westen Mörder gewesen seien ...

Das Stück endet mit einem lang gezogenen Bogenstrich auf einer hohen Saite, Jonas sieht auf die Uhr, kurz nach sieben, die Nachbarn werden sich freuen, und schlägt in die Hände: Bravo, bravo! „Brava heißt det, ich bin 'ne Frau, falls du's vergessen hast!" „Morgen, Mascha." „Morgen, jetzt aber fix, Kaffe kippen, Abfahrt 7 Uhr dreißig." Falls sie sauer ist, lässt sie sich's nicht anmerken. Jonas duscht gegen seine Gewohnheit kalt, aber selbst das nutzt nichts. „Wie kannst du nur so verflucht munter sein?" „Bin ich gar nicht. Aber wenn ich das meine Schüler merken lasse ... muss man als Lehrerin so ziemlich als erstes lernen."

„Schönes Konzert. Dass du noch spielst."

„Wieso, was ist denn daran verwunderlich?"

„Die Zeit, und die Disziplin, klingt als wärst du noch richtig drin ..."

„Gut gemeint, aber da ist wohl jemand lange nicht mehr im richtigen Konzert gewesen. Egal, ich brauch das, wenn ich nach Hause komme und mich tierisch über irgendwas aufrege, dann schnapp ich mir meine Fiddel und in einer halben Stunde ist alles gut. Kann ich empfehlen."

„Ist wohl schon etwas spät bei mir."

„Quatsch, jeden Tag 15 Minuten mit irgendwas Krach machen, und nach einem Jahr hört es sich schon nach was an, bestimmt, selbst Hochbetagte wie du können noch damit anfangen. Sitzt alles hier." Sie zeigt auf den Kopf. „Irgendwas essen?"

„Lieber nicht, Kaffee ist genau richtig."

Sie füllt zwei bunte große Becher.

Irgendwie muss er es ansprechen. „Tut mir Leid wegen gestern Abend."

„Was denn?"

„War nicht so dolle, oder?"

„Ach was, war halt 'ne hitzige Diskussion, werden ja wohl noch alle vertragen können. Ich fand's gut."

„Weiß nicht. Bisschen laut, oder?"

„Lag an der Musik, da redet man immer was lauter. Nee, im Ernst, mach dir keinen Kopp. Außerdem ist der ja nu och keene 17-jährige Schizophrene, die man nur mit Pinzette anfassen darf. Wenn die ihre Meinung haben, soll'n se die vertreten."

„Kann mich an die Einzelheiten ehrlich gesagt nicht mehr so deutlich erinnern ..."

„Det gloob ick gern, der Herr Professor war ja sternhagel."

„Nicht wirklich, oder?"

„Nee. Aber von wegen Prostata oder weshalb wolltest du nur eins trinken?"

„Schilddrüse. Egal, mir hat's da ja auch gefallen. Wie war das mit den Ameisen, die den Elefanten erwürgen wollen?"

„Nicht erwürgen, das ist doch erst die Pointe, die wollen ... ach frag ihn selbst, wir sehen uns heute Abend ja gleich nochmal, falls du dich erinnerst."

„Nicht die Spur. Doch – Kino, Kumpels von ihm zu Besuch, Bier bei ihm?"

„Exakt. Also nimm dich in Acht, das nächste Mal sind die in der Überzahl."

„Wenn ich mich recht erinnere war *ich* eher ziemlich einsam in der Debatte."

„Nee wieso? Eins zu eins würd ich sagen, ich war neutral."

„Meinst du so Sachen wirklich? Oder ist das Nettigkeit, damit sie einen hier im Busch nicht fressen?"

„Was denn für *so Sachen*?"

„Na, wie war das? Die BRD als Idee?"

„Klar, kann man doch mal so sehen, oder? Ist ja jetzt nicht mehr gefährlich."

„Bin ich mir nicht so sicher."

„Ach komm schon, Jonas, kein Mensch will dahin zurück, ehrlich. Nicht mal die, denen es gut ging. Hörst ja David."

„Ging's dem so gut?"

„Na ja. Weeß ick nich."

„Wenn ich's richtig rausgehört hab, wär da außer Taxifahren ja wohl auch nicht mehr viel gekommen."

„Hat er nicht gesagt."

„Ich sag doch: ich hab's rausgehört. Aber was ist mit denen mit den großen Häusern und den dicken Autos, diese Banktypen, bist du sicher, die wollen das nicht zurück? Und wenn du jetzt anfängst und sagst, alles halb so schlimm gewesen, die Grundidee war ja gar nicht schlecht, hat nur 'n bisschen an der Ausführung gehapert – da sind sie doch bald wieder alle da und sagen, na also, probieren wir's nochmal, nur 'n bisschen anders ..."

„Darum geht es nicht."

„Sagst du."

„Wer sonst, siehste hier sonst noch einen?"

„Und worum geht es dann?"

„Dass wir nicht so fett, faul und zufrieden werden wie wir's sind seit zwei Jahren. Sonst geht hier nämlich noch in schönster Zufriedenheit alles den Bach runter."

„Heißt konkret? Vom Kapitalismus lernen? Na schönen Dank."

„Irgendwie ja. Angucken was er wollte und was draus geworden ist."

„Was er wollte ist ja wohl klar, Ausbeutung. Und was draus geworden ist: Revolution. Was ist daran zu lernen, außer, dass die prognostische Kraft des wissenschaftlichen ..."

„... Sozialismus sich voll und ganz bestätigt hat, ja ja. Hör auf, das muss ich schon meinen Fünfzehnjährigen reinpauken, aber können wir hier, erwachsene Leute mit Hirn im Schädel, nicht mal einen Meter weiter denken als der letzte Parteitag?"

„Bitte sehr. Wenn es weiter ist."

„Egal. Ein anderes Mal. Wir müssen los."

„Sei nicht eingeschnappt."

„Bin ich nicht. Wir müssen wirklich los."

„Hast du deshalb oft Streit, mit der Schule mein ich?"

„Du meinst, du würdest dich beschweren, wenn eine Lehrerin deinen Kindern solche Sachen erzählt wie ich."

„Nein, Quatsch, das mein ich doch nicht."

„Will ick dir och nich geraten haben. Streit haste eben als Lehrer, das ist halt so, mal sind's die Gören, mal die Eltern und ab und zu auch mal `n blöder Kollege, ist ja auch kein Wunder, wenn du mal alle zusammen nimmst hab ich's da mit über 500 Menschen zu tun, fünf Klassen plus Eltern und das Kollegium, da bleibt das eben nicht aus."

„Und was gibt's so für Stress mit Kollegen? Ich denk jeder hat seine Klassen und fertig."

„Denkst du, hab ich auch gedacht, aber da gibt's die Klassenkonferenz, wo alle Lehrer einer Klasse sich streiten können, und die Fachlehrerkonferenz, wo die Alten den Neuen aufs Auge drücken wollen, wie guter Unterricht auszusehen hat, und die Schulleitung hat auch immer was anzumelden und und und."

„Und... haben die ein Problem mit dir, weil du aus dem Osten bist?"

„Es geht. Nu trink schnell aus, wir müssen jetzt wirklich. Ein paar ganz Verbohrte haben sie anscheinend rausgeschmissen. Aber klar, wie sollte das auch gehen, kannst ja nicht jeden Physiklehrer ersetzten, wo willst du all die Fachleute hernehmen, und das merk ich ab und zu, dass mir da einer eins reinwürgen will, weil er mit der Revolution nicht einverstanden ist, aber damit kann ich leben, die meinen ja nicht mich damit."

„Und andersrum?"

„Wie: andersrum? Ob ich mit den Westlern ein Problem hab?"

„Nein, ob du schon mal von der Leitung oder sonst woher was zu hören kriegst, dass du, wie soll ich sagen, zu liberal bist?"

„Nö. Hat sich noch nie einer beschwert."

„Ich dachte."

„Was?"

„Hätte ja sein können."

„Wegen meiner doofen Ideen – nicht jetzt, Schneider, nach der Schule kannste Nachsitzen, wir sind schon auffem letzten Pfiff."

Mascha stellt das Radio an und die Heizung. Sie rollen den Hügel hinab, auf nun schon bekannter Strecke, der Film spult rückwärts, die Laufbänder der gleichförmigen Häuser, die steile Straße, der kleine Park mit dem Monument. Auf den Bürgersteigen ist kaum ein Passant zu sehen, die Straße ist leer, sie warten an der roten Fußgängerampel umsonst. Der Himmel hat sich mit seinem Grau nieder bis auf die Traufen der Dächer gesenkt; die Heizung hat ihre Arbeit aufgenommen, begleitet von einem langsamen Klavierstück. Jonas umfängt Behaglichkeit, die ihn wünschen lässt, die Fahrt möge nie enden, jedenfalls nicht schon in einer Viertelstunde. Mascha, aus den Augenwinkeln nimmt er es war, hatte Luft geschöpft und sich ihm zugewandt, aber unterdrückt ihren Satz, er muss sehr schläfrig aussehen. Oder vielleicht erinnert sie sich auch daran, was sie als Siebzehnjährige festgestellt hatten und sich dabei weise und wichtig vorkamen, dass eine Freundschaft erst dann besteht, wenn man miteinander ohne Peinlichkeit schweigen kann, und sie haben noch nicht geschwiegen an diesem Wochenende. Leere Schaufenster, blinde Scheiben gleiten vorüber. Am Bahnhof biegt Mascha links ab, folgt dem Bahndamm bis zu einer Unterführung. Kurzes Dunkel, dahinter stehen die Häuser dichter heran an die Straße, die sonst schon schmalen Bürgersteige verengen sich, es scheint als könne man mit ausgestreckter Hand vom Auto aus die Häuserwände berühren. Wie die Gasse hinter einem Burgtor, er denkt die Unterführung als Vorgemäuer einer Zugbrücke. Kurzer Impuls, ehe sich die Impression ändert: Weite, unangenehm. Die unsinnig riesige Fläche eines Parkplatzes, auf dem sich ein Halbdutzend Autos verliert, dahinter jäh das Dorfende, ein felsiger, kaum baumbestandener Hügel, der in steiler

Böschung abfällt, wohl zum Fluss. Jonas ist zu müde sich umzuschauen, er hält den Blick starr als blicke er auf einen Monitor oder eine Leinwand, überlässt sich dem, was das Fenster ihm bietet, und die Bilder reihen sich ihm so scharf voneinander geschnitten wie eine Serie von Dias, der Bahndamm, das Dunkel der Unterführung, die eng stehenden Häuser, die Fläche, der Berg, und nun das Haus: Einzeln, hoch und schlank wie ein Turm.

*

Wachheit schlägt Jonas ins Gesicht, sobald er die schützende Kammer des Wagens verlassen hat, sagt sich, das müsse die Kälte sein, die ihn duscht, aber er fühlt auch schon einen nicht exakt zu lokalisierenden, saugenden Punkt unterhalb des Brustbeins. Jonas hat nicht vor der Schule Angst. Er hatte nie vor der Schule Angst gehabt. Und als Mascha sagte, sie werde ihn mitnehmen, da hatte er an etwas Altbekanntes gedacht. Wo war es nur. Auf den ersten Blick kein Unterschied: Schüler, die kurz vor Unterrichtsbeginn dem Schulhaus zuströmen, Masse, die wuselt, hohes Kindergeschrei, letztes atemschöpfendes Rennen vor dem Einschluss. Bekannt und doch nicht. Die Kleidung schlampig, teils schlottert viel zu Weites, teils ist sie viel zu knapp. Und in den Rempeleien, den gejohlten Flüchen und Schmähungen, da ist eine scheinbar zur Normalität des Umgangs geronnene Bosheit, die Jonas abstößt, als habe er einen grausamen Brauch bei einem Stamm wilden Buschvolks entdeckt. Er sagt sich vor, dass diese Kinder Opfer seien, Opfer des kannibalischen Systems, in dem sie aufgewachsen sind, aber er ist schockiert, als ihn angesichts der Horde die

Erkenntnis überkommt, wie lange es dauern würde bis zum Verschwinden des Alten. Worüber er nie nachgedacht hat, was ihm aus überflogenen Zeitungsartikeln vage bekannt ist, das fällt ihm hier ein binnen drei, vier Minuten, die sie wortkarg in den Strom sich einreihen und sich mittreiben lassen dem Hauptgebäude zu: Dass dies eine im Kapitalismus verwahrloste Generation ist.

Er neidet Mascha ihre Unbefangenheit, ist sich klar darüber, wie selbstverständlich sie sich umgekehrt in seiner Welt zu bewegen wüsste, und spürt Feuchte seine Handteller und die Innenseiten der Finger überziehen beim Gedanken daran, vor diesen fremden Wesen zu stehen, vorgestellt zu werden, er hatte sich gefreut, oder doch zumindest günstig gedacht von diesem Morgen, wohl weil im Bild seiner Vorstellung die Farbe gefehlt hat, es war das Schwarzweiß eines alten Filmes gewesen, in dem er selbst die Rolle des Kinde spielte, stammend aus einer Zeit, die in manchem noch mit einem Jahrhundert davor enger verknüpft war als mit den drei Jahrzehnten danach. Der Film seiner Kindheit kommt ihm angesichts dieses bunten Gewusels vor wie eine Vorkriegs-Wochenschau, mit getragenen Stimmen und einer Kamera, die langsam über Menschen in starrer Haltung gleitet. Keiner dieser schwarzweißen Schüler hätte einem Erwachsenen, der ihm zudem als Professor aus der Stadt vorgestellt wurde, irgendetwas anderes als den tiefsten Respekt entgegengebracht. Aber diese bunten Kinder? Jonas beginnt sich zu wehren, noch ehe er angegriffen worden ist, als sie sich dem Strom einspeisen, der unausweichlich ins Schulgebäude münden muss.

„Wie läuft das eigentlich jetzt ab?"

„Wie besprochen, ich stell dich vor, du erzählst 10 Minuten

was, Gelegenheit zu fragen, wenn's keine mehr gibt, mach ich mit meinem Stoff weiter. Bei den Kleinen. Dann Kaffeepause. Dann die Großen, da müssen wir im Text vorankommen, aber das ist für dich auch interessanter, siehst du mal, wie so was abläuft. Falls es keine Vorführreffekte gibt."

„Aha, gut, und wie – na wird schon."

„Sagen Sie mal Herr Professor, sind Sie etwa aufgeregt wegen der Küken?"

„Tschuldige, ich kenn das eben nicht."

„Denk dir es wär ein Hörsaal."

„Das ist was anderes, im Hörsaal dösen die Leute, wenn man sie langweilt."

„Ja und was denkst du was die hier machen? Das Messer zücken?"

„Nein, aber sind die nicht aufmüpfig?"

„Aufmüpfig? Das ist gut, rotzfrech sind die, unverschämt und tolldreist, wenn man sie lässt."

„Du lässt sie aber nicht."

„Richtig."

„Und wie?"

„Keine Ahnung. Kommt selten vor. Wahrscheinlich langweile ich sie nicht."

Die Schüler haben ihn noch nicht beachtet. Aber die Lehrer, Jonas spürt die Einschläge der Blicke auf seinem Gesicht. Einer grüßt Mascha fragend, aber sie bleibt nicht stehen zum Gegengruß, erläutert ihn nicht, es ist kurz vor Acht, und vielleicht hat sie auch ihren Schelmenspaß an der argwöhnischen Neugier, die sich in den Gesichtern der Kollegen verrät. Hier ein Nicken, dort ein Hallo, Jonas hat fast Mühe, die Treppe hinauf Schritt zu halten, er hatte es vergessen, dass wahre Pünktlichkeit eine Frage von Sekunden ist, das akademische Viertel können auch 16 Minuten sein und niemandem fällt es auf, aber hier herrscht eine Genauigkeit als handele es sich um ein Raumschiff, dessen Kurs und sichere Landung vom Nu der zeitgerechten Zündung abhängt.

Jonas hat keinen Blick für die Vitrinen und Wandzeichnungen, für Selbstportraits nach expressionistischem oder realistischem Stil, für graphische Darstellungen des Zitronensäurezyklus, des Sonnensystems, der attischen Polis. Er sieht tunnelnd nur die Kacheln des Ganges, den es hinabgeht, und Leiber, die wie Mäuse huschen, die meisten klein und schmal, einige aber bereits größer als er, mit unförmig schlaksigen Gliedmaßen, die damit drohen, dass dies erst der Anfang ist, die Natur noch weiter hinaus will. Mascha ergreift eine der weit offen stehenden Türen, treibt die letzten aus ihrem aufgeregten Gespräch hinein, wohin sich stellen, alle haben ihren Platz, vor der Tafel ist es zu exponiert, an der Tür könnte er im Wege stehen, Mascha stellt sich hinter ihren Tisch an der Front, schweigend und ernst, beantwortet keine Fragen, weist stumm auf die Plätze, es kehrt Ruhe ein in gegenseitigem Zischen, und in die ersten Momente völliger Stille hinein sagt Mascha: Guten Morgen. Sie erwidern, nur ein wenig leiernd, er hat die Blicke wo er sie nicht haben will, auf seinem Jackett, auf seinem Bauch, ratende Blicke, schätzende Blicke, es steht sich nicht gut mitten im Raum, Mascha verliert zum Glück keine Zeit: Wir haben heute einen Gast aus Bonn, ein alter Studienkollege von mir, Professor Schneider, den solltet ihr auch begrüßen wie es sich gehört. Sie tun es, den Namen nuschelnd, über den sie immerhin nicht kichern.

...

4. Bornholm/Iltum

„Herr Bornholm, der Hofmann."

„Martin Hofmann? Am Telefon?"

„Nä, der Heinz."

„Geben Sie her. Bornholm."

„Heinz Hofmann hier."

„Also was ist. Es ist Viertel vor Zwölf."

„Deswegen ruf ich ja an. Wir haben ihn gefunden, aber wir schaffen dat nicht bis um zwölf."

„Wo sind Sie jetzt?"

„Wir schaffen dat nicht, und er is auch noch nicht ganz bei sich ..."

„Herr Hofmann, *wo sind Sie?*"

„Dat is doch egal, wir müssen erst noch ... wir brauchen noch wat Zeit."

„Eine halbe Stunde."

„Nä, dat reicht nicht, wir müssen ... Herr Bornholm, der Martin hätt Angst, er war et nicht, aber er hätt Angst, weil er sich ja denken hätt gekonnt ... wir müssen ihm dat noch erst klarmachen, dat er selber gehn muss ..."

„Also gut. Wann?"

„Ich weiß et nicht, kann ich noch Mal anrufen?"

„Ich warne Sie, Hofmann: Wenn Sie auf Zeit spielen ..."

„Nä! Nä! Ehrenwort, er kommt von selber, heute noch."

„Vier Uhr ist die letzte Frist. Dann gibt es eine Fahndung. Und dann sind Sie mit drin, Hofmann, verstanden?"

„Und? Wo hat er ihn gefunden?"

„Wollte er nicht sagen. Aber ich wette: Unweit des Hauses."

„Von welchem ... achso, oben, von der Villa, ja, dat tät ja passen, woll?"

„Und ob. Das heißt, *wenn* er ihn gefunden hat."

„Wieso? Aber er hätt doch gesagt ..."

„Muss ja nicht stimmen. Vielleicht wollen sie bloß Zeit schinden bis die Fahndung anläuft."

„Achso, ja, dat is möglich, aber ... dann haben Sie dem Hofmann aber viel Zeit gelassen, woll?"

„Mag sein. Aber wenn er von sich aus kommt und noch viel zu gewinnen hat mit einem Geständnis ... können wir vielleicht schon in ein paar Stunden mit einem gelösten Fall nach Hause gehen."

„Dat wär en dolle Sache ... dann brauchen Sie den Puff gar nicht mehr, woll? Ich hab da jetzen 'nen Termin für um drei, aber wenn dat nicht sein muss ..."

„Doch doch, wozu untätig rumsitzen, wir gehen jeder Spur nach solange nichts entschieden ist ... keine Sorge, Sie müssen da ja nicht mit."

„Gott sei Dank, wissen Sie, meine Frau, die Hilda, wenn die ..."

„Schon gut. Sie können noch ein wenig der Sache mit dem Gesangsverein nachgehen."

„Ach so, dat hat ich bald vergessen, da hat sich ja heut morgen ..."

„Gehen Sie ran."

„Polizeirevier Wissen, Dienstha ... ja ... ja ... der is hier ... moment." Hannes reicht Bornholm den Hörer und wölbt dabei mit der anderen Hand noch über den eigenen einen imaginären Bauch.

„Bornholm ... ja, ich warte schon länger auf deinen Anruf ... verstehe. Nein nein, nicht viel Neues, ich wollte nur mal hören, ob du irgendwas brauchst ... jetzt sofort passt es schlecht, aber – ja wieso nicht, gut, ich komm rüber ins Hotel."

„Wat will der dann?"

„Was er am besten kann – reden."

„Hat er wat rausgekriegt?"

„Werde ich gleich hören. Oder eben: nicht hören."

„Und sagen Sie dat dem jetzt? Mit dem Hofmann, dat wir den haben?"

„Noch haben wir ihn ja nicht. Also muss ich dazu auch nichts sagen. Er macht seine Arbeit und wir unsere, so war es abgemacht."

„Dat is gut."

„Was?"

„Dat wir dat machen wie wir."

„Klar. Also bis nachher."

Es wäre ein kurzer Weg zum Hotel, Bornholm verlängert ihn zunächst die Schulstraße hinauf, hindurch zwischen Grundschule und Kindergarten. Ihm sind Zweifel gekommen, in der Nacht. Bornholm gibt wenig auf alles Nächtliche. Vergisst Träume sofort nach dem Aufwachen, und wenn nicht, ärgern sie ihn. Aber dieser Zweifel hat ja seine Berechtigung. Es ist nicht nur gegen die Vorschrift, was er hier tut. Es ist auch gegen die Sache. Warum Iltum nicht sagen, was er weiß? Würde kaum die Ergreifung des Täters gefährden. Eher wahrscheinlicher machen, wenn auch nicht sehr. Aber unter dem Strich der Rechnung – ein Plus. Über den Fenstern der Grundschule eine Parole. Noch vom Republikfest. Zu politisch, wie alles. Die Kinder gehen von der Pause in die Klassen, zu zweien aufgestellt warten sie vor der großen Tür. Die Parolen mit den großen Worten, das ist Iltum. Die Kinder in Zweierreihen, einfach weil es so zweckmäßiger ist, das ist Bornholm. Und darum sagt er Iltum nichts. Natürlich ist es auch persönlich, warum sich was vormachen. Aber nicht nur. Parolen und große Worte haben sie hier auch gehabt, und wohin hat es geführt? Was sie nicht hatten, war dies hier: Kinder, die Disziplin lernen, Erwachsene, die sie vorleben. Zweierreihen. „Wie wir das machen." Wir. Ein Wort, das Bornholm vor diesem Wochenende nie in den Sinn gekommen wäre, wenn es um Hannes Heiner geht. Dachte nichts gemeinsam zu haben mit dem behäbigen, denkfaulen Kerl, der mit der einzigen Ambition zur Arbeit erschien, hier keine unnötigen Energien mehr vor der Pensionierung zu verbrauchen. Hinzu kam Bornholms Aversion gegen alle Dicken. Zeichen mangelnder Selbstdisziplin, schließlich. Besonders bei einem Beruf, bei dem körperliche Tüchtigkeit zuweilen erforderlich ist. Schien ihm im Übrigen auf Gegenseitigkeit zu beruhen, dabei glaubt er es ihm, dass er nichts hat gegen die neue Ordnung, im Großen und Ganzen. Nur dass es ihm jetzt manchmal etwas zu straff zugeht, aber das sei ja allemal besser als zu locker, Bornholm verstehe schon. Ja, Bornholm versteht. Aber nun dieses Wir. Vielleicht hat Hannes Heiner ja Recht. Er wird Iltum alles sagen was er weiß. Lass ihn seine Spielchen treiben, gezinkt wie auch immer. Wir. Wir machen das nicht.

Da ist das Hotel. Iltum hat drauf geschimpft, alter Luxus sei das, bis zum Namen, aber es gibt doch noch zwei andere im Ort, also? Schwer vorstellbar, dass Iltum überhaupt mit irgendwas durchdringt, so leicht wie er auszurechnen ist. Aber vielleicht ist die Maskerade selbst nur Maskerade. Er hat die Macht, und die anderen wissen das, riechen das durch alle Larven hindurch. Ob sie ihm seine Sprüche abnehmen oder nicht, spielt gar keine Rolle. Er hat nicht wegen dieser Masche Erfolg. Sondern trotzdem. Wenn er Erfolg hat. Wie wird man das, was er ist, und ist es viel oder wenig nach fast dreißig Dienstjahren? Bornholm weiß es nicht, das sind zwei Geraden, die sich fern, fern in der Vergangenheit mal geschnitten haben.

Immer interessant, nach Jahren Leben zu sehen, die dem eigenen mal im einen oder anderen Punkt geglichen haben, bei Klassentreffen etwa. Wie eine Glaskugel, in der man sehen kann, wie der eigene Weg verlaufen wäre, hätte man sich an dieser oder jener Gabelung anders entschieden. Bornholm erfüllen diese Vergleiche in der Regel mit Zufriedenheit. Nicht mit Genugtuung. Er ist sich der Richtigkeit der eigenen Entscheidungen sicher genug, um anderen ihre Formen des Glücks zu gönnen. Aber ob Iltum nun höher gestiegen ist als er selbst – Bornholm konstatiert, dass es ihn interessiert.

Eine schmucklose Frau teilt Bornholm ohne übertriebenes Lächeln Iltums Zimmernummer mit. Angenehm. „Nassauer Hof", mag sein, der Name ist nicht mehr zeitgemäß, unpassend, aber andererseits – natürlich ist Bornholm für korrekte Bezeichnungen der Dinge, aber Name und Sache, für ihn sind das Kategorien sehr verschiedenen Ranges. Zu viel Aufhebens um die Namen, egal wie die Hauptstraße heißt, das Problem ist die Position der Ampel, viel zu dicht hinter der T-Kreuzung. Zimmer vierzehn. Kurzes, trockenes Klopfen mit der Hand an der Klinke, Bornholm ist schon im Raum, bevor Iltum mit seinem launigen Spruch zu Ende ist. Verqualmt. „Hartmut, da biste ja. Endlich haben wir mal Zeit."

„Können wir ein Fenster aufmachen?"

„Fenster? Ach so, klar, setz dich. Schluck Mineralwasser? Sind ja im Dienst."

„Danke."

„Was nun, danke ja, danke nein, danke später?"

Bornholm hat es ablehnend gemeint, nimmt aber nun ein Glas. Das offene Fenster hilft nicht viel gegen das einsetzende Kratzen im Hals. „Nun? Hat sich dein Verdacht bestätigt?"

„Verdacht? Welcher Ver- achso, in dem Mordfall, ja natürlich, sieht ganz so aus, Konterrevolution, 'ne ganze Bande, aber lass uns das Geschäftliche doch später regeln, was? Ich hab Hunger, die machen hier ein ganz ordentliches Steak."

„Ich habe nicht viel Zeit."

„Aber was essen musst du doch? Oder kommst du sogar ohne das aus?"

„Ich habe Schnitten dabei."

„Ist nicht dein – doch, ist es, natürlich. Was sonst. Aber ich sag dir, ich kann jetzt nicht denken, also pack von mir aus deine Schnitten aus oder lass dich einladen, geht aufs Haus, also auf meines, versteht sich, ich brauch jetzt mein Steak. Komm schon, soviel Zeit muss sein im Leben."

„Ich habe einen Termin um drei."

„Wo denn, in Hamburg? Ist doch 'n Haufen Zeit bis dahin, meinst du die schlachten das Schwein erst noch, also los, in 'ner Stunde bist du wieder an deinem Schreibtisch oder wo du auch sonst immer deine Fälle löst, versprochen."

Es ist der Qualm, der Bornholm zusagen lässt, und das Gefühl, sich unten eher auf neutralem Gelände zu bewegen. Kann sogar sein, der Qualm ist ein Trick. Vielleicht raucht Iltum gar nicht gerne. Korrektur: Iltum tut nichts, was er nicht gerne tut.

„Hier am Fenster, mein Tisch, kaum hat man mal zwei Morgen am Stück den Kaffee in der gleichen Ecke geschlürft, fühlt man sich gleich heimisch, was?"

Bornholm will nicht pedantisch erscheinen und besteht nicht darauf, dass es erst ein Morgen war. Oder will Iltum damit andeuten, dass er schon länger hier ist als er zu sein vorgibt? Jedenfalls ist er nicht mit dem 15.36 gekommen wie angekündigt. Die unscheinbare Frau kommt an den Tisch.

„Zwei Steak, oder Hartmut?"

„Schon recht." Selbst wenn er die Schnitten dabei hätte, den Gefallen wird er Iltum nicht tun. So hat Iltum Schach gespielt, damals: Kleine Fallen, Zweizüger samt und sonders, einfallsreich, aber kurzschrittig. Kein Gegner.

„Spielst du eigentlich noch Schach?"

Bornholm fühlt sich, zu seinem Ärger, ertappt mit dieser Frage.

„Im Klub, ja. Aber nur die Vereinsabende, keine Turniere."

„Verstehe, verstehe, fehlt die Zeit, was? Ja, das war was, als Polizeischüler, da hatten wir Zeit, Zeit, Zeit, nicht nur abends und so, das ganze Leben vor einem, auch in diesem Sinne, was hatten wir Zeit."

„Mag sein. Aber damals haben wir auch viel Zeit vertändelt. Ich fühle mich jetzt wohler." Was geht Iltum an, wie er sich fühlt? Und wie kann er sich zu einem Wir mit Iltum verleiten lassen? Bornholms Ärger, in eine Eröffnung gezogen worden zu sein, die er nicht gut kennt.

„Wohl wahr, wohl wahr, Jugend irrt auch viel, und erst recht Leute, die zwar älter werden, aber nicht erwachsen, stimmt's? Ist ja auch was Schönes um die Verantwortung, so schwer man dran trägt zuweilen."

„Hoffentlich."

„Wie meinst du?"

„Hoffentlich trägt jeder schwer daran."

„Verstehe. Macht sich manch einer zu leicht, meinst du? Mit einem Verdacht, und rums, hängt einer drin, ganz unschuldig womöglich?" „So was soll vorkommen."

„Soll, soll, wie wahr. Es *soll* vorkommen! Lieber drei Verdachte – Verdächte? – zu viel, als einer zu wenig, nicht wahr?"

„Nein."

„Nein? Tja, verschiedene Philosophien, bei euch und uns, nicht? Aber sieh' mal, bei uns, da geht's – mit Verlaub, keine Geringschätzung deiner Arbeit – aber da geht's immer ums Ganze, du verstehst. Ich meine, wenn ein Mörder, so ein ganz schnöder, Habgier, Eifersucht und so, wenn der frei rumläuft, nun ja, im schlimmsten Fall gibt es noch ein zwei drei Opfer mehr, tragisch im Einzelnen, aber im Ganzen? Sieh' dagegen mal unsere Fälle, was ist, wenn *uns* was entgeht?"

„Das kann ich nicht beurteilen."

„Aber klar doch, stell's dir nur mal vor, so eine konterrevolutionäre Zelle, Zelle ist überhaupt ein gutes Wort dafür, das ist was Lebendiges, und das wächst und wuchert, wenn man's lässt, ich sag dir. Sieht vielleicht unscheinbar aus, anfangs, und du magst denken, ach die paar Spinner, aber dann ... und wenn es dann noch Leute sind, die, im lokalen zumindest, über gewissen Einfluss verfügen, Theaterleiter etwa, oder Lehrer ..."

„Keine Namen, hatten wir gesagt."

„Namen? Hab ich irgendeinen Namen erwähnt?"

„So gut wie. Und ich habe dir gesagt, ich will eure Informationen nicht."

„Ist der Herr sich zu fein für, was? Bitte, wie du willst, aber denk nur nicht, ich kriege meine Informationen wie die Wurst in der Kaufhalle, die Hälfte ist ganz ehrlich erschnüffelt, wenn du wüsstest mit was für Typen ich mich gestern und heute gemein gemacht habe, alles im Dienst der guten Sache ..."

„Geschenkt. Was mich interessiert, wäre der Laborbericht."

„Kein Problem, kriegst du, aber du weißt doch, was die Leichenfledderer einem sagen: den ganzen Kühlschrank haben die voll liegen, fragen Sie nächsten Monat noch mal und so, und wenn du Druck machst, kehren Sie ihren Doktor raus und machen ganz dicht, also vor Mitte nächster Woche wird das nichts, bestimmt, und bei der Spurensicherung sieht's ähnlich aus."

„Sicher? Keine schnelle Vorabinformation? In so einem Fall?"

„Hartmut, ich kann dir die Dienstnummer der zuständigen Pathologie und von der SpuSi geben, wenn du mir nicht traust ..."

„Das ändert wohl nicht viel. Aber vielleicht hat es sich auch bald erledigt."

„Aha?"

„Ich denke wir haben den Mann." Eine völlig inkorrekte Formulierung, das ist Bornholm klar, noch während er spricht. Es kann keine Rede davon sein, dass sie ihn haben, und ohne Geständnis und ohne Laborbericht hat er auch so nicht viel in der Hand. Aber er wollte dieses Gesicht sehen: Iltums für einen Moment nacktes Gesicht. Er hat es sogleich wieder in Süffisanz gehüllt, aber für eine Sekunde lag dort alles offen lesbar: Die Panik des dummen Bauern, der gewahr wird, beim Kuhhandel übers Ohr gehauen worden zu sein.

„Wie schön, schön, Hartmut, dann kann ich ja Koffer packen, wie? Hätt ich mir denken können, mit so 'nem Fuchs wie dir in der Stadt, was bemühen wir uns da eigentlich noch ... verrätst du mir noch den Namen, ich muss schließlich den Bericht schreiben."

Bornholm kann nicht zurück. Ihm fallen nur Gründe ein, den Namen nicht zu nennen, wenn sie ihn noch gar nicht hätten. Aber so? „Martin Hofmann."

Er sieht wie der Dicke auseinanderfließt, fast weht ihn ein Aufatmen an. „So so, Martin Hofmann. Na, wer hätte das gedacht."

„Das war völlig naheliegend."

„Ja eben, eben, wenn du sofort denkst, der ist es – sag mal schaust du nie Polizeiruf ..."

Das ist das Zuviel. Bornholm findet den Mut für den Schritt zurück auf das eigene Terrain. Wie konnte er sich nur gegen Iltum aufs Bluffen verlegen. „Können wir mal für fünf Minuten ernst und sachlich reden? Ich sag dir jetzt wie es sich genau verhält. Ich habe Hofmann noch nicht festgenommen und kein Geständnis. Was ich habe sind eine ganze Reihe von Indizien und die Zusage seines Bruders, dass Hofmann sich noch heute stellen wird. Wie es aussieht, mit einem Geständnis. Falls es dazu nicht kommt, ich habe einen eigenen Laborbericht angefordert, mit Spuren vom Tatort und Hofmanns Sachen – auf dem verkürzten Dienstweg sozusagen. So, das ist meine Position. Schluss mit dem Blindschach."

„So. Soso." Iltum sieht ihn langsam nickend an, mit seinem Krokodilsblick. Hat er Bornholm da, wo er ihn haben wollte? Ist ihm egal. Er ist da, wo *er* sein will. „Soso, tja, würde mich ja zu gerne revanchieren, ist ja nicht so, dass mir das Spaß macht, das ganze heimlich tun, aber du willst ja nicht ... kein Vorwurf, kein Vorwurf, aller Ehren wert! Nur so viel lass dir sagen: Den Hofmann, das kannst du dir denken, beobachten wir auch nicht erst seit gestern. Und was immer der dir heute oder morgen oder sonstwann erzählt: das heißt gar nichts. Ich weiß bei euch, da zählt so ein Geständnis viel, ist so wie wenn einer aufgibt, beim Schach, nicht wahr? Aber bei uns, da fängt's beim Geständnis erst an. Wenn wir uns immer schon mit *einem* Geständnis zufrieden geben würden ..."

„Mag sein. Vielleicht interessieren uns an dem Fall auch einfach ganz verschiedene Dinge."

„Natürlich, natürlich! Also wenn ich mich schon nicht revanchieren kann so im Konkreten ... ich sag dir mal was, kann gut sein, ich irre mich. Vielleicht sind die Typen, die wir hier auf dem Kieker haben, ganz harmlose Spinner. Und weißt du was? Wir lassen sie trotzdem hops gehen. Und warum? Na?"

„Gib dir deine Antworten selber."

„Nicht etwa weil wir ab und an zeigen müssten, dass *wir* da sind, das vergessen die Leute schon nicht, aber wichtiger ist: Wir müssen zeigen, dass *die* da sind."

„Und wer sollen die sein?"

„Na die eben. Die anderen. Wozu brauchst du den Schild der Partei, wenn's kein Schwert gibt."

„Ich denke das Schwert seid ihr auch."

„Eben, eben, verstehst du nicht? Das ist doch der Witz. Das ist doch der Witz, seit der Zaun weg ist. Jetzt müssen wir aber auch wirklich alles selber machen."

„Ist nicht dein Ernst, oder versteh ich das jetzt falsch."

„Bei deinem Scharfsinn, ich bitte dich. Aber ganz so extrem

ist es ja auch wieder nicht, ich meine, wir bezahlen ja niemanden dafür, dass er sich mal mit 'nem Flugblatt wichtigmacht, können wir uns sparen, die Typen gibt's genug, nur: Was machste draus, da ist dann der Fachmann gefragt."

„Ekelhaft. Aber hier geht's nicht um Flugblätter. Hier ist jemand zu Tode gekommen."

„Ja und? Meinst du um den war's schade? Ich hab nichts davon geahnt, ehrlich nicht, aber wenn – keinen Finger hätt ich gerührt. Was Besseres kann dir nicht passieren ... He, sag was. Und sag nicht, das überrascht dich wirklich."

„Doch. Das Ausmaß."

„Wenn ich dir ein wenig die Steigbügel halten darf, damit du's runter schaffst von deinem hohen Ross: Stell dir mal vor, ab morgen gäb's keine Verbrecher mehr, nicht mal 'ne klitzekleine Geschwindigkeitsübertretung, sag mir, was würdest du da machen? Du bist über fünfzig, mit Leib und Seele Polizist, und plötzlich ist da nichts mehr da zum Polizeien?"

„Weiß nicht. Jedenfalls würde ich keine Verbrecher erfinden."

„Naja, mag sein das Bild passt nicht ganz, wir erfinden wie gesagt da auch nichts, die Leute gibt es ja schon, ist mehr, wie soll ich sagen? Wir erzählen einfach die Geschichte dazu. Eine Geschichte, die sie alle verbindet, und auch wenn's Krümel sind – tausend Krümel machen schon einen ganz schönen Haufen."

„Genug. Ich will es nicht wissen. Ich will es einfach nicht wissen."

„Siehst du, deshalb fallen die Hälfte aller Theologiestudenten vom Glauben ab. Ist 'ne gefährliche Sache, die Details zu kennen."

„Also sehe ich das richtig? Du fährst hier nicht weg ohne

eine Handvoll Leute mitzunehmen, ganz egal ob du die für schuldig hältst oder nicht?"

„So drastisch würde ich das nicht ausdrücken, und ins Protokoll – wir verstehen uns ..."

„Nein, ganz bestimmt nicht. Also was ist, machen meine Ermittlungen einen Unterschied, ja oder nein? Wenn ich Beweise liefere, dass es ein anderer war?"

„Wer weiß? Wird dann jedenfalls schwerer für mich, aber wir haben da natürlich unsere Kanäle – würde jedenfalls weiter oben entschieden, weiß der Henker wie's dann ausgeht."

5. Jonas/Mascha

Kopfschmerzen, warum ist er nicht gleich drauf gekommen. Er ist nicht gut im Lügen, aber Kopfschmerzen, das klingt plausibel, nach dem vorigen Abend, und es stimmt sogar ein wenig. Nicht direkt die Wahrheit zu sagen, das fällt ihm leicht, wenn es darum geht, eine Konfrontation zu vermeiden, oder einfach jemand nicht zu verletzen, aber lügen ... Auch daher die Angst vor dem Treffen mit Iltum. Das Gefühl hat sich noch verstärkt, seit der Dicke gestern Abend plötzlich auftauchte, wie ein Krokodil aus dem Schilf, lautlos und gefährlich, gerade im Moment der größten Gelöstheit, das Gefühl, ihm nicht gewachsen zu sein, ohne im Mindesten angeben zu können, worin die Überlegenheit des Anderen bestehen sollte. Iltum hat ihm nicht geglaubt, er wird ihm jetzt nicht glauben. Was dann. Noch eine Viertelstunde Zeit, das Hotel liegt gleich am Ende der Straße, Jonas dreht Runden um das Mahnmal im Park, zwei nackte Figuren, die kauern, er sieht nicht recht hin. Auf dem Spielplatz ist nichts los, Mittagszeit, die Kinder werden gefüttert. Mascha und Kinder; eigentlich komisch, dass sie den ganzen Tag über kaum je das Gespräch auf sein Töchterchen gebracht hat, nicht mal die Fotos sehen wollte, die er doch eigens für sie eingesteckt hat, und die er sich nicht unaufgefordert hervorzuholen traut, keiner dieser angeberischen Väter sein will, die ihr Kind vorzeigen wie ein Auto oder ein Boot. Eigentlich komisch, ja, aber nicht bei Mascha, wenn man es bedenkt. Und andererseits auch eine Befreiung, nicht im Gespräch noch an sein Kind gefesselt zu sein wie er es sonst ist in jeder freien Minute, aus der strengen Zeitbuchhaltung der letzten Monate herauszutreten, die nur noch zwei Spalten kannte: Arbeit und Kind, plötzlich einen dritten Raum wieder zu entdecken, der privat ist, Muße, und doch geistig. Mascha gibt diesen Raum, unbewusst. So kompliziert denkt Mascha nicht im Privaten; es interessiert sie einfach nicht. Nicht nur, weil Jonas sie nie schädelabwärts interessiert hat, und Kinder irgendwie zu dieser Zone gehören, zum Bauch und tiefer. Das ist es nicht. Kinder, so merkwürdig das klingt bei einer Lehrerin, interessieren Mascha nicht. Jedenfalls die kleinen, und noch ihre Schüler sucht sie immer so zu behandeln, als wären es Erwachsene, selbst die aufmüpfigen fünfzehnjährigen heute Morgen, die sie einmal mit dem Satz zum Schweigen brachte: Ihr benehmt euch wie die Dreizehnjährigen. Jonas war überrascht; er hätte von Mascha kesse Sprüche erwartet, Scharfzüngigkeit, um mit den Rabauken fertig zu werden, aber sie war dort ganz anders: Stolz. Sie betonte Ruhe, Ernst, Reife. Sie wirkte so erwachsen wie nie. Und packte die Schüler offenbar bei diesem Zipfel ihrer Seele: Beim Wunsch, es ihr darin gleich zu tun.

Vielleicht wird sie sich für sein Töchterchen interessieren, wenn sie fünfzehn ist. Oder vielleicht schon mit elf, wenn der Geschichtsunterricht beginnt. Jonas tritt näher an das Mahnmal, liest Namen und Daten. Auch nicht viel älter als fünfzehn die meisten. Es ist fünf vor um. Was soll er ihm sagen? Er darf nicht übertreiben. Mascha nicht linientreuer darstellen als sie ist. Eigentlich reicht doch das realistische Portrait, oder nicht? Wird das Beste sein, die Wahrheit, auch über diesen harmlosen Spinner gestern Abend. Genauso wird er es sagen: Harmloser Spinner. Er wird einfach sagen, was er denkt.

*

Jonas betritt den Raum steif, seine Miene erwidert nichts auf Iltums Grimasse: ein Grinsen oder ein Zähnefletschen oder wohl kalkuliert eine Mischung aus beidem. Iltum bietet zu paffen an, unbeirrt jovial, fehlt nur noch dass er den Flachmann rausholt oder 'nen Männerwitz erzählt, zum Auflockern. Jonas lässt sich nicht täuschen, aber das nützt ihm nichts, und auch das weiß er.

„Hauptmann Iltum ..."

„Ach was, lassen Sie den Hauptmann, steh'n se bequem. Oder besser sitzen. Hier, hab Ihnen extra 'nen zweiten Stuhl hochbringen lassen, hätten mal die Trulla vom Empfang glotzen sehen sollen, als hätt ich 'nen lila Elefanten aufs Zimmer haben wollen."

„Danke."

„Scheußliches Völkchen, was? Sind ja jetzt auch schon 'ne Weile hier drüben."

„Fast ein Jahr."

„Also ich sag Ihnen was, so unter uns und im Vertrauen: Wir hätten die nicht schlucken dürfen. Hab ich gleich gesagt. Sprengt unsere Kapazitäten. „

„Schlucken, nun ja …"

„Aber Herr Professor, wir sind doch unter uns, können doch tacheless reden, oder? Kind beim Namen nennen, Sie wissen schon. Nein ganz im Ernst: 60 Millionen, lassen Sie da mal jeden zehnten, sagen wir mal: unzuverlässig sein – zack! sechs Millionen Objekte, kann mir mal einer verraten wie wir das mit unserem Apparat … aber egal. Nur dass Sie sehen, in dieser Situation kommt's nun wirklich auf jeden Mann an, Sie verstehen."

„Vollkommen."

„Und wenn dann auch noch die Leute unzuverlässig werden, die wir eigens rübergeschickt haben – also da schlägt's dreizehn. Da müssen wir zwischen, und zwar ohne Rücksicht auf etwaige Sentimentalitäten, alte Freundschaften und so'n Stuss, richtig?"

„Völlig richtig. Wenn sich da einer was vorzuwerfen hat, muss er dafür gerade stehen. Ohne Ansehen der Person."

„Ich sehe wir verstehen uns. Also: Was haben Sie rausgekriegt."

Jonas sagt ihm die Wahrheit. Er hat lange gegrübelt, was er lügen soll, aber das klang alles nicht überzeugend. Er muss schließlich glaubwürdig bleiben, sonst nützt er Mascha auch nichts – sagt er sich, und überhört die boshafte Stimme, die ihm zuraunt: Und so ganz nebenbei bist du mit der Wahrheit auch noch auf der sicheren Seite, was? Immerhin will er Dinge herausstreichen, die günstig klingen, auch wenn das die Wahrheit etwas einfärbt (doch wieder raunt die Stimme: na prima, dann hast du beides, immer noch die sichere Seite und kannst trotzdem prahlen, du hättest dich ganz schön krumm gemacht).

„Ich habe ihr jetzt zwei Tage auf den Zahn gefühlt. Die Fragen gestellt, die Sie – vorgeschlagen haben. Und den Schreibtisch konnte ich auch durchsehen."

„Und?"

„Nichts. Mag sein, sie hat eigene Ansichten, ist ein Querdenker, aber das war sie schon seit ich sie kenne. Das ist nicht immer buchstäblich auf Linie, aber immer dem Sinn nach, Mascha Kallinowski ist eine überzeugte Kommunistin und ..."

„Herr Professor."

Er hat es ruhig gesagt, tonlos, aber das klingt gefährlich bei ihm. Leise wie ein Krokodil.

„Kürzen wir das mal ab. Worum es jetzt geht ist nicht dieses Seminars-Blabla, überzeugte Kommunistin und so. Die kann überzeugt sein wovon sie will, das interessiert mich 'nen Scheißdreck – Sie hören ganz recht, 'nen Scheißdreck, aber wenn hier eine anfängt, meine Leute umzulegen, da verlier' ich ganz einfach meinen Humor, ganz egal wovon die überzeugt ist."

„Das ... ich dachte es geht um ..."

„Sind Sie platt, was? Mascha Kallinowski hat einen meiner Männer umgelegt, oder war zumindest dran beteiligt, so, und jetzt noch mal von vorn und ohne Fußnoten: Womit kriegen wir sie dran und wer hängt noch mit drin? Darum geht's."

„Ich kann das nicht glauben."

„Hören Sie, für den Glauben sind wir hier nicht zuständig, aber die haben hier 'ne hübsche Kirche in dem Kaff, gleich um die Ecke, lohnt sich! Aber Fakt ist, was hier in den Akten steht, Zeugen noch und nöcher. Können Sie gerne mal reinschauen."

„Zeugen – für den ... also dass sie eine Ihrer Leute ...?"

„Klar, haben zwölf Mann drum rum gestanden, als sie zugestochen hat ... sagen Sie mal, ich hoffe, Sie tun bloß blöd, oder? Ich rede von Zeugen für die Staatsfeindlichkeit ihrer lieben guten alten Freundin, Mensch!"

„Nichts für ungut, aber es gehört sehr wohl zu meinem Fachgebiet, Staatsfeindlichkeit einzuschätzen und ich ..."

„Momentmoment, stopmal. Also damit hier keine Missverständnisse aufkommen: Erstens: Staatsfeindlichkeit einschätzen, das tun wir. Wir und sonst keiner. Was ihr darüber so zusammen kleckst, liest bei uns keine Sau, das kommt alles in den Schrank, damit ihr nicht beleidigt seid und keiner auf komische Ideen kommt, aber das war's dann auch ... und was die Professur betrifft, nun mal Klartext: Da gab's qualifiziertere Bewerber, so von der Sache her, aber wie gesagt, die Sache zählt nicht viel, wir wollen vor allem Loyalität, und die liefert der gesunde Durchschnitt, und das sind Sie, Herr Professor Doktor. Wissen Sie, welche Stimme den Ausschlag gegeben hat. Na? Raten Sie doch mal!"

„Schon gut. Ich habe verstanden."

„Wie schön, dann kommen wir der Sache doch näher. Sie sind ja ganz weiß, Herr Professor Doktor, ein Glas Wasser vielleicht?"

„Nein. Doch. Danke."

„Drüben auf dem Tischchen, bedienen Sie sich. Wollen Sie vielleicht die Protokolle der Berufungskommission sehen? Steht alles drin. Die wollten Sie gar nicht."

„Nicht nötig."

„Sehen Sie? Deshalb war ich ja für Sie. Und wissen Sie, wie

ich den Vorsitzenden überzeugt hab, letztendlich? Mit ihren Betragensnoten in der Schule. Immer eins. Geht's jetzt besser?"

„Ja. Nein."

„Sie dachten, es hätte mit Ihrer Dissertation zu tun, nicht? War auch 'ne eins, ich weiß, fein gemacht, aber was wollen wir mit den Klassenkämpfen in Kambodscha, mal ehrlich? Vielleicht machen wir das Fenster ein wenig auf? Wie Sie wollen. Ja, also Kambodscha, das ist ja nun weit weg. Aber was hier passiert, direkt vor unserer Haustür, da interessieren wir uns für.

Und in der Berufungskommission – also ich hab gesagt, geben wir dem jungen Schneider doch mal einen Vorschuss, einen Vertrauensvorschuss, der wird uns bestimmt nicht enttäuschen, vielleicht stellen wir ja mal fest, dass an der Universität, sagen wir, Leute in die falsche Richtung gehen, kommt vor, junge Menschen probieren sich aus, Sie verstehen. Und dann wird uns der gute Junge sicher helfen, so wie wir ihm jetzt helfen. Nun, ist ein anderer Fall, wie er jetzt eingetreten ist, aber die gleiche Situation, nicht wahr? Sie helfen uns doch, Herr Professor?"

„Sie wollen die Wahrheit hören. Ich sage Sie Ihnen."

„Das ist doch ein Wort. Also, los geht's."

„Nein, Sie verstehen nicht. Ich habe schon die Wahrheit gesagt, Mascha Kallinowski ist nicht linientreu, mag sein, aber sie ist auf keinen Fall, auf gar keinen Fall ... "

„Jetzt hör mir mal genau zu, du Pfeife. Zuhören hab ich gesagt! Ich mach dich fertig, hörst du? Fertig. Du kannst Akten alphabetisch sortieren, nächste Woche schon, wenn du nicht mitarbeitest, verstanden? Deine Frau kann Teller waschen, und deinem Töchterchen musste gar nicht erst Lesen beibringen, hast du jetzt endlich verstanden, worum es hier für dich geht?"

*

Jonas vor dem Hotel, fahl wie der Himmel. Er sagt sich, dass er losgehen muss, und weiß nur, wohin nicht. Also zum Friedhof, das Beste. Bedürfnis nach altem, verschwiegenem Stein. Die Straße hinab wie ein schwerbeiniger Greis. Sein Gesicht trotz allen Graus noch jungenhafter: blank, ungesichert durch Mimik. Er überlegt noch nicht. Es geht noch nicht um Entscheidung, nicht um Mascha oder Mareike, nicht mal um ihn selbst. Nicht um Fragen, die sich stellen ließen, und damit doch auch beantworten, etwa, ob er die Professur behalten wird und zu welchem Preis, und wer den eigentlich zahlt. Es geht gar nicht um Zukunft, die gibt es nicht, auch darum der Friedhof: Drang nach Jahreszahlen auf *beiden* Seiten des kurzen Striches, der das Leben meint. Keine offenen Klammern. Letzte Worte. Vergessen. Er geht durch die schmale Pforte, im Halbbogen darüber irgendwas auf Latein. Grabsteine heischen letzten Respekt, Inschriften wollen das letzte Wort haben. Irgendwie dauern. Titel und Berufsstände, abgegeben an der letzten Pforte und eingemeißelt. Er schreitet die Grabsteine ab, liest Lebensdaten, errechnet Alter, vermerkt vergangene Jahrhunderte, manche Gräber reichen hinab bis 1870. 1870–1918, 48 Jahre, 1903–1979, 76 Jahre. Man geht hindurch, eine Ausstellung; Portraits: die Haare kürzer und länger nach Mode und Zufall der Aufnahme, das Gesicht bildet seine Trampelpfade aus tagtäglich begangenen Mienen und sagte nicht jemand, mit fünfzig hat jeder das Gesicht das er verdient? Aber was hat man schon verdient. Selbst verdient. So war es also: Urkunden, Dokumente, Siegel: wurden uns verabreicht wie den Patienten eines Sanatoriums, Patienten auf Dauer, auf Lebenszeit, Patienten der Nerven, verabreicht wie Schlafmohn, oder wie man Debilen eine Bastelarbeit gibt, die noch am Abend weggeworfen wird, allenfalls den nächsten Verwandtenbesuch noch erlebt, wo man die gefalteten Blätter herumreicht und alle mit achtungsvollen Vokalen das Meisterstück würdigen. Es hält die Nervösen ruhig, die an überspannten Gedanken und eitlen Verstiegenheiten leiden, und die zu echter Arbeit ohnehin nicht zu gebrauchen wären, und entlastet die Aufseher, die auch Wichtigeres zu tun haben, zumal man diese Nervösen sich selbst überlassen kann. Am liebsten leiten sie nämlich die Bastelgruppen selbst. Die Jahreszahlen. Die Namen. Und Deine? Vielleicht 1966-2038 und dann, nach dem letzten Verwandtenbesuch, räumen sie den Bastelkram weg, vielleicht wird das Papier eingestampft und wieder verwertet. Wenn du im Krieg fällst, bleibt immerhin ein Stein, eine Gravur, ein Name. Eine Bekundung, gelebt zu haben. Von dir wird man nicht mal wissen, dass du gestorben bist. Mach dir nichts vor, hat Iltum gesagt, deine Forschung interessiert uns einen Scheißdreck, und sonst wen schon gar nicht, und wenn du's nicht machst, machst eben ein anderer, und ob der's besser macht oder schlechter ist auch scheißegal, siehe oben. Ja. So sieht's aus. Eins im Betragen. Deine Leistung: Nettes, angepasstes Mittelmaß. Gestern noch aufrichtig mitleidig gedacht: Wie bitter es sein muss, wenn der Staat um dich einstürzt mit all seiner Fassade, und du stehst im Freien und siehst, deine Wände waren nicht deine Wände, du hast sie nicht gestaltet, es war alles geliehene Staffage, deine Wände stürzen ein mit dem Staat, und mit den Wänden was an ihnen hing, die Diplome, und die Photographien deines Lebens, und du stehst auf einem freien, kalten Feld. Schlimmer noch: auf einer nackten Bühne, das Saallicht geht an, du bist auch nackt, und ein Johlen setzt an, kein menschlicher Laut, dazu kommt er aus zu vielen Kehlen, ein Gelächter wie von hämischen Göttern, die Zuschauer haben dich spielen sehen wie ein Kind, dem es ernst ist und sehen nun dein blankes, von keiner Mimik mehr verteidigtes Gesicht. Gestern noch beobachtet mit der Wonne des Mitleids, dass nicht wir es sind. Wie bitter es sein muss. So also. Es schmeckt gar nicht bitter. Die Zunge der Seele ist blank wie das Gesicht, eine taube, glatte Fläche. Er hatte gedacht, der Moment, wie ihn die anderen erfahren haben, das Einstürzen der Wände, das grelle Saallicht auf der nackten Haut, das könne ein Moment sein auch der Erhabenheit, eine feierliche Einsicht, ein neuer, leerer Raum, der einlädt zur, diesmal wirklich eigenen, Einrichtung. Aber der Raum ist leer und nur leer. Er hat keine Tür, durch die man etwas hinein tragen könnte. Und man selbst hat nichts mehr dabei. Und was draußen eingemeißelt steht – weiß man nicht mehr.

Er geht langsam die Reihen ab, hier und dort frischere Erde. Gedanken, im ersten Schock wie festgefroren in den Nervenbahnen, beginnen ihre Zirkulation. Er muss zu Mascha zurück, und wenn er ihr immer noch nichts sagen will, muss er es erstens bald tun und zweitens halbwegs gesammelt. Also schon mal die Schritte zurück, was auch immer. Gut. Mach eine Liste, was spricht dafür, was dagegen, was auch immer sie dir verschafft haben, dein Verstand ist es nicht, dein Verstand gehört dir, konzentrier dich. Professor Doktor geschenkt, mag ja sein, lass ihn Wasser kippen, schüttel dein

Fell, du bist Jonas Schneider, du kannst scharf denken, mit ihnen und ohne sie, mach eine Liste, unterscheide, wäge. Siehst du, schon kehrt die erste Feder zurück, Spannung, und wenn sie dich zum Taxifahrer machen, du bist Jonas Schneider, du kannst denken, also denke, was spricht dafür? Sie wäre gewarnt, klar, wichtiger Punkt. Sie wüsste dein Verhalten zu deuten, weniger wichtig, soll sie denken, was sie will, Faktor gewichten, ein halb? Ihr könntet zusammen überlegen, wie vorzugehen ist, aber spricht das nicht eher dagegen? Was soll sie ihm denn groß raten? Sie zu verpfeifen? Und wie steht es überhaupt damit? Der Wissenschaftler prüft alle Hypothesen, also los, sperr dich nicht, was ist wenn Iltum Recht hat? Moment, gliedern, das sind zwei Fragen, erstens, kann es sein, dass er Recht hat, ist Mascha so weit abgekommen innerlich, und selbst wenn sie es ist, kann sie dann so etwas tun, und zweitens, wenn dem so wäre, was ist dann zu tun, also abarbeiten, 1a: Ist sie so weit abgekommen vom Weg, hast du was überhört, musst du nicht zugeben, dass sie gestern Dinge gesagt hat, die ... nicht mehr gedeckt sind, die alles in Frage stellen, diese merkwürdigen – aber warum habe ich nichts gemerkt? – Überlegungen, was der gute Kern des Kapitalismus gewesen sein könnte, oder dass der Kapitalismus gar nicht der Kern ... aber das ist dann doch endgültig kein Marxismus mehr, das verkehrt Basis und ... das stellt die ganze Philosophie doch wieder auf den Kopf, die Wirtschaft ist die Basis von allem, das ist doch der Kernsatz, das habe ich ihr auch gestern gesagt, und der Typ darauf, höhnisch, ja, das hätten sie im Westen auch geglaubt. Und was der Kern denn gewesen wäre, habe ich gefragt, mein Gott, Iltum saß keine zehn Schritte entfernt, wenn er es gehört hat, Freiheit, hat der Typ gesagt, und Mascha nickte dazu, und ich habe nur gelacht weil es so naiv ist und das doch nun bis zum Untergang jeder Politiker im Westen sonntags mit Tränen in der Stimme gesagt hat, Freiheit, aber Mascha wurde wütend, sehr wütend, mit gezackten Augenbrauen, das sei es ja, die Freiheit sei verraten worden, sie war wütend und blickte, als wollte sie mir an die Kehle, ich hatte es vergessen im Suff, aber jetzt fällt es mir ein, und sagt sie nicht immer, im Scherz, aber wo ist da ihre Grenze, sagt sie nicht immer, dass sie einen erwürgen ... und könnte es nicht sein, sie hat den Zorn, hat in ihn sich wie das Blut, und erinnere dich wie weit sie ging wenn sie etwas für richtig hielt, und hat sie nicht immer gesagt, die Wahrheit stehe höher als das Leben ...

Worte, Worte. Mädchenphantasien von Revolution, Wagnis, umso hitziger als die kühlen Klassenzimmer dafür keinen Raum boten. Nein. Wenn Mascha von Opfer sprach, hat sie immer, immer, sich selbst gemeint. Und selbst den Blödsinn hat sie doch schon seit zehn Jahren gelassen, mindestens. Nein. Allenfalls – wer weiß an wen sie da geraten ist. Kann doch kein Zufall sein, da kommt sie her, trifft diesen Typen, und nach ein paar Monaten hat sie die Politische auf dem Hals. Harmloser Spinner, wirklich? Kennst ihn doch gar nicht. Das hat sie jedenfalls von ihm, das mit der Freiheit. Und diese fixe Idee, da müsse doch noch was rauszuholen sein aus der BRD, das könne doch nicht alles nur ... klar, dass so einer das denkt, muss er ja, aber für Mascha ist das – nicht ihre Idee, man merkt es, das ist geborgt, das klingt neu, das ist interessant in einem stinklangweiligen Leben, da ist sie wieder, die Barrikade aus dem Geschichtsbuch, die rein gedankliche Revolution ohne Pulverdampf inmitten fader, kampfloser Wirklichkeit aus Rohstoffsammlung und

Pfadfinderspielen mit Helm, müde des ständigen so-tun-als-ob in ein anderes so-tun-als-ob flüchten, das ist Mascha. Also, Summe ziehen, Fazit: Sie hat sich verrannt, mag sein, mehr nicht. Schon gar nicht, was diese fette Kröte ... nein. Der Kinofritze, das ist was anderes. Glaub ich zwar auch nicht, aber da weiß man's eben nicht. Jedenfalls macht der alles komplizierter, und was nun, sagen oder nicht sagen, da ist schon das Haus, du hast noch eine Minute, der Typ, das spricht auch dagegen, vielleicht ist sie verliebter als sie zugeben will, und wenn sie's weiß, will sie ihn schützen ... umgekehrt die Chance, dass sie die Finger von ihm lässt, wenn sie's weiß, aber die ist gering. So was macht Mascha nicht, den eigenen Dickschädel aus der Schlinge ziehen, und ein anderer bleibt drin, Romeo oder nicht. Gut, was ihr sagen ist klar. Jonas klingelt. Schlüpft zurück in seine Haut des arglosen Besuchers. Aber noch während ihm das Probelächeln verrutscht, er Mascha die Treppe hinab trampeln hört, spürt er, dass er diese Haut nicht füllen kann, sie hängt schlaff an ihm herunter wie die Jacke einer Vogelscheuche, denn sobald er aufgehört hat, sich zu dieser Überlegung zu zwingen, was er Mascha sagen soll, ist das andere da. Wieder das Saugen kurz unter dem Brustbein, aber stärker denn je. Mascha sieht ihn an: Na det hat ja wohl nischt geholfen, wa?" „Vielleicht leg ich mich was hin." „Mach det. Von drei, vier Bier, Alter, bist aber auch gar nischt mehr gewöhnt." Er schleppt sich die Treppe rauf, als hätte er Iltum auf dem Buckel. Er hat Iltum auf dem Buckel. Er hat sich abgelenkt, mit dieser albernen Rechnerei auf dem Rückweg vom Friedhof, wie man beim Zahnarzt russische Verben konjugiert um den Bohrer nicht zu fühlen. Jetzt ist alles wieder da, durch nichts mehr betäubt, nicht durch die Rechnerei, nicht durch den ersten Schock, der auf dem Friedhof noch alles in Watte packte, wie schwer Verwundete keinen Schmerz spüren sollen im ersten Moment. Jetzt ist er da. Was Iltum von ihm will, kann er ihm nicht geben. Und es ihm verweigern auch nicht. Er kann nichts tun. Er ist schuldig. Mascha ungewohnt betulich: „Ick hab uns was gekocht, aber du siehst nich so aus ..."

„Nee, lass mal, ich leg mich kurz hin, ja?"

„Juti. Bis die Jungs kommen, wa? Die darfste nich verpennen."

„Ist gut. Weck mich."

Sie klappert in der Küche. Jonas legt sich wirklich aufs Bett, betrachtet Risse in der Decke. Vielleicht blufft Iltum bloß. Alles können die sich auch nicht erlauben. Aber was wenn doch. Bei seiner Position, politische Unzuverlässigkeit, das reicht für jedes Verfahren. Plötzlich Zorn auf Mascha: Ihn da reingezogen zu haben. Bekämpft: was kann sie dafür. Zorn verbündet sich mit Schlauheit: Wenn sie doch ein bisschen selbst schuld ist, kann man dann verlangen ... und was wenn sogar das stimmt, was Iltum sagt, dass es nicht nur um ihn geht, sondern sogar das Töchterchen – aber das ist absurd, sowas verjährt doch mit dem nächsten Wechsel im Ministerrat spätestens, und bis die Kleine auf die Erweiterte kommt ... Abschweifend: Was haben wir nicht zusammen gelesen und bewundert, was die Genossen damals ausgehalten haben in den Kellern der Gestapo, und nun ... soll ein bisschen angeklebte Ehre schon zu viel sein. Weiter abschweifend: Was der Typ gestern sagte, von wegen Widerstand, was hätten sie sich in der BRD das Maul zerfetzt über den mangelnden Widerstand in Diktaturen, aber hatten nicht mal den Arsch in der Hose, den Job für ein halbes Kinderjahr zu riskieren ...

und wer hätte sich je bei seinem Chef für einen ungerecht behandelten Kollegen eingesetzt? Wer? Zurück, du darfst nicht ausruhen beim Versagen der anderen, hier! Leg deine Puzzleteile auf den Tisch, aber wie sehr Jonas auch schiebt, mal gewaltsam, mal geschickt, sie passen nicht ineinander, eine Stunde lang nicht, bis Mascha an die Tür klopft: „Dreiviertel! Kommen gleich. Kommst du?"

Er würde gern in diesem Zimmer bleiben, ein Jahr noch, zwei, so lange, bis sich da draußen alles irgendwie geklärt hat. „Komme."

„Keule, du siehst immer noch ... aus."

„Fühl mich auch so."

„Kaffee?"

„Ja. Nein. Hast du Tee?"

„Klar. Das Mädchen trinkt keinen Kaffee, die kriegt hier immer ihre Kanne Pfeffi, kannste einen abhaben."

„Ich glaub ich hör einfach nur zu, ist doch in Ordnung?"

„Gehört sogar zur Ordensregel. Zuhören ausdrücklich erlaubt."

„Ordensregel?"

„Musst dich auf alles einigen. Und einmal gab's Streit, weil einer keinen Pieps gesagt hat die ganze Stunde lang, und dann haben wir die Regel aufgestellt, nach langer Diskussion: Nur Zuhören erlaubt." Schweigen über den Tassen, eine Minute, die zwischen beiden schwillt. „Sag mal Jonas, alles in Ordnung. Ich meine Zuhause und so?"

„Klar, was soll sein?"

„Könnt ja sein. Mit dem Gör, neue Umstände, kaum noch Sex, was weiß ich."

„Nein nein, das ist es nicht."

„Aber?"

„Kein aber, wirklich, nur das Bier, ein bisschen viel Arbeit vielleicht ..."

„Jonas."

„Jonas – was?! Dass ihr Frauen immer mit diesem du-hast-doch-was anfangen müsst, ich ... gut, du kannst Mareike nicht leiden, ja und? Und wenn wir überhaupt keinen Sex mehr hätten, das geht dich 'nen Scheißdreck an, richtig gehört, 'nen Scheißdreck, seit wann interessierst du dich für meinen Sex."

„So war's doch nicht ..."

„Und ich muss deine Typen immer toll finden, ganz egal was du da anschleppst, ja?"

„Du ..."

„Hauptsache, spannend, was? Hauptsache, interessant. Und ob die andern es auszubaden haben, interessiert da nicht weiter, was?"

„Jonas, was hast du denn, so war's doch gar nicht ... oh, da sind sie. Wir reden später weiter, ja? War wirklich nicht so gemeint."

Die Jugendlichen tröpfeln nach und nach rein, können wohl nicht pünktlich sein. Sehen zu gut aus für gute Bücher, so hat Jonas sie sich nicht vorgestellt. Ein Junge und ein Mädchen zumindest, er mit slawisch hohen Wangenknochen, volle Lippen, blonde Locken, fast zu schön um noch als Mann durchzugehen später. Sie klein und niedlich, feminin und mädchenhaft, im Kleid ohne Ausschnitt, langes blondes Haar im Nacken hochgesteckt, Sommersprossen, eine wunderbare Stimme, hell und unverstellt, man denkt an leicht erotische Märchenfiguren, Rotkäppchen oder so. Die beiden Schönen kommen einzeln wie alle, sitzen nicht nebeneinander. Der hübsche Junge im Hemd, steht ihm, Jonas wundert sich, schaut verwundert an seinem Inneren herunter, er konnte noch nie sagen, was seine Studenten trugen (und kann Mareike damit zur Verzweiflung treiben) und jetzt fällt ihm ein Hemd auf und ein Kleid, weil es keinen Ausschnitt hat, ihm ist wie im Fieber, dass er sich selbst betrachtet wie einen Fremden. Auch dies fieberhaft, dass einem die Hände zu schwer sind sie zu regen, man nur dasitzen möchte und beobachten wie die Stimmen der Umgebung sich an der Schwere des Fieberwalls brechen, eine Brandung, Gezeiten, ein auf und ab schwellen, interesselos wie der Ozean. Es kommen noch zwei Jungs, einer groß und lang in allem, lange Hände, langes Gesicht, gibt jedem die Hand, lächelt mit Pferdezähnen, hat sogar ein Jackett an, legt eine Mappe mit Papieren vor sich, und ein Etui lang und schmal wie er selbst, mit nur drei Stiften darin. Und ein dritter Junge, zuletzt, kurze Haare, zu weiter Pullover, Jeans, linkischer als die anderen, vor allem mit dem Mädchen, das er kaum anschaut, aber auch mit Mascha. Das überträgt sich, wie kalte Luft mit einem Ankömmling in einen Raum weht an einem Wintertag, ist mit ihm Verlegenheit da auch bei den anderen, keine Antipathie, das nicht, eher als wüssten sie nicht, wie mit ihm umgehen, so wie man unsicher ist, einen weder ganz fremden noch sehr vertrauten Menschen auf die Nachricht von seiner schweren Krankheit anzusprechen. Mascha nicht, ist unbekümmert, Jonas sieht es scharf, hier die Jugendlichen und dort Mascha, nicht nur darin, was auch immer sie sich einbilden mag, wie rund ihr Kreis sei, sie ist die Ecke, unverkennbar.

Der Lange hat die Gesprächsführung, das scheint wöchentlich zu wechseln. Gute Idee, aber natürlich schauen sie zu

Mascha, sobald es schwierig wird oder der leiseste Dissens auftritt. Die reißt dann die Achseln hoch und schiebt einen imaginären Stapel Antworten von sich zurück in die Tischmitte. Aber das nützt nichts, sie muss doch einhelfen mit einer Idee, oder ein Buch holen, wenn es heißt, das wissen wir jetzt nicht. Jonas erscheint das übertrieben, sie kann es doch sagen, und er glaubt zu sehen, dass auch die Jugendlichen so denken, aber höflich sind, oder misstrauisch, weil man bei den Lehrern eben doch nie weiß, sie hat doch gesagt, drei der vier sind aus ihren Klassen, aber Jonas weiß nicht, wer, vermutlich der schöne Junge, weil er freimütiger auftritt als die anderen, weniger zu befürchten scheint, aber das kann auch die Zuversicht der Schönen sein, die wie auf Federn durchs Leben gehen ohne es zu wissen. Ruft sich zurück, er hat ausgeruht bei den Gesichtern der Jugendlichen und läppischen Mutmaßungen, jäh überfällt es ihn wieder, dass er sich entscheiden muss und einem ja sagen und einem nein, und dass er für alles gemacht ist aber nicht dafür. Sieht Mascha das Gesicht verziehen wie unter Schmerzen, es ist ihm gestern schon mal aufgefallen, auch das ein neuer Tick. Er würde es niemals aushalten mit ihr, das ist ihm klar, aber das spielt ja auch keine Rolle.

Mascha

Wird schwierig heute. Nicht nur weil sie mit Jonas' Laune nicht klar kommt. Sitzt hinter ihr, wie ein schmollendes Kind in der Ecke, will nicht mit an den Tisch. Kopfschmerzen hat der Herr, soso, wollen wir tauschen? Denn das kommt hinzu, es ist ihr schon mehrmals direkt vor der Klasse passiert, aber noch nie am Nachmittag: Das Ziehen im Rücken. Macht Mascha nichts aus, sagt sie, abends vorm Spiegel. Nicht der

Schmerz. Nimmt sie halt Tabletten, geht schon weg. Wie vor zwei Jahren, da hat sie sich verrückt gemacht wegen Kopfschmerzen und ein paar Wochen lang 'nen Tumor gehabt, gedanklich. Dann hat der Zahnarzt irgendwo gebohrt, und weg war's. Wer ist hier der Hypochonder? Aber da ist ein Unterschied: Jonas ist der Hypochonder, der bedauert werden will, sich seine Zuwendung darüber einklagt. Sie will leiden, einfach nur das. Wollte für was Großes leiden seit sie fünf ist, aber das Große ging ihr einfach aus dem Weg und bot keine Gelegenheit. Und nun? Planstelle, Geranien, guten Tag Herr Nachbar? Und mit achtzig still verhutzeln. Nein. Was bleibt da? Die totale Kehrtwende: noch zwei nett angezogene Kinder zu den Geranien und einen Mann, der um fünf aus dem Büro kommt, Schatz was gibt's zu Abend? Da schüttelt's sie erst recht. Also immerhin der erschütternde Abgang, mit nicht mal vierzig aus dem Leben gerissen, aber aus welchem? Aus dem blühenden, na ja. Und was heißt erschütternd. Wen denn, bitte sehr. Die alten Eltern, na gut, aber denen würde selbst dazu wohl nicht viel mehr einfallen als ihr „wir haben's dir doch gesagt, warum hast du nicht Medizin studiert ...", was offenbar ein Schlüssel gewesen wäre für alle Schatztruhen des Lebens, Mann, Beruf, Auto. Und man stirbt dann wahrscheinlich nicht mal. Erschütternd. In der Schule würde es eine Trauerstunde geben, Kranzabwurf, 'ne gedeckte Rede. Und morgens drauf das Gejohle des vorigen Tages. Freuen sich ja auch, wenn man krank ist, weil sie dann frei kriegen. Und die Kollegen? Sie war neu. Wir kannten sie eigentlich kaum. Schade natürlich drum, war ja noch jung, aber – was wollen sie machen, muss weitergehen. Klemmen Sie sich an den Schulinspektor, wir brauchen jemand nach den Osterferien.

Wer noch? Ein paar Verflossene, ach, die Mascha, schade. Wie wenn der Oma die Katze stirbt: schade. Allenfalls der Schock, dass es die eigene Generation trifft, der erste Gefallene der eigenen Kohorte. Gleich mal zum Arzt, alles checken. Morgen mal laufen gehen. Abends vielleicht die drei vier alten Briefe rauskramen, muss auch irgendwo noch ein Foto von ihr sein, Abiball, die Fete im Klub, in den nächsten Wochen Thema gelangweilter Telefonate mit Weißtdunoch-Bekannten, hast du das mit Mascha gehört, schade ... Und dann dürfen die anderen einfach weiter leben, ohne dass es irgendeinen Unterschied macht. Wenn schon sterben, dann für irgendwas. Natürlich, alles nur ein Gedankenspiel. Die Rückenschmerzen sind ein blöder eingeklemmter Nerv, irgendwo dicht überm Arsch. Bräuchte wohl einfach nur ein bisschen Hitze, irgendwo her. Und selbst wenn ... vielleicht sind wir ja Ameisen, oder etwas noch viel kleineres, Mikroben, hat sie als Kind gedacht, und Wesen zu groß um sie zu sehen walzen manchmal tausende von uns platt mit ihrem Reifen oder eine Welle kommt, oder man krabbelt gerade an der falschen Stelle und stört einen dieser Riesen ... falsches Denken, lernte sie später, Rückstände, das phantasievoll-bürgerliche der Herkunft, das muss sie bekämpfen, der Feind ist immer in uns drin, tief in uns drin. Übertrieben, auch das, sie weiß. Darum Jonas. Der auf Mascha stets wirkte wie ein großer, tiefer See, der im Sommer die Kühle speichert und im Winter den Frost zähmt. Lauwarm, wenn man es ihm vorwerfen wollte. Neutral: temperiert. Im sentimentalen Moment: beneidenswert in sich ruhend. Sie weiß, dass sie ihn deshalb – nicht gerade herbeigesehnt hat, einen Jonas sehnt man nicht herbei – aber sich gewünscht hat wie lange nichts mehr, dass er herkommt und seine Ruhe mitbringt. Und dass sie deshalb so enttäuscht ist, weil er keine dabei hat, sondern diese aufgesetzte Hektik, auf bestimmte Themen drängen zu wollen, als habe ihn jemand dazu gezwungen, hat ihre Mutter ihn wieder auf sie angesetzt? Jonas, Sie (seit Beginn ihres Studiums siezte Mutter ihn, das gehöre sich so) sind doch so vernünftig und haben Einfluss auf meine Tochter, können Sie nicht mal ... aber warum sollte er das diesmal tun? Nein. Will er wieder was? Seit wann interessierst du dich für meinen Sex? Kann sein. Und ist eifersüchtig. Darum die Zankerei, gestern und gerade eben.

Dass er gerade jetzt so tut, als brauchte sie einen Maulkorb, um sich nicht selbst zu verletzen, kränkt sie. Gerade jetzt, da sie der Meinung ist, pragmatischer geworden zu sein, bodenständiger. Es stimmt schon, dass Jonas ihr in der einen oder anderen Situation – die blöde Sache mit Afghanistan im Studentenrat! – mit seiner Teichruhe geholfen hat, auch wenn sie sich denken kann, wie sehr er das überschätzt. Denn viel wichtiger war, dass er regelmäßig in ihrem Sessel saß und ihr beim Cello zuhörte, oder im Lager das Zelt neben ihr hatte, nur das, oder später, wenn er sie mit dem Auto seines Bruders fuhr, und sie wusste, nie, nie, nie, konnte etwas passieren, weil Jonas nicht zu schnell fuhr und nicht zu langsam, unaufgeregt alles im Blick. Eine fast väterliche Sicherheit: Neben ihm im Auto. Im Zelt, im Zimmer. Jonas als Nebenmann. Vielleicht sollte sie mit ihm fahren, irgendwohin, vielleicht brächte das ihn zurück.

Die Sitzung läuft nicht. Irgendwas ist anders als sonst, aber Mascha kommt nicht drauf. Sie ist unkonzentriert, klar, das überträgt sich. Alles überträgt sich, das ist ja das Tolle an dem Beruf, die Schüler sind wie Eisenspäne, die sich an deinem Magnet ausrichten, deine Begeisterung, dein Frust, ob du 'ne Erkältung hast oder dich gestern jemand geküsst hat ... und wenn du fahrig bist, sind sie's eben auch. Aber da ist noch was, unter einander. Hat mit Tim zu tun. Die anderen haben immer Distanz zu ihm, aber heute ist diese Distanz anders, nicht größer oder kleiner, ein anderer Winkel ist es, in dem sie zu ihm stehen. Mascha weiß wenig von ihnen. Eigentlich nichts. Nicht einmal, warum sie überhaupt herkommen. Der biedere Alex mit dem langen Sachwaltergesicht wegen der Noten, klar. Wenn die Lehrerin Extrakurse anbietet, geht man eben hin, auch wenn sie sagt, das habe dann mit der Schule nichts zu tun. Augenwischerei, gibt immer ein paar Pluspunkte. Also hin. Der hübsche Junge? Wegen dem hübschen Mädchen, auch klar. Dem gefallen zwar die Texte, auch wenn Freiheit für den nicht viel mit Politik zu tun hat und mehr mit Genüssen, und Texte, na ja, an sich auch nicht so ganz sein Hobby. Das Mädchen? Kommt als einzige wohl wirklich wegen der Sache. Die will das wissen: warum haben wir geglaubt, was wir geglaubt haben. Und glauben wir jetzt das richtige. Und Tim? Der einzige, der nicht ihr Schüler ist. Altenpfleger und eigentlich zu intelligent dazu. Der kommt, weil ... weiß sie nicht. Stürzt sich in die Texte, ist der Hitzigste in den Diskussionen. Irgendwie geht es dabei immer um ihn. Um ihn ganz persönlich. Aber was dieses Persönliche ist – zwar kommt es zu Gesprächen, vor und nach den eigentlichen Sitzungen, wenn sie auf einen warten. Aber auch die sind sachlich. Mascha ist nicht sonderlich neugierig, und ein wenig enttäuscht es sie doch. Was sie Jonas gesagt hat, dass sie gar nicht wissen wolle wie es um diesen und jenen Liebeskummer bestellt ist, das stimmt. Und ob der schöne Junge das schöne Mädchen schon geküsst hat oder nicht, interessiert sie tatsächlich nicht die Bohne. Aber was zum Beispiel zwischen dem schönen Jungen, Christian, und Tim vorgefallen ist, das möchte sie wissen. Die sind nicht einfach nur verfeindet, da ist eine Bitterkeit, wie sie eigentlich nur enttäuschte Liebe erzeugt. Sie hat das Mädchen mal gefragt, ob Tim und Christian einmal Freunde gewesen seien, und das Mädchen hat nur gesagt: Ja, und nichts weiter. So dass eine zweite Frage bereits nach Inquisition geklungen hätte. Sie ähneln einander nicht im Mindesten. Christian, der hübsche Junge, freimütig und unverzagt, unbefangen als einziger der drei im Umgang mit dem schönen Mädchen, und auch unbefangen mit ihr, Mascha, erstaunlich wie lässig er weiter seine Mütze trägt, eine Baseball-Mütze hat man Mascha einmal im Kollegium zugeraunt, als es in einer inoffiziellen Besprechung um „den Fall" Christian ging, eine amerikanische Mütze also, mit drei ineinander verschlungenen Buchstaben: NYY. Man hat ihm nahegelegt, so was nicht mehr zu tragen. Er soll auch nicht mehr ständig O.K. sagen. Aber viel mehr ist ihm nicht vorzuwerfen, seine politischen Aufsätze sind tadellos, sein Vater Vorsitzender der Kreisärztekammer, seit der Revolution. Mascha gefällt er. Bis auf die englischen Floskeln, die er einfließen lässt, das ist Pose, wird sich legen. Will mit seinem „in a way" und „in my view" und „listen, buddy!" daran erinnern, vielleicht sich selbst, dass er in Amerika war, im letzten Schuljahr, in dem der Zaun noch stand. Eigentlich schwer vorstellbar, dass sie Freunde waren, er und Tim. Der sich beständig von tiefem Ernst umwölkt gibt. Den sie noch nie hat lachen sehen. Der das schöne Mädchen verstohlen anguckt, wenn er in einer Argumentation gegen Christian oder den langen Alex ein paar Zentimeter Boden gewonnen hat. Den Mascha nicht mag, punktum. Wozu sich was vormachen, von wegen alle Schüler wären einem gleich, Sympathie sei keine professionelle Kategorie und was sie der Beschwörungen mehr gehört hat in der kurzen Ausbildung. Und das ist merkwürdig: eigentlich müsste Tim ihr doch gefallen, der ernst ist und keine Kompromisse kennt und politisch klare Position bezieht, und die Altenpflege, weil er helfen will ... und doch. Etwas stimmt damit nicht, sie kann nicht sagen, was, wie man manchmal einem Namen nachgrübelt oder einem Gesicht, woher man es nur kennt.

Alex hat die Gesprächsleitung, zum Glück. Bei Alex kann sie sich am besten rausnehmen. Der führt eine Rednerliste, sobald zwei gleichzeitig was sagen wollen. Ist neutral, weil er wohl mit den beiden Jungs gleich wenig anfangen kann und sich für das Mädchen nicht interessiert. Ein asexueller Typ. Wirkt ältlich, mit der von den Geheimratsecken hohen Stirn und dem biederen Rollkragenpulli – der gefällt Jonas bestimmt am besten. Jonas – atmet kaum in seiner Ecke, wehe du schläfst! Das hier wollte Mascha ihm zeigen, das vor allem. Gut, dass Alex die Leitung hat, hat einen Bogen fein übersichtlich angelegt, die Gliederung des Kapitels, „wir gehen das sukzessive – wo er das wieder er hat – „durch, einverstanden?" Alle nicken, Christian sagt: O.K.

Alex: Also ich fasse den ersten Abschnitt zusammen. Thema ist das Eigentum. Locke sagt, rechtmäßiges Eigentum entsteht, wenn ich einen Gegenstand mit mir selbst mische, indem ich ihn bearbeite. Die Arbeit ist schließlich meine, und wenn ich etwas bearbeite, zum Beispiel einen Apfel pflücke oder ein Stück Holz zurechtschnitze, dann gehört es mir.

Suse: Aber was ist, wenn der Apfelbaum mir nicht gehört hat? Weil ein anderer ihn gepflanzt hat? Der hat doch auch schon Arbeit mit dem Baum vermischt.

A: Vielleicht klären wir erst mal die Verständnisfragen?

S: Aber das ist doch eine Verständnisfrage.

A: Ich denke das geht jetzt schon in die Interpretation.

Chr.: Bullshit, ich kapier das auch nicht, was er hier will.

Tim: Er macht es sich zu einfach. Er tut so, als wäre genug von allem da.

A: Jetzt bringt nicht alles durcheinander, klären wir doch erst mal, was er überhaupt sagt.

S: Wollen wir doch auch. Also eben, wie Tim sagt, er tut so als ob von allem genug da ist, weil er diesen Naturzustand annimmt, so eine Art vorzeitliches Paradies, mit wenig Menschen und viel Natur, da kann jeder pflücken was er will. Aber jetzt?

A: Sag ich doch. wir müssen sukzessive vorgehen, das kommt doch noch. Eben, im Naturzustand ist das so mit dem Pflücken, aber wenn die Menschen weiter entwickelt sind, wird es komplizierter. Wollen wir nicht einfach sukzessive ...

Chr.: Listen, buddy. Wir haben's mitgekriegt. Alex hat ein neues Wort gelernt. Aber das bringt doch nichts, jetzt am ersten Abschnitt rumzukauen, wenn's doch nur im Ganzen Sinn macht, O.K.? Also, der Punkt ist doch diese Idee, gibt es eine natürliche Grenze fürs Eigentum? Und da kommt dieser erste Gedanke ins Spiel, ja, die gibt es, nämlich nur soweit ich meine Arbeit mit Sachen mischen kann, soweit kann ich auch was besitzen, O.K.?

S: Und so viel ich selbst verbrauchen kann, oder? Das ist doch der Punkt, ich kann so viel haben, wie ich selbst verbrauchen kann.

Tim: Schöne Idee. Aber dann kommt das Geld ins Spiel.

A: Darauf kommen wir doch noch. Bleiben wir doch erst mal bei diesem Punkt, dass...

Tim. Das *ist* der Punkt, Alex. Das Geld hebelt das ganze Argument aus. Klang schön, Grenze für Eigentum und so. Aber hier, lies doch: Weil Geld nicht verdirbt, fällt diese Grenze jetzt weg. Man kann jetzt ja unbegrenzt Besitz anhäufen, der nicht verdirbt, den man also selbst verbrauchen kann.

S: Aber wieso? Es gibt doch auch mit Geld diese Grenze, oder? Ich meine, wenn ich, weiß nicht, eine Million hätte, was will ich denn damit.

Chr.: 'Ne Million? Hey, kann ich dir sagen, die ist schnell weg, in Amerika jedenfalls. Schicker Schlitten, Haus am Meer...

S: Na gut, dann zehn, hundert, tausend Million

A: Das wär dann eine Milliarde.

S: Von mir aus. Irgendwann ist jedenfalls Schluss. Du kannst nicht in zwei Häusern gleichzeitig wohnen.

Chr.: Mag sein. Aber dass jede Familie ein Haus hat, ein ganzes meine ich, das soll doch noch möglich sein?

Tim: Kriegst den Hals wohl nicht voll.

Chr.: No offense, man. Aber was soll das, sprechen wir vom Naturzustand oder vom Jetzt? Vom Jetzt, oder? Was soll das sonst.

Tim: Eben, vom Jetzt. Ein Haus für jeden ist in Ordnung, wenn es genauso viele Häuser wie Menschen gibt.

Suse: Oder Familien.

Chr.: Genau das ist der Punkt: Das ist eben gerade nicht gerecht, hier... wo ist das... da: Die Menschen sind unterschiedlich fleißig, und die Faulen müssen den Fleißigen dankbar sein und damit einverstanden, dass diese sich mehr vom Gemeingut nehmen und damit wirtschaften, denn so erhöht sich die Gesamtheit der Güter ... Tim: Ja, wenn sie's dann wieder verteilt hätten. Chr.: Haben sie ja, du tust so als hätten in der BRD die reichen nicht die ganzen Steuern gezahlt, nur, wenn sich der Fleiß am Ende überhaupt nicht mehr lohnt als das faul Rumhängen – wer strengt sich dann noch an? Tim: Soll Leute geben, die arbeiten, weil sie es wichtig finden. Chr.: Ja, so ganz edle Naturen, die soll es geben, aber damit läuft keine Wirtschaft. Und vielleicht sind die auch nicht ganz so edel wie sie tun, und bilden sich was drauf ein und dann haben sie davon doch auch 'ne Menge, wird ja nicht alles auf der Welt mit Geld bezahlt ...

Mascha weiß, dass sie längst eingreifen müsste. dass es längst nicht mehr um den Text geht. Aber sie will Jonas beweisen, wie selbständig die jungen Leute miteinander diskutieren. Dass es wirklich ein Kreis ist. Außerdem rollt gerade wieder eine Welle über ihren Rücken und brandet über dem Steißbein. Und überhaupt: Was soll der Text? Um den Text geht es doch nicht, Christian hat ja Recht, sondern um das Jetzt. Der Text ist eine Leiter, die man wegwerfen kann, wenn man oben ist. (Ja ja, Jonas würde einwenden: Und wenn man wieder runter will?) Alex schaut ständig zu ihr. Nee, Kleiner, du hast die Leitung.

A: Also das gehört jetzt alles wirklich nicht hierher. Aber wir können die Frage aufgreifen wie das mit dem Fleiß ist, ob die Fleißigen mehr haben dürfen als die Faulen ...

Tim: Gerne. Dürfen sie. Aber so war's doch nicht. Wenn du Geld hattest, Aktien und so'n Zeug, konntest du den ganzen Tag faul sein und hattest trotzdem mehr als der Bauarbeiter, der 10 Stunden geschuftet hat.

A: Ob's so war oder nicht, ist doch jetzt egal. Es geht um's Prinzip.

Chr.: Bullshit. Geht immer drum wer wieviel kriegt. Und wer was darf. Und ich sag dir was, Tim: Vergiss mal den ganzen Scheiß mit Geld und Häusern und Aktien und dem Pipapo, mag ja sein, das war nicht O.K., aber da kamen wenigstens nicht ständig irgendwelche Hampelmänner und haben dir gesagt, welche Wörter du sagen darfst und welche nicht und ob deine Frisur O.K. ist oder nicht, und ... nee, Moment Alex ... und wenn ich mir das nicht mal aussuchen kann, und ich kann das nicht haben ohne dass einer zwei Häuser hat und einer keins – so fuck it, das ist es mir wert.

Tim: Also sollen sie lieber zu hunderttausenden hinterm Südzaun verrecken, damit du deine bescheuerte Mütze tragen darfst, ja?

Chr: Das ist der Trick, was? Immer in die Vollen, voll ins Extrem, vielleicht hätt's ja was dazwischen gegeben, was Vernünftiges, aber das ist Schwachsinn, so zu tun als wär mein way of life schuld gewesen am Zaun. Oder deiner.

Tim: Du machst es dir schön einfach.

Chr.: Weißt du was dein Problem ist: Du hast dir viel drauf eingebildet, der Sohn von Martin Hofmann zu sein. Und wo das jetzt wegfällt, bildest du dir was drauf ein, der Sohn von Martin Hofmann *gewesen* zu sein.

Tim: Du redest Scheiße.

Sie muss eingreifen, sie weiß es. Und ist wie gelähmt. Nicht nur vom Rücken her. Da kommt was raus, auf dass sie vielleicht schon lange gewartet hat, ohne zu wissen, was es war. Kann sein, dies ist das Ende ihres Kreises. Es ist ihr egal. Sie möchte sauer auf Jonas sein, der ihn ihr madig gemacht hat, die ganze Zeit schon. Aber wenn schon Schluss, dann mit Knall und Effekt. Keine Geranien.

A: Also jetzt bleibt doch mal sachlich, Leute, so kommen wir nicht weiter, also ich fasse noch mal zusammen ...
Chr.: No way. Das muss jetzt erst mal geklärt werden wer hier Scheiße redet.
Suse: Nun lass doch gut sein, Christian, muss das denn ausgerechnet heute ...
Chr.: Wieso? Der ist doch auch nicht zimperlich. Als ich fliegen sollte wegen so ein paar Scheiß Denunzianten, denen meine Mütze nicht passt, wer hat sich da fein rausgehalten?
Suse: Christian, das muss doch jetzt nicht ...
Chr.: Ach ja? Schonzeit ja? Bloß weil einer deinen Onkel umgelegt hat. Ist mir voll egal, hörst du? Meiner Mutter ging es damals auch nicht gut, genau deswegen übrigens, wegen dem Verfahren und der ganzen ... und da hätt ich vielleicht einen Freund gebraucht, einfach mal um drüber zu reden, wär schon viel gewesen, aber nein, der Herr „sah sich außerstande".
„Sah sich außerstande." Mit dem Klassenfeind redet man nicht. Hast wohl Angst gehabt, deine frisch gewaschene Weste mit deinem alten Freund zu beschmutzen?
Tim: Ich hab mich weiter entwickelt und du nicht. So ist das eben. Wenn du immer noch denkst, du hättest mit all dem, was war, nichts zu tun gehabt, oder es wäre alles in Ord-

nung gewesen – deine Sache. Aber ich muss das nicht noch verteidigen."

Chr. Das! *Das* nicht, aber *jemanden, mich,* geht das nicht in deinen Schädel? Und wenn ich zehnmal Unrecht hätte, verstehst du das nicht?

Tim: Nein, das verstehe ich wirklich nicht.

Mascha gibt sich den Ruck. Sie kommen nicht mehr von alleine zurück zum Text. Und wenn sie heute nicht mehr den Weg zurück finden, kommen sie nicht wieder her, auch das ist klar. Mag sein, der Text ist nur ein Anlass. Aber den brauchen sie. Sie müssen heute wieder zum Text zurück, aber erst muss Druck aus dem Topf. „Vielleicht ist das jetzt wirklich wichtiger. Entschuldige, Alex. Aber ich weiß ehrlich gesagt nicht, wie wir verfahren wollen. Was auch daran liegt, dass ich natürlich nicht die geringste Ahnung habe, worum es überhaupt geht. Irgendwie aber doch auch um die Dinge, die im Text diskutiert werden, oder? Eigentum?" So kann's gehen. Eine Hand am Textgeländer, eine frei tastend nach dem Persönlichen, das hier rausbricht. Vielleicht geht's auch nicht. Warum bringen die einem die wirklich wichtigen Dinge in der Ausbildung nicht bei, zum Teufel? Wie man mit sowas fertig wird, wenn das Private dermaßen hochkocht. Aber nein, die faseln nur von Kompetenzbezügen, und wenn's brodelt, hast du kein Rezept, nur dein bisschen Intuition. Das Stichwort war's jedenfalls noch nicht, darauf springen sie nicht an. Suse schaut Christian an, dringend, sie scheinen sich mit den Augen unterhalten zu können, und wenn Mascha raten müsste, würde sie vermuten, Suse sagt: Nun komm schon, gib die Hand und Christian sagt: Nein, soll er doch. Alex spitzt seine Stifte. Tim setzt die Brille ab.

Übersprungshandlung. Also gut, den Bogen weiter schlagen. „Also eure privaten Dinge gehen mich nichts an. Könnt ihr mir erzählen, müsst ihr aber nicht. Aber ich möchte gern, dass wir sachlich diskutieren, muss auch nicht der Text sein, und ihr habt ja Recht, es geht natürlich immer auch um uns, was wir selbst erlebt haben." Sie redet zu lange und weiß es, nur Alex schaut sie direkt an, und um den geht es nicht. Sie weiß nicht weiter. Also schweigen. Warten.

„Darf ich nochmal? Danke." Jonas ist aufgestanden und nimmt sich die Teekanne vom Tisch. Schenkt ein. Sag mal muss das jetzt sein, du siehst doch ... sie hat einen bösen Verdacht, dass es ihn freut, sie so scheitern zu sehen. Er tritt zwei Schritte zurück und lehnt sich an den Kühlschrank, die dampfende Teetasse in der Hand, auf die er hinab spricht: „Ich hatte mal einen Freund – ist egal, wie lang das her ist – der war irgendwann in einem Punkt anderer Meinung als ich. Was Politisches. Und wissen Sie was, ich kann kaum noch sagen, worum es da ging. Hat sich erledigt im Laufe der Jahre, die Frage um die es da ging, einfach erledigt. Aber er ist heute nicht mehr mein Freund. Tut manchmal richtig weh, als ob mir da jemand gestorben wäre." Sie schauen ihn an. Verdammt, sie schauen ihn an. Selbst durch die Pause hindurch, die er einfügt, in der er weiter in seine Tasse schaut als stünde dort sein Text, und genau so wirkt er auf Mascha, wie ein Schauspieler, der deklamiert. Gekonnt, un- geheuer gekonnt. „Ich tröste mich manchmal damit: Wenn wir uns über so eine blöde Sache zerstritten haben, vielleicht war die Freundschaft dann ja gar nicht so groß? Aber damit belüge ich mich selbst. Wir haben eben damals beide ge- glaubt, ein guter Mensch bist du nur, wenn du konsequent bist, und Rückgrat hast, und zu deinen Überzeugungen stehst, und auch persönliche Opfer bringst, und und und. Wirklich geglaubt." Wieder eine Pause. „So komisch das klingt, wir haben es beide gut gemeint, damals." Er hat immer noch niemanden angeblickt. Nippt an seinem Tee. Rückt seinen Stuhl an den Tisch. Wieder: „Darf ich? Danke", Tim und Alex machen Platz zwischen sich. Nimmt das Buch, blättert darin. „Ich muss Ihnen sagen, ich halte nicht viel von diesem Buch. Es gibt kein Eigentum. Das was zählt, das haben immer mindestens zwei miteinander. Macht die Sache aber im Übrigen nicht leichter."

„Das ist doch – entschuldigen Sie, aber ist das nicht ein bisschen – wie Wortspielerei? Ich meine das mit dem: Es gibt kein Eigentum? Das sind doch zwei Dinge: Eben, Dinge und was Sie meinen, Beziehungen." Das war Christian. Unglaublich, er kriegt das Gespräch wieder in Gang. „Sie haben völlig Recht. Ich sollte vielleicht präziser sagen: es gibt kein Eigentum von Bedeutung für mich allein."

„Aber es gibt nun mal Dinge. Und die müssen einem gehören."

„Müssen sie? Aber selbst wenn, folgen Sie mal Locke, haben Sie denn irgendetwas, an dem nicht Hunderte andere mitgewirkt haben. Selbst an ihren Strümpfen, zum Beispiel, vom Baumwollpflücker bis zum Händler, von der Produktion mal ganz zu schweigen ..."

„Aber ich hab den Strumpf bezahlt. Damit gehört er mir."

„Und woher haben Sie das Geld? Selbst wenn Sie es als Arbeitslohn hätten, wer hat festgesetzt, dass Sie diesen Lohn bekommen und keinen höheren oder geringeren? Sehen Sie, das ist, in meinen Augen, der Denkfehler in der BRD gewesen, erst gebe es mich und mein Einkommen, irgendwie im Naturzustand wie bei Locke hier, und dann kommt die Gesellschaft und der Staat und nehmen mir was weg. Es ist umgekehrt. Die Gesellschaft ist zuerst da und gibt mir was." „Das man zurückgeben muss, wenn es zu viel war." Das war Tim. Hat jetzt natürlich Oberwasser. Die Brille wieder aufgesetzt, nickt wie eine Eule, schnabelhackend. Jonas wendet sich ihm zu und nimmt dabei ein wenig Abstand mit dem Oberkörper ein: „Das stimmt schon. Im Prinzip. Aber sehen Sie, die Gesellschaft ist zwar vor mir da, aber das heißt ja nicht, dass ich gar nicht da bin. Also meine Leistung, mein Fleiß, das kommt ja schon noch hinzu und macht einen Unterschied."

„Aber wenn der eine im Slum groß wurde und der andere in der Villa, dann hat doch kein Fleiß der Welt mehr daran etwas geändert, und dann kann man doch jetzt nicht so tun als wäre der Zaun in Ordnung gewesen ..." mit aufflackerndem Blick über den Tisch. Christian will drauf anspringen, aber Jonas ist schon da. „Moment, bitte. Also ich habe zumindest in Ihrer Diskussion noch niemanden sagen hören, dass er den Zaun mit all seinen Konsequenzen befürwortet. Wenn das jemand tut, können wir darüber diskutieren, aber ich schätze, Sie haben da ein differenzierteres Bild, Christian. Oder?" Mascha schüttelt innerlich den Kopf. Und es ist beides in diesem Kopfschütteln, was es bedeuten kann: Ungläubige Bewunderung und entschiedene Ablehnung. Was Jonas hier tut, ist gegen alle ihre pädagogischen Überzeugungen. Das ist Gewalt. Sanfte Gewalt natürlich, auf leisen Sohlen wie die Katze pirscht er sich an seine Mäuse. Drängt sie mit weichen Pfoten in eine Ecke, mit weichen Pfoten, in denen sich die Krallen eingebettet verstecken. Es interessiert ihn nicht, was die jungen Leute denken. Sondern nur, wo er sie hinhaben will. Und doch – das ist die ungläubige Bewunderung – ist ihm im Handumdrehen gelungen, wozu sie keinen Plan hatte, keine Idee. Beunruhigender Gedanke: Dass das eine ohne das andere nicht zu haben war. Dass die Jungs gerade keine Offenheit gebraucht haben, sondern Leitung. Keinen Gleichgestellten, sondern einen Erwachsenen, der so auftritt, als wüsste er genau, was richtig und was falsch ist. Niemanden, den sie duzen dürfen. Der sie siezt. Sie hat es genau gemerkt: Es war bei diesem Wörtchen, dass sie erstmals zu ihm aufblickten mit seiner Teetasse: Als er „Sie" sagte.

Jonas

Er hat es hingebogen. Zunächst nur den Zirkel, aber gegen seine ordentliche Natur vermischt sich ihm alles. Will sich diesen Betrug leisten, Ruhe darin finden und wenn es auf ein paar Stunden ist: Dass er das andere genauso hinbiegen kann. Mascha war hilflos, er hat eingegriffen. Na also. Man muss nur reden. Miteinander reden, dann wird alles. Mascha verstimmt, wortkarg während der ganzen Sitzung, nun gut, ist ja ihr erklärter Stil, diese Zurückhaltung des Lehrers, obwohl ... aber egal, vielleicht läuft es sonst wirklich besser. Kann er schließlich nicht beurteilen, mag eine unglückliche Situation gewesen sein. Aber jetzt, da hinter dem Langweiler mit den Geheimratsecken die Tür zufällt und sie allein sind, bleibt sie mürrisch. Typisch, war noch jedes Mal so. Nimmt ihm übel, wenn er ihr aus der Patsche hilft. Hat nach der Sache mit dem Studentenrat auch zwei Wochen kein Wort mit ihm gewechselt. Manchmal fragt man sich da schon ... egal.

„Biste jetzt sauer?"

„Nee, wieso, seh ick so aus?"

„Und klingst auch so."

„Scheiße gelaufen eben."

„Fand ich gar nicht. Kam doch viel raus."

„Wenn du mich jetzt auch noch trösten willst, ja? Dann werd' ich richtig sauer."

„Dann eben nicht."

„Das ist nämlich so was von oben herab, so 'ne Miststunde schön zu reden, nach dem Motto: Ich könnt's ja jetzt verreißen, aber ich bin ja 'n janz generöser."

Jonas steht auf, das hilft manchmal. Zwei Schritte Platz zwischen ihr und ihm. Schenkt Tee nach, lehnt wieder am Kühlschrank wie vorhin.

„Ich will nicht streiten, Mascha. ich will es einfach nicht. Und dass ich vorhin so gereizt war – tut mir leid. Schwamm drüber, O.K.? Wir kriegen das hin."

„Du meine Güte, jetzt klingste ja gleich wie beim finalen Ehegespräch, so schlimm is det ja nu och wieder nich, dass wir da was gleich was hinkriegen müssen."

„Ja. Das hab ich eigentlich auch gar nicht gemeint."

„Sondern?"

„Ach, nichts. Komm, wir gehen was spazieren."

„Hab 'ne bessere Idee."

„Nämlich?"

„Du fährst mich nach Hachenburg."

„Wieso das?"

„Einfach so."

„Und der Film?"

„Ach, ist doch egal."

„Nein nein, lass und da ruhig hingehen, ist doch 'ne gute Gelegenheit, mit der Party hinterher ..."

„Ach, der Typ ist jeden Tag hier und du nur dieses Wochen-

242

ende, also drehen wir 'ne Runde. Außerdem ist noch viel Zeit, nach Hachenburg brauchst sogar du nur ne knappe halbe Stunde."

„Und wieso eigentlich ich? Fahr du doch, du kennst den Weg."

„Mascha möchte das aber so haben. Bitte bitte."

Er kommt mit dem Auto kaum zurecht. Die Kupplung knarrt bei jedem Schaltvorgang, egal wie behutsam er sie führt.

„Aus welchem Jahrhundert stammt dieses Auto?"

„Fährt doch prima!"

„Fragt sich wie lange noch. Da lang?"

„Immer geradeaus. Heißt nämlich Hachenburgerstraße, weil ...?"

„... sie an Karl-Heinz Hachenburger erinnert, Vorsitzender der Kaninchenzüchter vor, während und nach dem Zweiten Weltkrieg?" „Unterhältst du mit solchen Witzen deine Seminargruppen?"

„Nee, da mach ich keine Witze."

„Glaub ich dir nicht. Haste gut hingekriegt, eben."

„Ich denke du bist sauer."

„Quatsch. Sag mal – dieser Freund, von dem du den Jungs erzählt hast: Wer soll denn das sein?"

„Niemand bestimmtes."

„Dachte ich mir, mit wem hättest du dich zerstreiten sollen. Also war's dreist gelogen?"

„Geflunkert. Der guten Sache wegen."

„Sah ungemein echt aus. ... als wäre mir jemand gestorben ...! Schnief!"

„Ja, ein bisschen in Gedanken war ich wohl wirklich. Hast du 'ne Ahnung, was die beiden Jungs nun miteinander hatten?"

„*Miteinander hatten* klingt ja! Aber trifft's wohl auch."

„Echt?"

„Neee, nicht so, aber Freunde waren sie. Mehr weiß ich auch nicht, aber hast ja gehört, worum's geht, der eine hat sich überzeugen lassen und der andere …"

„Und das hübsche Mädchen spielt da keine Rolle?"

„Bei Jungs in dem Alter. Aber ich hab dir ja gesagt: Wer da wie rumknutscht … nicht meine Baustelle."

So geht es. Reden, einfach reden. Jonas fährt wie früher, nur dass er den Gang nicht immer trifft. Das Ziehen im Rücken ist weg und die Tabletten tragen noch ein wenig. Zwischen den Fachwerkfassaden in Hachenburg schmeckt der Kaffee nach Ferien. Sie geben sich noch einmal Mühe. Sogar am Himmel helleres Grau. Jonas blickt an allen dicken Männern vorbei. Kinderspiel: Sich verstecken, indem man die Hände vors Gesicht hält. Wenn doch einmal Iltum in seine Gedanken quillt, presst er ihn mit dem Bild der zerstrittenen Jugendlichen wieder hinaus, wie sie zu ihm aufschauen, zurückfinden ins Gespräch, beim Gehen sogar, wie es schien, Christian sich in Tims Nähe hielt. Ist da sogar noch eine Aussprache erfolgt? Ein Handschlag? Das andere verdrängt er völlig. Was Iltum ihm gesagt hat. Iltum ist einfach nicht hier, Iltum ist drüben, in Wissen, als sei ein Ozean dazwischen. Kann man nicht einfach weiterfahren, weiter nach Süden, oder Osten, was kommt, wenn man die Linie verlängert von Wissen nach Hachenburg, Slowenien vielleicht, die Adria.

Mascha geht innerlich um Jonas herum und bleibt nur an den Stellen stehen, die ihr gefallen. Er kann nicht grad 'nen ganzen Saal unterhalten, aber ist doch ganz witzig, wenn er von der dürren und der dicken Sekretärin erzählt, die beide immer ihren Hund mitbringen, jeweils genauso dürr und dick wie sie. Mäßiges Talent, wie eben alles bei ihm, aber was heißt mäßig, das klingt so negativ, maßvoll, das ist ihr Jonas, und vorhin, da war seine Ruhe doch da, egal wie kohlrabenschwarz es sie geärgert hat, dass er ihr ins Konzept pfuscht mit seiner superdominanten Oberlehrerart. Davon kann man jetzt mal absehen. Was bleibt ist dann die ersehnte Ruhe. Aufstehen, ein paar Schritte, bedächtiges Einschenken, und dann diese paar Sätze, ganz in Moll. Vor jedem Schritt: Darf ich? wie man scheue Tiere zähmt, und dann haben sie ihm aus der Hand gefressen, *das* immerhin ist nun gar nicht zu leugnen, da braucht es nicht einmal den guten Willen zum günstigsten Blickwinkel.

Auf dem Weg zum Auto wird Jonas einsilbiger. Flucht, als er zum zweiten Mal den Rückwärtsgang nicht trifft. Kein Ozean, nur ein Wäldchen, vielleicht zwanzig Minuten Fahrt, mehr nicht. „Ich hätte Lust, nach Slowenien zu fahren. Jetzt."

„Dann machen wir das doch."

„Kann man hier irgendwo drehen?"

„Mal sehen – da vorn geht ein Waldweg rein ... he, du hast ihn verpasst." „Den nächsten vielleicht. Hast du Sonnencreme dabei?"

„Ach, die kaufen wir unten."

„Dinare?"

„Wir singen einfach was, dann kriegen wir schon Abendbrot. Und schlafen können wir bei den Bauern."

„Hm."

„Und bleiben einfach da und werden Dorfschullehrer. Darfst auch der Direktor sein."

„Hm."

„Ach komm, spiel noch ein bisschen mit."

„Ach so, ja und dann, dann ... ach ich weiß nichts mehr."

„Wo ist denn deine berühmte Phantasie, und dann lernst du eine rassige Slowenin kennen, das ist die Mutter einer Schülerin, und dann ... na?"

„Dann ... was weiß ich."

„Ich soll 'n bisschen die Klappe halten, was?"

„Nein nein."

„Wenn du nein nein sagst ..."

Sie schweigen und Jonas merkt es nicht. Er geht das Gespräch durch. Iltum wird wieder sagen: Und? Und was. Jonas probiert Sätze, in die eine wie die andere Richtung. Als ob es ihm die Entscheidung abnehmen könnte, welcher besser klingt. Und muss sich den wahren Grund eingestehen, warum er Mascha nichts gesagt hat: Dass sie es nicht erfahren muss, wenn er sich so entscheidet.

Mascha wartet, dass Jonas sagt was los ist. Das mit der rassigen Slowenin war wohl ein Fehler. Aber wenn der Schuh da drückt, wo sie's vermutet – besser er rückt raus damit, dann kann man's nochmal klarstellen und statistisch ist dann wieder 10 Jahre Ruhe. Ist vielleicht wirklich keine gute Idee, heute Abend zu der Party zu gehen, Jonas auch noch quälen, das muss schließlich nicht sein. „Vielleicht machen wir lieber 'nen Gemütlichen heut Abend? Hab noch Wein da."

„Wie? Doch doch, gehen wir ruhig ins Kino, bin ja fast neugierig auf den Vortrag." Er hat fest damit gerechnet, diese zwei Stunden noch Zeit zu haben, sich zu bedenken. Die Bilder der Wüste an sich vorbeiziehen lassen, sich genauso leer machen, trocken, klar. Er hofft noch, auf einen Moment, der zu ihm spricht. Und wenn es eine Zeile aus einem Film ist. Irgendein Orakel. Am liebsten wäre es ihm ohnehin, etwas oder jemand nähme ihm die Entscheidung ab, egal ob Mensch oder Zufall.

„Biste sicher? Musst dich nicht verstellen, dein Typ isser nich, wa?"

„Ich will ihn ja auch nicht küssen. Nein wirklich, lass uns hingehen." Außerdem will er sich den Vogel noch mal ansehen. Denn das ist eine Option. Vielleicht lässt Iltum mit sich handeln.

*

Auf dem Weg hinunter in das Städtchen zerrt Mascha an seinem Arm: „Komm, wir schauen uns noch schnell das Monster an." Schwarzer Stein vor dunklem Himmel, konturiert von Parklaternen und einem Schimmer der Häuser rings. Sechs, vielleicht acht Meter in der Breite, eine meterdicke Mauer, mannshoch, in der Mitte eine vierkantige Stele mit einem bärtigen, behelmten Haupt obenauf, totemhaft, hoch aufragend, dass sie den Kopf in den Nacken zwingt, und auf der Mauer zur linken und rechten je eine nackt kauernde Steinfigur, in Riesengestalt, über Menschenmaß, das Gesicht über einen Pflock gebeugt, wie bei einer Züchtigung. Vorn an die Mauer sind Messingplatten gefügt mit Namen und Überschriften aus Jahreszahlen.

„Ich fass es nicht. Dass so was noch steht."

„Auch mein erster Gedanke. Schockierend, irgendwie brutal. Und dann wieder raffiniert. Siehst du den Behelmten da oben? An was erinnert er dich?"

„Griechenland. Der Bart, der Helm, ja, Griechenland."

„Wanderer, kommst Du nach Sparta. Genau. Ruhmreich und ehrenvoll gefallen in der Verteidigung des Vaterlandes gegen die asiatischen Horden."

„Und die Trauernden, die sehen selbst aus wie – bestraft."

„Opfer."

„Genau. Dass so was noch ... Soviel ich weiß hat man in Bonn zumindest das Zeug verhüllt, solange die Abtragung noch schwierig war."

„Schwierig."

„Ja? Versteh ich ja nichts von, aber so'n paar Steine ..."

„Technisch vielleicht nicht. Aber ob du's glaubst oder nicht – hört man sogar im Lehrerzimmer: Die wollen es behalten."

„Was heißt die? Alle doch wohl nicht."

„Nee, aber drüber abstimmen lassen würd ich lieber nicht."

„Echt? Absurd."

„Ein Kollege, Mathe/Physik, also eigentlich ein ganz Nüchterner, der hat das so erklärt: Nun ist so viel weg, nicht mal die gewohnte Zahnpasta kriegste noch. Und dann wollen sie uns auch noch das Mahnmal abreißen."

„Versteh ich ja irgendwie. Aber trotzdem – muss es denn gerade so was sein? Man könnte doch – kann man ja diplomatisch machen, alles stehen lassen wie's ist, nur die Tafel austauschen. Drückt doch irgendwie Leid aus, ganz allgemein, könnte man einfach umwidmen, die Tafel mit den Namen ab, und ..."

„Siehst du, da liegt der Hase im Pfeffer. Einfach umwidmen, Namen ab. Da stehen wir zwei hier, von weit her, und sagen: Namen ab."

„War ja eher ein Vorschlag zur Güte. So lassen kann man's jedenfalls nicht."

„Weiß ich nicht. Warum eigentlich nicht? Wär doch auch

irgendwie gelogen, so zu tun, als hätte es das nicht gegeben."

„Tolle Logik. Wollen wir dann nicht auch gleich ein Stück
vom Städtchen wieder einzäunen?"

„Das ist ja wohl was anderes. Sieh mal, die Namen, die du
abmachen willst: die findest du heute noch überall, in meiner Klasse sitzen Kinder mit diesen Namen, in meinem Haus
wohnen Menschen mit diesen Namen, und das ist ein
Denkmal für Menschen, die geliebt wurden und die unschuldig gestorben sind."

„Unschuldig gestorben?"

„Ja, unschuldig gestorben!"

„Das ist ein Nazidenkmal."

„Nein, verdammt, es ist reaktionär, preußisch, militaristisch,
unsäglich deutsch, aber kein Nazistein. Nazis trauern nicht
um Opfer."

„Ist ja gut, von mir aus, aber ganz gleich welchem Milita-
rismus es denn nun genau zuzuordnen ist, das ist doch keine
gute Botschaft, da sind wir uns doch wohl einig?"

„Völlig. Ich sage nur: Wir haben zuweilen vor lauter Siegesbesoffenheit eine zu einseitige Sicht auf manche Dinge."

„Was meinst du denn mit Siegesbesoffenheit?"

„Warum zum Teufel ist bei uns alles perfekt, bloß weil es im
Westen noch schlechter war."

„Freiheit, ja?"

„Ja, Freiheit zum Beispiel. Du hast doch selbst immer gesagt,
die ganze Menschheitsgeschichte besteht aus zwei Handvoll
Ideen. Nicht gerade üppig, und du meinst wir können es uns
leisten, davon auch noch großzügig ein paar zu vergessen?"

„Mit diesem ganzen Freiheitsgedusel, was soll das? Willst du
dich bei den Westlern einschmeicheln? Oder ist das jetzt so

ein Spleen, weil's schön ausgefallen ist, oder ... Mensch, du glaubst das doch selber nicht."

„Hättest du gerne, ich meine es Ernst, Spielereien könnt ihr euch in euren Instituten leisten, ich hab hier quicklebendige Menschen, das ist Ernst."

„Umso schlimmer. Du kannst ja, privat und im Kämmerlein, und in der Kneipe von mir aus, glauben was du willst, aber lass doch verdammt noch mal die Schüler da raus, das ist gefährlich."

„Für wen? Für die Schüler?"

„Auch, aber zunächst mal für dich, verdammt Mascha, ich mein's doch gut, du kommst in Teufels Küche wenn du so weitermachst."

„Woher willst du das jetzt wissen? Kriegt man zum Lehrstuhl gleich die allwissende Glaskugel mit?"

„Also das ist dein Problem."

„Was soll das, was willst du mir einreden, ich hätte Probleme, ich hab keine Probleme."

„Spielereien, Institut, Glaskugel, schon klar. Ich kann nichts dafür dass ich die Professur gekriegt hab und du nicht."

„Sag mal bist du jetzt übergeschnappt? Du kannst deine blöde Professur behalten, wer jammert denn hier ständig über seine Arbeit?"

„Und warum reitest du dann ständig darauf herum? Dass ich nichts Praktisches mache? Meinst du wir machen da nur so Bastelkram zur Selbstbeschäftigung, die keinen wirklich interessiert, das meinst du doch, oder?"

„Was regst du dich denn auf, natürlich ist Forschung wichtig, hab ich doch nie bestritten, ich mäkel doch auch gar nicht dran rum, wie du deine Arbeit machst, jetzt verdreh doch nicht alles, *du* willst *mir* vorschreiben, wie ich meine Schüler zu unterrichten habe, darum geht es doch."

„Es geht nicht um Vorschreiben, warnen will ich dich, dass es gefährlich werden kann, da gibt es Leute, im Lehrerkollektiv, oder Eltern, die was mitkriegen, denen das einfach zu weit geht."

„Aha? Woher willst du das denn wissen. Und wenn. Ich steh dazu! Es ist den bürgerlichen Revolutionären ursprünglich einmal um die persönliche Freiheit und das gute Leben des einzelnen gegangen, und um nichts sonst. Und genau das ist das Ziel des Sozialismus. Oder sollte es sein. Was zum Teufel ist daran verwerflich? Ich bestreite doch überhaupt nicht, dass die ursprüngliche Idee im Kapitalismus völlig untergegangen ist, sag mal hörst du mir überhaupt zu?"

„Ich höre dir zu, alle hören dir zu, das ist doch das Problem, und manche finden es vielleicht interessant und diskutieren gern drüber wie dein Kinovorführer, aber viele andere versuchen dir womöglich einen Strick draus zu drehen, und man kann – mehr sage ich doch nicht – man kann einen Strick draus drehen, sei doch nicht so stur."

„Also? Die Konsequenz? Buch aufschlagen, wo waren wir, Seite 27, lies mal vor, wiederhol mal, dreimal abschreiben, das hältst du für guten Unterricht?"

„Ich meine doch nur."

„Und immer brav nicken, immer schreiben und sagen was die oben hören wollen und dafür dann einen gemütlichen Posten bekommen in der Hierarchie?"

„Also doch. Blanker Neid verkleidet als edle Empörung. Da passt ihr ja fein zusammen."

Irgendwann ist ihnen kalt geworden. In eine Kneipe, eine mit Butzenscheiben und Skat, ganz egal, aufwärmen, ab-

251

kühlen. Lange her, so ein Streit. In der Jugend: ständig, teils mehr Streit als Freundschaft, oder deren Wesen, der Streit, die Ebenbürtigkeit in der Diskussion, auch damals schon die Gegensätze, einander nie alter ego. Seine streberische Beflissenheit gegenüber Stoffen und Lehrern, sie aufmüpfig, widerspenstig. Ihre Launen, unberechenbar, aufbrausend, er stets um Ausgleich bemüht, fast liebedienerisch; daher auch stärker leidend unter jedem Streit, öfters bereit, die Freundschaft zu beenden, weil er den Streit nicht ertrug; sie dann bemühter um ihn, eine Weile, ihr beider jahrelanger Tanz, er ihr immer zugetan, sie ihn zuweilen hassend bei allem Respekt, eifersüchtig auf andere Freunde, nie auf irgendwelche Mädchen, das zählte nicht. Die Stetigkeit kam spät, gegen Ende des Studiums, dann verschiedene Orte, und Leere an beiden, ohne den eingeübten, erwarteten Widerspruch. Kaum dass die Entfernung sich dehnte, auf die sie eingespielt waren, Leipzig-Berlin, zog er nach. Zufall? Was sonst. Aber sie hatten sich gefreut. Tiefer Sturz, nun haben beide sehr schnell ein Bier gekippt. Sie ist männlich in diesen Dingen. Es hilft ein wenig. Die komplizierte Choreographie der Versöhnung. Es war nicht so gemeint, ein Geben und Nehmen der Schritte aufeinander zu, Erschrecken beiderseits, als wäre man eben gemeinsam einer Gefahr entronnen. Dennoch ist ihnen etwas passiert, sie kommen hier nicht heil raus, das spüren beide.

Sie bleiben sitzen, als es Zeit wäre, zur Vorführung zu gehen, es geht um anderes, sie reden, gezielt und vorsichtig über das, was sie teilen, Themen, nach zwei Stunden will er zum Aufbruch drängen, sie sollten ruhig zu dieser kleinen Party gehen, er will guten Willen zeigen, sie auch, es sei doch schöner, noch miteinander hier zu sitzen, aber das ist

nicht überzeugend, sie gehen hinüber, die Kinobesucher haben sich schon verstreut, Mascha findet den Klingelknopf: „Er wohnt genau drüber."
Sie müssen ganz hinauf, unters Dach. Die Wohnung: Von Gebälk durchzogen. Junggesellen-, nein, noch jünger, Jugendwohnung, der Ausbau in den Speicher wenn die Luft unten zu dick wird. Jonas ist versucht zu fragen ob die Mutti unten wohnt, aber lässt es, guter Wille. Im Raum zwei Frauen auf einem viel zu roten Sofa, beide nicht mehr jung und nicht alt, mit schiefer Nase, fliehendem Kinn und aufgeplusterten Haaren die eine, kurzgeschoren und mit riesigen Stiefeln die andere. Einer kniet vor der Musik, über die Schulter: Hey, Doppelgänger vom Kinofritzen: unrasiert, wirres Haar, Ohrring, Hemd aus der Hose. Noch einer im Sessel: Wollmütze auf dem Kopf, dabei ist es stickig und kein Fenster offen, grobe Weste mit Messingknöpfen, die seemännisch aussieht, stechende Nase, halblanges aschblondes Haar. Bekommen Namen und verlieren sie gleich wieder, was trinken? Eine Flasche für jeden, ohne Glas, der Typ spielt Salondame, wo hat er das wieder her, gibt Jonas den Klappstuhl neben dem Matrosen mit der Mütze und wirft beiden ein Thema hin, x interessiert sich auch für y, nachgespielt wie Vater Mutter Kind, jetzt hält Jonas es nicht und murmelt was von Platzanweiser, aber fügt sich, Vati spielt sich selbst. Der Kerl mit der Mütze hat flackernde Augen, redet aber klar, vielleicht schaut der immer so. Bald stellt sich raus, er ist Maler, daher auch die Flecken auf der Hose. Warum trägt er kein Schild um den Hals: Ich bin Maler, komm ich hier mit Aktentasche und Schlips rein? Mascha hat der Gastgeber für sich reserviert. Der mit der Wollmütze sagt immer: ganzheitlich. Das Double des Kinofritzen sitzt

wieder mit den Damen auf dem Sofa, unklar, ob er zu einer gehört. Die Wollmütze redet von irgendwelchen Typen, die Jonas nicht kennt, könnten Maler sein. Er selbst wartet nicht auf den Durchbruch, sagt er, was ist das schon, äußere Kategorie, und davor und danach: ganzheitlich. Wovon er denn lebe? Ganz falsche Frage, belehrt der Kapitän, wofür man lebe, und wie. Ganzheitlich, sagt Jonas, und die Mütze nickt befriedigt über den raschen Lernerfolg seines Gegenübers. Jonas entspannt sich, es ist leicht mit diesen Leuten, du musst nichts dazu tun, nur ein paar Stichworte, Fragen um ihre Meinung, und los geht's. Jonas driftet, er muss die Uhr im Auge behalten, er weiß, er muss sich eigentlich anspannen, wappnen, nicht zuletzt: entscheiden, in einer Stunde, aber er driftet wie in einer Luftblase unter Wasser, dieser Raum wirkt abgedockt von der Welt, ein treibendes Zeitschiff. Es könnten Menschen mit Rüschen und Perücke drin sitzen, oder Männer in Rüstung und Frauen mit Hauben, und er sitzt bei ihnen und liest mit höflicher Neugier die Begleittexte zu den Exponaten. Das ist alles so sehr zu spät in der Geschichte, im Leben, im Leben vor allem, fünfzehn, zwanzig Jahre, wie sie um ihren Platz darin ringen und es abstreiten zugleich, wie der auf dem Sofa die Arme um beide Frauen legt, auf den Balken Kerzen in Weinflaschen stecken, wie nichts weitergegangen ist außer dem Zerfall der Zellen, das müsste Jonas ärgern, das Verweigern jeder Entscheidung ihn, der sich in weniger als einer Stunde selbst entscheiden muss, zum wievielten Male. Aber es ärgert ihn nicht. Er hat Ihnen ja nur noch dies voraus, seiner Illusionen beraubt zu sein. Ist nicht mal selbst drauf gekommen. Und, ist man damit glücklicher? Also lass sie doch. Er gönnt es ihnen wie Kindern, die noch nichts vom Sterben wissen. Und plötzlich ist das Orakel da, kein Satz, der Typ mit der Mütze ist immer noch bei der Ganzheitlichkeit, nein, ein Satz ist es nicht, aber er beginnt zu Rollen, als habe ihm jemand, etwas, das Orakel, eine Bremse gelöst, er rollt und rollt ins gewisse. Er hatte gedacht, zwei Güter abwägen zu müssen. Sah Gewichte auf beiden Schalen der Waage. Plötzlich ist ihm deutlich: Gewichte. Ja, Gewichte. Fort damit. Mascha, ein paar Meter entfernt stehend, mit dem Typen. Jonas prüft das Bild. Ja, er muss es sich zugeben. Sie fühlt sich hier wohl. Als die Zeit um ist, verabschiedet er sich unauffällig und bestimmt, hindert sie mitzukommen, er werde den Schlüssel unter die Matte legen, was sei schon dabei. Einen Moment fürchtet er, sie wolle ihn umarmen, oder auf die Wange küssen, oder sonst etwas tun, das bei ihnen nicht üblich ist, und wovor er vielleicht zurückgewichen wäre, aber sie sagt nur: ich komme nicht so spät. Im Treppenhaus: Das Gefühl an Land nach langer Seefahrt, ein Echo des Schwankens, das nachlässt mit jedem Schritt, und in der Nüchternheit der kalten Nacht gewinnt Jonas tritt.

6. Bornholm

„Und? Wat hat er gewollt?"
„Aufsteigen will er. Was sonst. Und dafür braucht er einen Fall, einen politischen Fall versteht sich. Und er hat deutlich gemacht, dass er sich den notfalls auch konstruieren wird. Sofern irgendwas deutlich ist bei Iltum."
„Ich hab doch gesagt, dat is en irgeliger."
„Ja. Haben Sie wohl recht. Aber was hilft's, wir müssen unsere Arbeit machen und hoffen, dass Iltum nicht ganz an

den Fakten vorbei kann. Also. David Hofmann fehlt uns noch, dann haben wir die Familie so weit. Sie könnten in der Zeit eigentlich ..."

„Aber nicht den Puff, woll?"

„Keine Sorge. Der Pfarrer, wegen des Kirchenchors."

„Da fällt mir wat ein: Mich haben noch zwei zurück gerufen grad eben, von dem Gesangsverein, die hatt ich heute Morgen schon erreicht, aber da hatten die noch nixen gesagt, aber jetzt haben die sich wahrscheinlich ausgetauscht, woll?"

„Wie kommen Sie darauf? Worüber?"

„Wat die sagen wollen, die haben jetzt nämlich beide dat gleiche gesagt, wat sie gehört haben vom Hofmann und vom Niebach ..."

„Derjenige, dessen Frau früher mit Hofmann ..."

„Genau der, und die haben gesagt, bei der letzten Probe, neulich, also die letzte Probe vor dem Mord, woll?, da is der Hofmann reingekommen, und der Niemann is einfach aufgestanden und is rausgegangen."

„Kann interessant sein. Haben Sie denn Niebach erreicht?"

„Noch nicht. Aber ich versuche dat weiter, woll?"

„Wenn Ihnen neben dem Pfarrer noch Zeit bleibt – gut. Wir schließen nichts aus. Ich gehe jetzt zu – haben Sie eigentlich schon was gegessen?"

„Nää, da war keine Zeit für."

„Nehmen Sie meine Schnitten, hier. Ich habe mit Iltum gegessen."

*

Es gibt zwei Klingelknöpfe. Auf einem in Großbuchstaben KINO – wozu auch Namen vergeben, wenn es ohnehin nur eines gibt. Auf dem zweiten steht, handgeschrieben: D. Hofmann. Bornholm betätigt den unteren, ein Büro vermutend, es ist zwar Samstag, aber dies ist die Reihenfolge, offiziell-privat. Keine Reaktion. Auch nicht auf das erste Zeichen mit dem oberen Knopf. Kann sein er ist schlicht nicht da. Kann aber auch sein – wohin würde Martin Hofmann gehen, wenn er sich verstecken will? Auf den zweiten, energischeren Ton antwortet das Summen des Türöffners. Die Treppe hinauf, er steht in der Tür, verschlafen.

„Habe ich Sie geweckt?"

„Wie? Ach wo, wie kommen Sie darauf."

„Sah so aus. Darf ich? Oder ist Ihnen das Treppenhaus lieber?"

„Wie? Ach so, reinkommen, ja, natürlich, ist nur – kommen Sie – ist nur, wollte gerade aufräumen."

„Verstehe."

„Hier vielleicht, Moment, ich räum das grad ... hatte Gäste neulich."

„Gestern?"

„Schon 'n paar Tage her, ehrlich gesagt."

„Und in der Nacht zu Freitag? Wie sah's da aus?"

„Zu Freitag ... nein die waren – also zugegeben, letzte Woche. Letztes Wochenende waren die da. Die Gäste."

„Herr Hofmann, Sie können wohnen wie sie wollen, wenn Ihnen das so gefällt, nur ... ob Sie in der Nacht zu Freitag mit jemand zusammen gewesen sind, das würde mich interessieren."

„Sie meinen – ach so, Alibi, was? Aber das hab ich doch schon alles ihrem Kollegen gesagt, wozu fragen Sie das, ich hab doch schon gesagt, ich war allein, nach der Vorstellung, ich bin dann müde, da läuft nicht mehr viel."

„Ich wusste nicht, dass schon jemand bei Ihnen war. Das ist eine andere Abteilung. Aber ein Alibi wäre in der Tat hilfreich. Sie mochten Ihren Onkel nicht sonderlich."

„Hören Sie, hunderte von Leuten mochten meinen Onkel nicht sonderlich; erben tu ich sicher nichts, 'ne Frau hab ich nicht, die er hätte ... also da müssen Sie sich in puncto Motiv noch was Besseres einfallen lassen. Kaffee?"

„Sie sagen, hunderte mochten Ihren Onkel nicht. Wer fällt Ihnen denn da so ein. Jemand, der ihn vielleicht in besonderem Maße nicht mochte."

„Fragen Sie den Pfarrer. Was die Weiber ihm so beim Thema sechstes Gebot erzählen."

„Macht gerade mein Kollege. In diese Richtung überlegen wir durchaus auch, aber um konkreter zu werden – schildern Sie doch mal das Verhältnis Ihres Vaters zu Franz Hofmann, aus Ihrer Sicht."

„Was weiß ich, ich war jahrelang nicht hier. Und dieser ganze Familien... hat mich noch nie interessiert."

„Keine Märchen, bitte. Sie wissen sehr wohl, wie die beiden zueinander standen."

„Ich sag doch: Hunderte haben den Franz nicht gemocht. Und mein Vater war drunter, stimmt schon. Glauben Sie mir: Ich hab nicht die geringste Ambition, ihn zu decken, mein Verhältnis zu ihm war nämlich auch nicht das beste, und wenn's meinen Alten erwischt hätte und Sie ständen vor meiner Tür, dann könnten wir über Motive ... na ja, ganz so schlimm war's auch wieder nicht."

„Er würde also kaum zu Ihnen kommen, wenn ... er in Schwierigkeiten wäre."

„Er? Zu mir? Ganz gewiss nicht. Und wenn er 'nen Bauch-schuss hätte."

„Was ist denn vorgefallen. Zwischen Ihnen beiden."

„Tut das wirklich etwas zur Sache? Was hat das mit Franz zu tun?"

„Überlassen Sie auch das ruhig mir. Beantworten Sie meine Frage."

„Wirklich keinen Kaffee? Na schön. Aber ich brauch jetzt einen, ist gleich durch."

„Also was ist."

„Sofort, sofort, die Maschine ist eben alt, aber ich kann ja schon mal anfangen, wenn Sie es so eilig haben."

„Ich habe es nicht eilig. Ich vergeude nur nicht gerne Zeit."

„Der hätte jetzt von meinem Alten sein können. Der hat auch immer Recht. Aber keine Sorge, Sie ähneln ihm nicht."

„Bitte kommen Sie zum Punkt."

„Wenn ich den wüsste. Wir, *wir* waren einander nämlich ähnlich, eigentlich. Waren. Sind. Er wollte hoch hinaus. Und hat kapiert, dass das am besten mit Geld geht, wenn man nicht besonders intelligent ist. Denn das war er nicht, aber schlau. Er liebte den Auftritt. Die Oper, den Film. Das melo-dramatische darin, fast weibisch. Oder nicht ganz erwach-sen. Sagen Sie, interessiert Sie das wirklich?"

„Ja. Weiter."

„Nicht ganz erwachsen. Aber auch nicht kindisch, eher – pubertär. Ja, das trifft es, daher auch dieser Todernst in al-lem – er hatte immer so absolut recht wie ein siebzehn-acht-zehnjähriger. Daher auch sein Alles-oder-nichts, in allem, sogar seiner Familie gegenüber. Mir. Sehen Sie, wir hatten keinen Kontakt, lange. Kommt vor zwischen Kindern und Eltern, nur – *er* hat ihn abgebrochen, können Sie sich das vorstellen? Er. Ich meine, was immer Kinder tun, das macht man doch nicht, oder? Ich weiß es ja nicht, ich hab keine, aber Eltern, die müssen doch immer da sein."

„Je nachdem, aber das ist nicht unser Thema."

„Oh doch. Sie werden sich schon die Mühe machen müssen, den Mann zu verstehen, den Sie da einbuchten wollen wohl für den Rest seines Lebens."

„Es geht nicht um wollen. Und eine Frage der Mühe ist es auch nicht, das versichere ich Ihnen. Also, dann helfen Sie mir beim Verstehen; weswegen hat er den Kontakt abgebrochen. Doch wohl nicht wegen eines üblichen Familienstreits zu Weihnachten?"

„Weihnachten, ja. Endete schon mal mit 'ner Schlägerei im Tannenbaum, finden Sie das üblich? Na also. Irgendwann schlägt man eben zurück."

„Ihr Vater war gewalttätig."

„Nein, er hat nur seine Kinder geschlagen, sonst niemanden."

„Wir haben Zeugenaussagen, dass es auch mit Franz zu Handgreiflichkeiten gekommen ist, bei Familienfesten."

„Blödsinn. Haben Sie eine Vorstellung von der Statur der beiden? Kann sein die standen mal dicht an dicht und haben sich angeschrien, und einer ist dann rückwärts gestolpert, was in der Art. Nein, mein Vater hat nur uns geschlagen, ganz sicher. Er brauchte das abends, als Ventil. Weiß gar nicht, wie er das macht, seit Timmi zu groß zum Verprügeln ist. Wahrscheinlich säuft er seitdem."

„Oder hat sich andere Opfer gesucht. Ihre Aussage ist nicht sehr stimmig. Und Sie – Sie haben also irgendwann zurückgeschlagen, hab ich das richtig verstanden? Oder wer hat sich da geprügelt unterm Weihnachtsbaum?"

„Er ist Timmi angegangen. Da bin ich dazwischen. Und dann kam alles raus. Ich hab zurückgeschlagen, zwanzig Jahre später. Wenn meine Mutter mich nicht zurückgehalten hätte ..."

„Sie scheinen auch viel Zorn in sich zu tragen."

„Ja. Aber den können Sie in Ihren Ermittlungen wohl kaum verwerten."

„Abwarten. Und dann – kam es also zum Bruch, nach der Schlägerei."

„Keineswegs. Unser Verhältnis wurde sogar für zwei Jahre besser. Vielleicht weil etwas Dampf raus war. Vielleicht weil er es mit der Angst bekommen hatte. Timmi hat behauptet, er werde jetzt nur noch ganz selten verhauen, so gut wie gar nicht mehr, aber das hat er vielleicht auch nur gesagt, um eine zweite Szene dieser Art zu vermeiden. Er liebte seinen Vater ja komischerweise."

„Timmi würde wohl, anders als Sie, auch immer noch alles tun um ihn zu schützen, nicht wahr?"

„Kann gut sein."

„Ein Alibi erfinden zum Beispiel."

„Dazu sage ich nichts."

„Also ja."

„Sie werden Timmi da nicht mit reinziehen, hören Sie?"

„Keine Sorge. Das werde ich nicht. Er kann sich bei seinen Aussagen, wenn sie sich als falsch herausstellen, ja auch schlicht geirrt haben. Also: Die Schlägerei war es nicht. Was dann."

„Meine Diplomarbeit. Sie wissen ja vielleicht, ich habe da dieses komische Fach studiert in der BRD, das es heute nicht mehr gibt ..."

„Bin im Bilde."

„Und da hab ich ihn in die Pfanne gehauen. Firmeninterna, wenn Sie so wollen, recherchiert und verwertet. Ging um Ausbeutungspraktiken in der Dritten Welt, und da mein Vater da seine Fabrik für Kinderspielzeug in Brasilien hatte ... war das einfach."

„Woher hatten Sie die Informationen? Hat Ihr Vater davon erzählt?"

„Wo denken Sie hin. Wir haben weiß Gott oft drüber gestritten, und wenn mein Vater die Zustände in der Fabrik schilderte, war das immer das Paradies auf Erden. Gab ja den Leuten Lohn und Brot, die sonst nichts hatten, und so weiter. Und konnte mich immer ausheveln: Woher ich denn wissen wolle, wie es sei, ich sei ja noch nie dort gewesen. Und dann bin ich mal hingefahren."

„Nach Brasilien?"

„Wollte ich sowieso immer mal hin. Und dann eben ein Abstecher in den Dschungel. Führt 'ne Straße hin, für den Transport der Rohmaterialen und den Abtransport der Teddys und was sie da so zusammenschustern. Alles umzäuntes Gelände, fast wie zu Hause, nur schlimmer, noch mehr Stacheldraht und bewaffnete Posten. Sah aus wie ein Gefängnis. Ich hatte mir 'nen Anzug besorgt und behauptete, ich sei von meinem Vater zu einem Kontrollbesuch geschickt. Trat herrisch auf, hat richtig Spaß gemacht. Ein *aleman* im Anzug taucht auf einmal auf, Hofmann heißt er auch, Papiere alles in Ordnung, hat Fotos dabei vom alten Hofmann ... Sie haben's geschluckt. War drei Uhr nachts in Deutschland, anrufen wollte da auch niemand. Tja, und dann hab ich mich rumführen lassen, und hab alles gesehen. Alles."

„Und?"

„Wenn es Sie wirklich interessiert: können Sie nachlesen, irgendwo in einem dunklen Keller rottet sicher noch ein Exemplar meiner Arbeit vor sich hin. Es war Sklaverei. Nichts anderes. Die „Arbeiter" Gefangene, die kaum etwas ausbezahlt bekamen, wegen der „Abgaben" für die Unterkunft und das Essen. Dreck, den sie hier nicht mal ihrem Hund geben würden. Die Unterkunft: Zu sechst in einer winzigen Zelle, auf Pritschen. Wirklich wie im Gefängnis. Was heißt *wie*. Und fast alle blutjung, viele Kinder. Blutjung. Mit blutigen Händen von der Arbeit, sie mussten da schrauben, den ganzen Tag, schrauben, schrauben, schrauben. Spielzeugkräne. Und nicht nur die Hände waren blutig. Manche hatten Veilchen, geschwollene Backen. Die Kinder wurden geschlagen. *Richtig* geschlagen, so, dass man es sah, das war hier egal."

David Hofmann steht auf, nimmt eine Zigarette zwischen die Finger, das Feuerzeug in die andere Hand. Setzt sich wieder, ohne die Zigarette anzuzünden. Bornholm schweigt.

„Zum Glück ist es mir erst eingefallen, als ich draußen war, was er immer gesagt hat nach den Schlägen, wenn ich geflennt hab: Stell dich nicht so an. Was er damit gemeint hat."

David zündet die Zigarette an. Bornholm schaut auf die leere Seite seines Notizbuchs und weiß nicht, was er notieren soll. Er klappt es zu.

„Das war also der Bruch. Sie haben das veröffentlicht."

„Ja. Aber das war auch die einzige Konsequenz. Hat sonst niemand Notiz davon genommen. Hier nicht, und in Brasilien – natürlich habe ich ihn angezeigt, aber was hilft das schon. Dort schützte ihn das Schmiergeld, und hier sagten die Behörden: Nicht unsere Zuständigkeit."

„Verstehe. Nicht ihre ... und dann, Sie sagen, es *hatte* lange keinen Kontakt gegeben. Also hatten Sie zuletzt doch wieder welchen?"

„Seit ich wieder hier bin und er unten wohnt – das Städtchen ist klein."

„Hat er den ersten Schritt unternommen?"

„Wo denken Sie hin. Er hatte diese Phantasie, das weiß ich genau, weil Timmi es mir erzählt hat, und ich hätte es mir auch so denken können: Seine Phantasie, Wunschtraum, Wachtraum, dass ich eines Tages angekrochen komme und ihn um Vergebung bitte, natürlich vor allem, weil mir das Geld ausgegangen wäre, aber mehr noch, er wollte, glaube ich, eine noch viel umfassendere – Unterwerfungsgeste. Ich sollte gestehen, schuld zu sein, das falsche Leben zu führen, und er das richtige. Dass er immer alles richtig gemacht hat, auch die Erziehung, auch die Fabrik ... er wollte diesen unumschränkte Anerkennung seiner Autorität auf allen Gebieten, nicht nur im Geschäftlichen. Er wollte auch eine Autorität im Leben sein."

„Als die er wohl lange Zeit gegolten haben dürfte, zumindest hier im Städtchen. Und dann nicht mehr. Es muss ihn tief getroffen haben, Leute wie seinen Bruder an sich vorbeiziehen zu sehen."

„Sie irren. Sie irren in Ihrem Verdacht. Franz war gar nicht wichtig. Franz *kam* ja angekrochen; viele kamen angekrochen, Leute wie Franz. Aber um die ging es ihm nicht, jedenfalls nicht nur, nicht zentral. Er wollte, dass die angekrochen kommen, die irgendwann einmal seinen Stolz verletzt hatten. Seinen Anspruch verletzt hatten, in allem, im ganzen Leben eine Autorität zu sein. Aber die kamen nicht."

„Aber nun? Nach der Revolution? Da hat doch Franz genau dies getan: Seinen Stolz verletzt."

264

„Sie haben mich immer noch nicht verstanden. Es macht für meinen Vater gar keinen Sinn, jemanden mit Gewalt ... was auch immer. Es geht um die Unterwerfungsgeste."

„Was wenn er die mit dem Messer in der Hand gefordert hat? Und sie ihm verweigert wurde?"

„Hören Sie, wenn Sie unbedingt wollen, dass es so ist, wie Sie denken, kann ich daran nichts ändern. Was ich Ihnen gesagt habe ist die Wahrheit, glauben Sie's oder nicht. Falls es das für Sie glaubwürdiger macht: Ich sag die Wahrheit nicht aus edlen Motiven. Ich hab nur keinen Grund mehr zu lügen, und genieße das. Fühlt sich besser an. Sie sehen, nicht einmal die Wahrheit ist ganz ohne Kalkül."

„Bei Ihnen vielleicht."

„Bei Ihnen nicht? Wie dem auch sei: Lassen Sie ihn. Er war es nicht, davon bin ich überzeugt; und er hat schon genug bezahlt. Und darüber hinaus ist bei ihm wirklich nichts mehr zu erreichen; etwas eingestehen, einsehen, Buße tun – wird er nicht mehr. Büßen macht nur Sinn, wenn danach genug Leben übrig bleibt, um vom Büßen was zu haben. Nein, das tut er nicht. Lassen Sie ihn."

*

Hannes ist noch nicht zurück, als der Junge ihm Martin Hofmann meldet.

„Gut. Bringen Sie ihn rauf ... ist egal, dann ist eben keiner unten, ich brauche Sie hier."

Er hat noch kein Bild von ihm gesehen. Bilder stören nur. Es gibt ja Leute, die behaupten, sie könnten an den Augen erkennen, was für ein Mensch das sei, aber das ist natürlich Unsinn. Könnte man gleich Handleser beschäftigen, wenn es sich so verhielte. Freilich: Die direkte Begegnung kann etwas sagen, aber das ist ganz objektiv, Bornholm kann angeben, was genau an einem Blick, seine Richtung, die Frequenz des Lidschlags, Indizien sind für Lüge oder Wahrheit. Weshalb er sich sicher sein kann, dass ihn bislang alle belogen haben, außer einem, David Hofmann. Das muss er als Zweifel an seiner Hypothese gelten lassen. Auch wenn sich irren kann, wer die Wahrheit sagt. Gleich wird er also da sein, klein und schmächtig, so viel weiß er, zerzaust und runtergekommen. Hoffentlich nicht zu sehr, und halbwegs nüchtern. Er hofft auf Schadensbegrenzung durch die Schwägerin. Kann sein es wird einfach, Geständnis und fertig. Kann aber auch sein er muss es ihm abringen. Bornholm streicht mit beiden Händen über die glatte Schreibtischfläche. Das Blatt mit den Quadraten liegt bereit, weitere leere Blätter, die Kugelschreiber in den Futteralen wie Munition. Es kann effektiv sein, im Gespräch eigens ein Blatt hervorzuholen, etwas zu notieren, dem Gegenüber das Gefühl zu vermitteln, gerade einen Fehler gemacht zu haben, der fixiert wird. Mätzchen, nicht eigentlich Bornholms Gelände, aber sie führen zum Ziel. Ansonsten: Stures, stetes Wiederholen, eine Mühle aus Fragen, bei kleinsten Widersprüchen einhaken, das summiert sich, viele kleine Haken, an jedem Haken ein dünner Faden, mit denen sich der Verhörte am Ende selbst umstrickt. Das ist nun wieder seine Sache: Sich das Detail merken, nach Stunden zurückkommen können auf eine Nuance im Nebensatz: „Aber sagten Sie nicht vorhin, Sie hätten ... " Und seine Zähigkeit. Das kann Stunden gehen, bis in die Nacht, ohne dass er an Konzentration verliert. Im Schachklub heißt es, gegen Bornholm gewinnst du in vier Stunden oder gar nicht.

Schritte. Die Tür. Der Junge hat wieder seine rot-weißen Schecken im Gesicht, ist aufgeregt wie immer, diesmal vielleicht mit Grund. Und Hofmann. Größer als vorgestellt. Mag der Mantel machen, in dem er steckt, ein schwerer, dunkler Stoff. Oder das Haar, das ihm zu Berge steht, ein schmutziges Blond. Aber es ist mehr. Drückt sich nicht an die Wand, sondern geht gleich in die Mitte des Raumes, wie Gas nach oben steigt und Steine fallen, da gehört er hin. Wie Steine fallen? Nicht ganz so natürlich. Angestrengter, willkürlicher. Warum der dicke Mantel. Es ist noch nicht so kalt. Bornholm bietet mit einer Geste zu sitzen an, stellt sich vor. „Wollen Sie den Mantel nicht ablegen?" Verschränkte Arme, bockig wie ein Kind. In seiner Stellung eingeigelt. Kein leichter Gegner.

„Sie wissen, wessen Sie verdächtig sind?"

„Gibt es was, dessen ich neuerdings nicht verdächtig wäre? Egal ob der Putz jetzt überall von der Decke fällt oder ... was weiß ich – der Hofmann ist schuld, ist doch klar."

„Bleiben wir bei der Sache. Es geht um den Mord an Ihrem Bruder."

„Natürlich. Schon klar. Endlich habt ihr so richtig was gefunden, was? Ich meine, die Tausende von armen Kindern in Brasilien, die ich angeblich zugrunde gerichtet habe, weil ich ihnen Arbeit gegeben habe und sie nicht verhungert sind und auf den Strich mussten, die habt ihr mir ja nicht nachweisen können.."

„Herr Hofmann, zur Sache bitte."

„... nichts, aber auch gar nichts war da nämlich nachzuweisen, weil da nichts war, in Lohn und Brot waren die bei mir, und dass ich die ganzen Schmarotzer bezahlt hab mit meinen Steuern ..."

„Herr Hofmann."

„... aber jetzt den Franz, jetzt glaubt ihr habt ihr was, aber da habt ihr euch geschnitten."

„Lassen Sie mich das klarstellen. Alles, was vor der Nacht zu Freitag passiert ist, interessiert mich nicht. Jedenfalls nicht, wenn es nicht unmittelbar mit dem Mordfall zu tun hat. Sie sind des Mordes verdächtig, ja. Nicht mehr und nicht weniger. Und dazu werde ich Ihnen jetzt ein paar Fragen stellen, und Sie werden auf diese Fragen antworten, nicht mehr und nicht weniger, klar?"

„Sehr korrekt, ganz korrekt, natürlich, ging ja nie um was anderes, all die Jahre hat's keine Sau gekümmert, wo's Geld herkam, aber genommen, genommen haben sie's ..."

„Hofmann, zum Thema!"

„Das ist das Thema: Franz, das ist das Thema, oder nicht? Also gut, Sie wollen über Franz sprechen, bitte, sprechen wir über Franz; Franz, die offene Hand."

„Sie haben ihm wiederholt Geld geliehen, beziehungsweise verschafft, das wissen wir. Und er hat's vergeudet in wenig durchdachten unternehmerischen Aktivitäten."

„Wenig durchdacht? Wenig durchdacht! Sie sind gut, Mann, völlig bescheuerte Ideen waren das. Franz wollte immer die schnelle Mark, aber ohne sich anzustrengen. Das ging in der BRD nicht. Es sei denn man lag dem Steuerzahler auf der Tasche und hat sich nebenbei noch schwarz ... "

„Herr Hofmann. Ihre Einstellung ist mir bekannt. Ich verstehe Sie richtig: Sie haben Franz geholfen, aber ihn genau deshalb verachtet, und dass er nun besser gestellt war als Sie, das haben Sie ihm übel genommen. Ist das richtig so?"

„In Stücke hätte ich ihn hauen können. Und ich bin beinahe froh, dass ein anderer es gemacht hat."

„Nicht Sie?"

„Nein, natürlich nicht, tut mir leid, hätte euch in den Kram gepasst, einer von den alten Bonzen rächt sich an der armen Sau, die der Kapitalismus hinter den Zaun gesperrt hatte ... da könnt ihr was draus stricken, was? Und 'ne schöne Beförderung kassieren."

„So etwas tun wir nicht. Wir nicht. Aber Sie bringen die Sprache da auf einen interessanten Punkt, Sie haben es nicht verhindert, dass Franz zwei Jahre vor der Revolution alles verlor und in das umzäunte Gebiet umziehen musste."

„Genug ist eben genug. Sparen Sie sich die Mühe, auf die Drüse haben damals schon ganz andere gedrückt, und nichts hat es geholfen, gar nichts. Wenn ein Martin Hofmann Nein sagt, dann heißt das Nein."

„Ihre damalige Entscheidung steht hier gar nicht zur Beurteilung an. Nun gut, die Frage des Motivs wäre also geklärt ..." Zeit für Stift und Papier. Bornholm schreibt das Wort MOTIV so groß und deutlich, dass Hofmann es von seinem Platz aus lesen kann. „Geht ja noch schneller als letztes Mal. Ausplündern und rausschmeißen, zack zack."

„Wir kommen dann jetzt zur Frage des Alibis. Wo waren Sie in der Nacht zu Freitag."

„In der Kneipe. Können Dutzende bezeugen."

„Wer genau."

„Was weiß ich, für den frühen Abend kann ich's noch sagen, und dann ... ich war total voll, fragen Sie rum, dafür wird's Zeugen geben, warum gehen Sie nicht in die Kneipen ..."

„Welche. Wo waren Sie wann."

„Was weiß ich, abgefangen hab ich unten beim Bruno, und dann ... fragen Sie einfach in den Kneipen rum, die werden Ihnen schon sagen ..."

„Herr Hofmann, das habe ich selbstverständlich schon getan."

„Ja, aber dann wissen Sie doch…"

„Ich weiß, dass kein Wirt sich erinnern kann, Sie nach ein Uhr gesehen zu haben. Und als man ihren Bruder um sieben Uhr früh gefunden hat, war er höchstwahrscheinlich, genaueres wissen wir aber bald, noch nicht länger als fünf Stunden tot. Also? Ihr Alibi?„

„Da war ich doch zuhause, um eins, genau, um eins bin ich ja gekommen."

„Woher wissen Sie das? Ich denke, Sie waren betrunken?"

„Hat mir mein … Sohn, mein Sohn hat's mir erzählt, der war noch wach und hat auf die Uhr gesehen … "

„Die Geschichte kenne ich. Ein Sohn, der seinen Vater deckt, ist ja aller Ehren wert, hilft Ihnen vor Gericht aber nicht viel weiter. Hofmann, wir haben Ihre Sachen, die aus der Mordnacht, und den Mantel da schicken wir auch ein, glauben Sie mir, so gründlich kann man die Sachen gar nicht reinigen, unsere Leute im Labor finden da was … geben Sie's zu, das ist Ihre einzige Chance."

„Ich lass mich nicht einschüchtern, ein Martin Hofmann, ein Martin Hofmann lässt sich nicht, nicht einschüchtern! Hören Sie!"

„Wir kommen auf das Alibi und die Frage der Spuren später noch zurück, da sind ja noch einige verdächtige Punkte: diese Zeichnungen, die Sie anfertigen. Was ist das?"

„Das geht Sie nichts an."

„Das haben Sie nicht zu beurteilen. Sie sind verdächtig, und mit dem Zeichenblock umherzuziehen ist ebenfalls etwas Verdächtiges. Sie werden ja wohl kaum die Landschaft malen."

„Nein. Ich tue das, was ich immer getan habe, und ich denke nicht daran, mich von euch daran hindern zu lassen."

„Nämlich? Was tun Sie?"

„Ich denke. Plane. Entwerfe. Ihr denkt, wir waren blöd, was? Völlig beschränkte Blutsauger, die an nichts denken konnten als an Geld. Ihr werdet euch wundern, wundern werdet ihr euch."

„Worüber?"

„Es kommt der Tag. Verlassen Sie sich darauf. Es kommt der Tag."

„Ich verstehe kaum, was Sie meinen. Sie müssen sich klarer ausdrücken."

„Sehen Sie? Sehen Sie? Das ist es, ihr habt das nicht, Phantasie, Gestaltungskraft, und eines Tages, ich schwöre es, eines Tages, da braucht ihr uns wieder, da braucht ihr mich wieder, und dann werdet ihr ankommen, auf Knien werdet ihr ankommen, angekrochen, an-ge-kro-chen!"

„Beruhigen Sie sich. Also noch einmal zur Mordnacht, Sie sagten vorhin, es sei ein Uhr gewesen, als Sie nach Hause kamen, aber wir haben hier eine Aussage, dass Sie um halb zwei gesehen worden sind, und zwar in der Hachenburgerstraße. Den Hügel hinauf."

„Hügel hinauf, angekrochen ... angekrochen ..."

„Was wollten Sie da oben?"

„Da oben."

„Ja, was wollten Sie dort, Sie sind um halb zwei die Straße hinauf gegangen, in Richtung auf Franz' Haus also."

„Franz' Haus."

„Herr Hofmann, hören Sie mir zu? Was wollten Sie da?"

„Haus. Zack zack. Zack zack." Gemurmelt.

„Herr Hofmann. Die Nacht zu Freitag."

„Zack zack. Einfach raus. Brunnen. Selbst gemauert, hier, meine Hände, hier. Die Terrasse, die Hecke. Hat keiner geholfen. Nie einer geholfen."

„Herr Hofmann. Freitag Nacht."

„Nie einer geholfen. Nicht mal ... die Schaukel, Sandkasten, die wenigstens, die helfen dir, denkste, Schaukel Sandkasten mit diesen Händen ..."

„Herr Hofmann, wollen Sie eine Pause?"

„Auf der Schaukel. Summ summ summ. Papa. Ganz leise. Papa."

(Zum Jungen): Bringen Sie was. Tee und ... Herr Hofmann, wollen Sie was trinken?"

„Und dann weg. Papa, lass uns gehen. Gehen einfach weg."

„Der junge Mann bringt uns jetzt was zur Stärkung. Unten der Türke hat sicher noch was zu trinken."

„Einfach weg. Weg."

„Also los Junge, was hochprozentiges."

„Wie Sie anordnen, nur, ist das nicht, ich meine bei Verhören, lautet da nicht die ..."

„Ja. Lautet sie. Aber der Mann braucht das jetzt. Also."

„Papa, die haben Recht. Die haben Recht. Wie kann ... der war doch ... lass uns gehen, die haben Recht, die haben doch nicht Recht, das kann doch nicht ... und ich hab euch nicht, das stimmt nicht, stimmt nicht, ich hab euch nicht, nein, das hab ich nicht ... man muss nur eben ... Grenzen, hat uns auch nicht geschadet ... ich hab euch nicht, nur ... ich hab euch doch alle geliebt ... "

Bornholm lässt ihn reden. Vielleicht kommt noch etwas verwertbares, und Fragen haben erst wieder nach einem Schnaps Sinn, soviel ist klar. Es spielt keine Rolle, ob er verrückt ist oder nicht, oder irgendwo auf der Grenze dazwischen sich befindet. Das ist Sache der Gerichtspsychologen, und überhaupt des gesamten Justizapparates. Seine Zuständigkeit – seine Aufgabe ist es, das Geständnis zu bekommen, und wenn das nicht gelingt, eine Indizienkette zu schmieden. Der Junge bleibt lange weg, wieso nur, der Auftrag war ja wohl nicht schwer. Dann kommen sie zu zweit, der Junge und Hannes.

„Herr Bornholm, ich muss Sie sprechen, draußen.“

„Nicht jetzt, Hannes. Sehen Sie nicht, das wir gerade ... “

„Nä, dat is wichtig, et is so, dat ... et is wirklich wichtig.“

„Na gut. (Zum Jungen:) Ich bin direkt vor der Tür. (Zu Hannes:) Ich hoffe es ist *wirklich* wichtig ... Und? Ich höre.“

„Ich weiß jetzt, wer et war.“

Bornholm hört sich alles an. Er muss sich zwingen, nicht enttäuscht zu sein. Aber es hat auch etwas Wohltuendes, wie wenn nach einer übermäßigen Anstrengung sich die Muskeln lockern. Die Fakten sind da, endlich. Ende der Vermutungen, begründet oder nicht, wie begründet auch immer. Er kann zurück. Nun, da der Moment da ist, vermerkt er erst vollständig, in welch fremdem Terrain er operiert hat. Fühlt sich wie zurückgerufen von einem entlegenen Außenposten, von einer Mission, für die er nicht gemacht gewesen ist, und für die er sich trotzdem freiwillig gemeldet hat. Ein Fehler. Folgenlos, er kehrt zurück. Jetzt bleibt nur noch eins zu tun: Er muss Iltum informieren.

7. Iltum

„Und? Irgendwas los?"

„Jede Menge Bewegung, Leutnant. Weiß natürlich nicht, ob die alle zu ihm wollen, aber – verdächtige Subjekte. Gefärbte Haare und so."

„Wie viele Parteien?"

„Vier, aber oben ist auch viel Bewegung, und Stimmen, hören Sie mal."

„Ja. Kleine Party?"

„Schätze."

„Soll jedenfalls so aussehen. Fenster gekippt, Licht an, alles ganz leger, wir haben nichts zu verbergen, klar. Zeigen Sie mal das Protokoll."

„Sehen Sie hier: Zwischen neun und zehn die meisten. Wer geht denn um die Zeit zu 'ner Party?"

„Ganz recht, Müller, ganz recht. Sagen Sie, dies hier: 20:27 Mann mittelgroß-klein, untersetzt, 40, aschblond, Regenmantel beige, Schirm + Frau, mittelgroß, schlank, 35, schwarz, Anorak oliv, ist Ihnen an denen noch irgendwas aufgefallen? Haben die sich lebhaft unterhalten? Was für einen Eindruck machten die zusammen?"

„Sahen eher aus wie ein Paar, das sich gestritten hat."

„Sieh an. Und ist der Kerl schon wieder rausgekommen?"

„Nein, wieso?"

„Weil wir um diese Zeit verabredet sind, drüben in der Kneipe. Ist unser Mann. Hoffentlich."

„Da kommt er."

„Ja, is'n ganz gewissenhafter. Also ich geh ihm nach. Komme gleich danach wieder her."

„Viel Glück."

Was soll das heißen, Glück. Aber stimmt schon, es geht nicht ohne. Kann an der letzten Viertelstunde hängen, am letzten Wort, oder an dem, was ihm jetzt durch den Kopf geht, auf dem Weg. Er geht schnell, gut, er will brav sein. Ja, jetzt aber flott, mein Kleiner, du bist spät dran. Lass ihn laufen, schadet nicht, wenn er warten muss, schadet gar nicht. Leicht auszurechnen, ein kleines Einmaleins sind diese Typen, eine ganz simple Puppe, du ziehst an einem Faden, der Arm hebt sich, es gibt Menschen, die sind geradezu Mechanik. So, da rein, genau, sehr ordentlich, in die Kneipe mit der lauten Musik, Ecktisch wenn möglich. So Herr Professor. „Schönen guten Abend. Moment. Erst bestellen. Na, schönen Tag gehabt?"

„Ich würde lieber gleich zur Sache kommen."

„Mag ja sein, ich aber nicht. Erstens hab ich keine Lust, dass mir die Kellnerin mitten in der schönsten Offenbarung mit den Bierdeckeln vor der Nase rumfuchtelt, und zweitens – also ob Sie 'nen schönen Tag hatten, weiß ich ja nicht, obwohl Hachenburg ja'n hübsches Städtchen sein soll, aber ich hatte jedenfalls 'nen richtig ordentlichen Scheißtag mit viel Stress und Überstunden, und jetzt krieg ich erstmal ... ja und ob wir gern was hätten, zwei große für den Herrn und mich, aber bistro."

„Für mich bitte lieber ein kleines ..."

„Neeneenee, zwei Große, junge Frau, mein Kumpel ist nur ein bisschen schüchtern. Also, ham wir noch sieben Minuten, wissen Sie, was mich wirklich mal interessieren würde, Schneider ..."

„Sieben Minuten reichen völlig."

„Ich werd' eigentlich nicht gern unterbrochen, also was mich interessieren würde, warum fangen Sie nicht was mit 'ner Studentin an? Also wenn ich sie wäre, bei uns kommen ja nur so Mannweiber rein, und da hab ich mich ehrlich gewundert, dass da so gar nichts von drinsteht in ihrer Akte."

„Ich versteh schon."

„Is ja'n Ding. Was verstehn Sie denn genau?"

„Hachenburg, Akte, ich verstehe. Ich weiß, dass Sie alles wissen. Und genau deshalb können wir die Scharaden vielleicht endlich lassen."

„Können ja, können können wir alles, aber wollen, wollen wir auch?"

„Ich bin mit meiner Relegation einverstanden. Montag werde ich schriftlich um Entbindung von meinen Aufgaben und um Zuweisung einer leichteren Arbeit ersuchen. Die Gesundheit, Sie verstehen. Ist einfach zu viel Belastung gewesen, mein Arzt rät mir ... ach so, das wissen Sie ja auch, nicht wahr?"

„Donnerwetter. Don-ner-wet-ter. Jetzt haben *Sie* aber mal'n Tor geschossen, was, Herr Professor? Und denken, das war's jetzt, ja? So, tschüss dann Herr Iltum, wir sehen uns."

„Keine Ahnung. Ich habe Ihnen gesagt, was ich tun werde. Und gebe gerne noch zu Protokoll, was ich über Mascha Kallinowski rausgefunden habe, aber das interessiert Sie dann ja wahrscheinlich nicht weiter."

„Ich hätte gewaltige Lust auf 'ne Saalschlägerei, aber erst noch mal im Guten: Mann, mach dich nicht unglücklich, du willst doch nicht hinschmeißen, bloß für die paar Spinner? Die lässt dich nicht ran, egal wie du den Helden spielst, begreif das doch."

„Darum geht es nicht."

„Aha. Sondern. Ich höre. Worum geht es. Womit können wir dienen."

„Das kann ich wohl kaum begreiflich machen. Ich habe gesagt, was ich zu sagen habe."

„Soso. Und du meinst, mit 'nem Rausschmiss ist die Sache ausgestanden, einfach 'n anderes Büro, Füße hoch legen und das war's, ja? Denkste! Du hängst mit drin, du warst Zeuge für staatsfeindliche Aktivitäten, zwei Tage lang, und weigerst dich, das aufzudecken, damit krieg ich dich noch ganz anders dran."

„Ich habe darüber nachgedacht, ob Sie das können. Und bin zu dem Schluss gekommen: nein. Vielleicht können Sie es, wenn Sie alles daran setzen, aber das Risiko gehen Sie nicht ein, was wenn es doch irgendwo übel aufstößt. Und im Übrigen: Werden da nicht unangenehme Fragen aufkommen, an höherer Stelle, wer denn diesem Schneider seine Professur verschafft hat, einem so gefährlichen Subjekt."

„Hör zu, wenn du, wenn du ..."

„Herr Schneider, bitte. Ohne Professor Doktor, ab Montag, von mir aus. Ich bin nicht gefährlich, nichts bin ich weniger als das, und das wissen Sie ganz genau. Lassen Sie mich in Frieden, ich bitte Sie. Ich will auch gar nicht bluffen: Ich habe Angst, ja. Ich hoffe, das genügt Ihnen."

Iltum atmet tief aus, lehnt sich zurück, betrachtet Jonas wie ein seltenes aufgespießtes Exemplar. Es scheint ihm wirklich zu genügen. „Na gut. Wir werden sehen. Und bemühen Sie sich nicht mit dem Schreiben. Den Rausschmiss, das mache ich schon, keine Sorge. Vergesse ich ganz bestimmt nicht. Und alles andere auch nicht. Haben Sie wirklich alles abgewogen? Was ist mit ihrer Tochter?"

„Das geht Sie nichts an. Sie können mein Bier trinken. Es ist vorbei, Iltum."

Weg isser. Iltum trinkt das erste Bier ex. Brütet eine Weile über Rachephantasien, bis ihm einfällt, dass der Wicht sogar Recht hat, er hat nicht mehr gegen ihn in der Hand als die Professur, und das macht ihn noch zorniger, die Phantasie wuchert und fällt immer wieder an diesem Punkt in sich zusammen. Aber er hat sich nicht getäuscht. Nein. Kann nicht sein. Das ist ein Wicht, ein Wicht, ein Wicht. Der knickt noch ein. Auch wenn er jetzt den Helden macht...stehe hier und kann nicht anders, warte Freundchen, wir schon, wir können noch ganz anders. Da ist die letzte Messe noch nicht gesungen, jetzt und hier, da macht er den Helden, aber lasst uns mal in zwei Wochen sehen, wenn die Sitzungen waren, die Briefe, erst recht wenn's an den Stuhl geht, und an die Penunze, wenn der Auszug ansteht aus der schönen Professorenwohnung und die Frau geifert, warten wir's ab, der knickt noch, ich seh' schon die Falz, wenn seine liebe Freundin weit ist und der eigene Sessel so nah, direkt unterm Arsch, dann sprechen wir uns wieder, auf die erste Anfrage reagieren wir kaum, ganz kühl: ach ja, einen Termin, nein leider, diesen Monat ist nichts mehr ... er in Panik: dringend müsse er, ein Monat, das ginge nicht (er sagt nichts vom Möbelwagen, der gewissermaßen mit laufendem Motor vor der Haustür steht), dann bequemen wir uns, geben aber zu verstehen, seine Informationen seien eigentlich gar nicht mehr allzu bedeutsam, man habe bereits auf anderem Wege, aber wenn er durchaus wolle, so könne er ... angekrochen wirst du kommen, Freundchen, unter der Tür passt du durch, wenn du in mein Büro geschlichen kommst, und singen wirst du wie ein ganzer Knabenchor.

*

278

„Hier irgendwas vorgefallen?"

„Nein, Hauptmann, alle noch drin und quatschen dummes Zeug. Aber der Dorfpolizist hat durchgepiept. Soll dringend sein."

„Ach ja? Steh ich im Halteverbot?"

„Sie haben ihn angeblich."

„Wen? Martin Hofmann, na und?"

„Haben keinen Namen genannt, aber dieser Bornholm hat gesagt, der Fall ist gelöst, Sie sollen baldmöglichst in die Station kommen."

„Quark. Alles Quark. Sag mal drehen die jetzt alle am Rad? Der eine macht den Heldentenor und will nicht singen, der andere führt sich auf wie Sherlock Holmes und meint, er könnte hier Leute irgendwo hin bestellen, sag mal ticken die noch?"

„Bitte um Entschuldigung. Hab's nur weitergegeben."

„Ist ja gut, was seid ihr alle für Mimöschen, also ich geh rüber, dauert nicht lang."

Sollte Kilometergeld kriegen heut Abend. Sinnlos. Der Professor kommt schon noch von selber, gegen Fräulein Lehrerin und ihren Romeo haben wir auch genug; eigentlich bräuchte man sich Nacht und Wochenende nicht in diesem Kaff um die Ohren hauen, eigentlich könnte man in aller Ruhe warten wie ein Angler, der sich seiner Köder sicher ist und seiner Geschicklichkeit wenn es zum Anbiss kommt. Und Bornholm? Keine Gefahr. Wetten der ermittelt jetzt noch drei Jahre und findet dann voller Genugtuung heraus, dass einer aus der Sippe in den 70er Jahren mal falsch geparkt hat. Tut mir leid, Kollegen, das ist vorbei, ab und zu 'nen Fingerabdruck nehmen und „kombiniere, Watson!" Technik ist die Zukunft. Großartige Ideen, neulich dies

Papier von dem kleinen Streber mit der Brille aus der Funk-abteilung, was die da am Wickel haben, technisch vielleicht noch nicht ganz machbar, aber als Idee, dahin muss es mit unserem Verein: nicht erst verkabeln, wenn der Verdacht da ist, was haben wir jetzt davon, nein, die Verkabelung muss grundsätzlich sein, Standard, und wir können die Wohnungen anwählen wie einen Telefonanschluss. Irres Zeug, das die in den Abteilungen zusammenbasteln, Mikrokameras, Fliegenschiss groß, Mensch, da werden Möglichkeiten. Man sitzt bequem im Sessel und hat die Fernbedienung in der Hand. Keine ungeheizten Rücksitze mehr. Und nicht der Ärger mit den Informanten, ständig diese Hofiererei, als wolltest 'n Dämchen pimpern, Blumen hier und ach Herr Professor da, und dann musste wieder 'n bisschen härter an-fassen, kann mir nun wirklich auch was Schöneres vorstel-len.

Und jetzt noch den Stuss vom Dorfbullen anhören. Mein lie-ber Hartmut, wenn's bei dir zu mehr gereicht hätte, wärste nicht hier gelandet, glaub mir. Ist 'ne Nummer zu groß. Der Hofman hängt mit drin, mag ja sein. Aber nicht so wie du denkst. Immerhin, sein wir mal nicht so, spart uns Arbeit. Den Hofmann nehm' ich gleich mit, den nüchtern wir schön kalt aus, drei Tage, und dann ein kleines Tauschgeschäft: 'ne schöne Flasche Bier für ein paar Informatiönchen ...

Mickrige Station, zwei Autos, fünf Mann, zu mehr hat's nicht gereicht, mein Lieber Hartmut, und was haste Fresse gehabt in Köpenick. Wo ist die Scheißklingel, könnt ja mal wenigstens 'ne Funzel ranmachen hier ... aha. Keine Sau mehr da, sind die alle oben, ja wie wär's denn wenn mal ei-ner – glaubt ihr ich will hier 'ne Anzeige machen, weil meine Katze ...

„Iltum?"

„Hauptmann Iltum. Kommt hier jetzt mal einer oder was?"

„Moment. Ich komme, woll?"

Auch das noch, der.

„Wir sind oben. Kommen Sie, wir haben ihn."

„Fein. Ganz fein gemacht. Muss ja 'ne Wahnsinns-Spürarbeit gewesen sein, 'nen chronisch Besoffenen aufzutreiben, der's nicht mehr aus dem Dorf rausschafft."

„Wat? Ach so, Sie meinen den Hofmann, woll?"

„Also was jetzt, ist Bornholm da?"

„Hier. Kommen Sie rein."

Bornholm schreibt. Im Raum sind noch ein junger Beamter mit roten Schecken im Gesicht, und ein Mann in Handschellen, der vor Bornholms Schreibtisch sitzt, den Rücken zur Tür.

„Ah, da sind Sie. Dann brauchen wir die wohl nicht mehr."

Bornholm bedeutet Hannes, die Handschellen abzunehmen.

„Schön. Ihr habt den Säufer. Meisterstück, wirklich. Kann mir mal einer verraten, warum ich dafür meinen Posten aufgeben und durch das ganze Dorf marschieren muss?"

„Das ist nicht Martin Hofmann. Das ist Karl Niebach, und er hat soeben gestanden, Franz Hofmann ermordet zu haben."

„Momentmomentmoment. Wer ist das?"

„Niebach, ein ehemaliger Freund und Sängerkollege Hofmanns. Eifersucht."

Bornholm sagt es ohne Triumph in der Stimme, als referiere er den Wetterbericht. „Herr Heiner hat den Fall gelöst. Wenn Sie Herrn Iltum dann in Kenntnis setzen wollen? Aber setz dich erst mal."

„Donnerwetter. Don-ner... also moment, Eifersucht, ja, hab ich das richtig. Ihr meint - Eifersucht, aha."

„Ja, dat is so gewesen, ich hatte da so 'ne Liste von den Leuten, die mit dem Hofmann im Gesangsverein waren, und ich hatte auch den Vorsitzenden befragt. Und da war wat Auffälliges, woll? Nämlisch dat mit dem Niebach und seiner Frau, dat die mit dem Franz Hofmann ... also dat die wat mit dem gehabt hätt, is paar Jahre her, aber dann bin ich der Sache einmal nachgegangen, und hab noch en paar Leute gefragt, die den Niebach gekannt haben und den Hofmann, und dann is dat rausgekommen."

„Ach so. So einfach, ja? Habt ihr welche angerufen und die haben euch gesagt, ach übrigens, wenn ihr wissen wollt, wer's war mit dem Hofmann, so einfach, ja? Schau mal an."

„Nä, ganz so einfach war et nicht, aber die Leute haben gesagt, dat die Frau vom Niebach letzte Woche schon wieder mit dem Hofmann ... und dat war dann ja ganz besonders auffallend, und dann bin ich hin zum Niebach, und der hat dat alles zugegeben."

„Zugegeben. Aha. Was geben Leute nicht alles zu. Unter Druck. Also Herr Niebach, darf ich mich vorstellen, Iltum, Politische Abteilung, Köln. Lassen Sie sich nicht verschaukeln, es liegt doch gar nichts gegen Sie vor, alles nur Verdachtsmomente, ich weiß, Sie haben sich bequatschen lassen, mildere Strafe bei Geständnis und der ganze Müll, aber im Vertrauen, das ist alles Käse, ist nur so'n Trick, für den Richter macht das null Unterschied, aber keine Sorge, kann man alles widerrufen, am Besten Sie ... "

„Wir haben die Tatwaffe. Das Messer, das bei Hofmann im Block fehlte. Hat nicht mal den Griff abgewischt, völlige Affekthandlung mit Aussetzer. Lag bei ihm im Küchenschrank. Sieh dir den Mann an, der ist fertig. Den musste keiner unter Druck setzen." Rein informativ, natürlich. Wie der Nachrichtensprecher sagt er das, dabei weiß ich genau wie du feixt. Bist fein raus, klar. Kannste wieder ganz bequem auf unbeteiligt machen, ist jetzt wieder ein Verwaltungsvorgang wie der Jahresbericht. Melde: Verbrecher gefangen. Stempel drauf und ab nach Hause.

„Soso. Affekthandlung, sehr schön. Sehr schön ausgedacht."

„Ausgedacht? Das sind die Fakten, an denen kommt niemand vorbei, du nicht und ich nicht. Wir sollten lieber froh sein, dass der Fall abgeschlossen ist."

„Froh sein? Abgeschlossen? Oh nein, Freunde, zu früh gefreut. Selbst wenn diese armselige Kreatur da das Messer geführt hat, wer hat *ihn* geführt, he? Sieh dir den Mann an, sagst du? Und ob, ich seh' ihn mir an, ich seh' in mir noch ganz genau an, da kannst du Gift drauf nehmen. Und dann wollen wir doch mal sehen, was da noch alles zur Sprache kommt."

„Das wirst du nicht tun."

„Was war das? Was hast du da gesagt?"

„Der Mann bleibt hier. Besorg dir was Schriftliches, wenn du ihn mitnehmen willst."

„Ach ja? Ab jetzt wieder alles mit Aktendeckel und ganz nach der Kompetenz und der Kompetenzkompetenz, ja? Jetzt wo du fein raus bist."

„Ich verstehe gar nicht, was du meinst. Wir haben den Vorgang nie anders als korrekt behandelt. Du bist mir gegenüber nicht weisungsbefugt, also noch einmal: besorg dir was Schriftliches. Ich weiß zwar nicht, wie du angesichts der Beweislage argumentieren willst, aber – das ist dann ja wohl jetzt dein Problem."

„Mein Problem. Mein *Problem*? Ich sag dir wer Probleme bekommt, wenn hier Ermittlungen von höchster politischer

Bedeutung behindert werden von ein paar Dorfheinis, die offensichtlich ihre Kompetenzen ganz klar überschritten haben ...“

„Ich habe drüben ein Papier dazu mit deiner Unterschrift, erinnerst du dich? Also. Es ist spät genug. Gute Heimreise.“

*

„Sind fast alle weg, Hauptmann. Nur die Frau ist noch bei ihm, die vorhin mit unserem Informanten gekommen ist ... .Hauptmann?“

„Waschis?“

„Es sind nur noch ... die Frau. Von Vorhin. Hauptmann?“

„Issoch egal.“

„Herr Hauptmann, ist Ihnen nicht gut?“

„Wassoll sein, häh? Nur'n paar Bierchen. Schlaf ne Runde.“

„Hauptmann, sollen wir ... Hauptmann! Was sollen wir machen?“

„Was sollen wir machen. Tjaaaaa ... was machen wir denn da bloß? Relelelation, wir bitten um Relation, quatsch, Regelation, scheiße, wir schmeißen einfach hin, bitten um Entbindung, Entbindung von der Gesundheit, wegen den Aufgaben, den Scheißaufgaben, neun Monate, neun Monate haben wir dran geschuftet, und jetzt bitten wir um Entbindung, und dann flutsch! is alles weg. Issas Kaffee?“

„Wollen Sie?“

„Flutsch! Hier ... hier in die Tasse, flutsch!“

„Trinken Sie, Sie müssen ... wer weiß wieviel Zeit wir noch haben.“

„Ooooch, viel Zeit, soo viel ... ups, Moment, bin gleich wieder ...“

„(leise) mensch Bernd was macht er denn da"
„weiß nicht, muss wohl pissen ... nee."
„Ist das ... bäh. Hoffentlich hat er nix aufem Hemd."
„Sooo, Kinder, gebt mal den Kaffee raus. Besser. Besser.
Scheißzeug was die hier brauen. Scheißzeug. Hab ich was
auf dem Hemd?"
„Äh, glaube nicht."
„Na dann. Noch Licht, was?"
„Äh, ja. Noch Licht."
„Und wie war das, wer ist noch drin?"
„Nur noch die Frau, die mit unserem Informanten ... "
„Ah, ja, unser Informant, unser wichtiger Informant, jaja,
erinnere mich."
„Was sollen wir jetzt machen, Hauptmann?"
„Jetzt? Jetzt haben wir mal 'n bisschen Spaß, zur Abwech-
slung. Na was ist, raus mit euch. Wir gehen rein."
„Zugriff?"
„Und wie."

Epilog

Jonas

Die Sonne weckt ihn. Kein Cello. Muss spät geworden sein, er hat sie nicht mehr kommen hören. Woher auf einmal die Sonne, Slowenien? Nein, sie sind dann doch nicht gefahren. Keine Dinare. Plötzlich stürzt der Gedanke herein, was er Iltum gestern gesagt hat. Blinzeln in die Sonne. Er wundert sich, wie wenig es ihn erschreckt. Steht auf, nicht mehr Professor. Dreht sich. Einmal, zweimal, ein paar Tanzschritte. Patscht sich auf den Bauch. Wieder mehr Sport. Um vier ist ja ab jetzt immer Feierabend. Schleicht zu Maschas Tür, kratzt vorsichtig, klopft. Ruft. Sie ist nicht nach Hause gekommen. Gut so. Er sei ihr gegönnt. Tappt durch ihre Küche auf der Suche nach Kaffee.

Er wird sich jetzt auch was Kleines suchen, Einraumwohnung. Mareike wird sich trennen wollen, klar. Und er auch. „Warum du das getan hast, denkst du denn gar nicht an deine Familie ... “ Er feixt. Nöl ab sofort einen andern voll. Er wird leben wie er will, ab jetzt. Akten sortieren, von acht bis vier, na und? Viel mehr hat er als Professor auch nicht gemacht, ein einziges sortieren war das. Und nie war Schluss, Parteisitzung, Institutsratssitzung, und zu jedem dämlichen Vortrag musst du hin, nur um dein Gesicht hinzuhalten: Das Institut ist da. Und wenn man doch mal nach Hause kommt, wär man am liebsten doch noch im Büro geblieben: Wo bleibst du ... kannst du nicht mal ... die Kleine erkennt ihren Vater bald gar nicht ... aber renommieren wollen, wenn die Weiber zum Kaffee kommen. Schluss damit. Die Sonne wirkt schwach, wie nach langer Krankheit. Aber sie ist noch da.

Die Kleine. Endlich mehr Zeit. Sie sagt immer noch nicht Papa, das wird sich ändern, auch das. Mareike behauptet immer, sie sehe ihr ähnlich, aber das stimmt gar nicht. Die Einraumwohnung muss natürlich in der Nähe sein. Wird sich finden. Wird sich alles finden. Er findet den Kaffee nicht, soll er auf Mascha warten? Ach was, es ist alles gesagt, und wer weiß, wann sie kommt. Wenn es schön war ... er kann ja jetzt wiederkommen, sobald er will. Und nun will er los. Nicht nach Hause, aber los. Es zerrt an seinen Füßen wie ein Hund, der endlich raus will. Der Koffer – er lässt einfach die Hälfte der Sachen da, auch die Bücher. Fürs nächste Mal. Leichtes Gepäck, endlich. Der Schlüssel liegt noch unter der Matte, er lässt ihn dort. Auf der Straße niemand zu sehen. Kleinstadtsonntag. Vorbei am Park, am Mahnmal fallen ihm jetzt die kräftigen Hinterbacken der Steinfiguren auf. Dann lasst es eben stehen. Selbst auf der Hauptstraße nur wenige Passanten, augenscheinlich auf dem Weg zur Kirche, die zu läuten begonnen hat. Noch zwanzig Minuten bis zur Abfahrt, er schlendert. Dennoch ist der Bahnhof in wenigen Minuten erreicht. Der Schuttplatz, auf dem ihr Auto stand, die Unterführung, der nackte Bahnsteig. Es wird Takt erfordern, beim nächsten Wiedersehen. Sie wird wieder böse sein, wie immer, wenn er sie rausgehauen hat. Aber zum ersten Mal hat er nicht nur riskiert. Sie wird nun in seiner Schuld stehen, das kann eine Freundschaft stärker gefährden als alles andere. Er darf es sie eben nie spüren lassen, muss immer betonen, ein wenig mehr als es stimmt, dass dieser Schritt für ihn eine Befreiung war.

Die Beklemmung steigt, als er an die Gleise tritt. Es geht zurück. Die Gespräche stehen alle noch aus. Wenn man doch allen einfach einen Brief schreiben könnte. Iltum wird nachhaken. Wer weiß womit. Aber sie werden ihn schon nicht allzuweit wegschicken, nicht ins letzte Dorf ins Erzgebirge, oder das Emsland, oder ... gibt ja 'ne Menge Orte, wo man nicht ... und die neue Arbeit, wird schon was mit Papierkram sein, so einen wie ihn ganz nach unten in die Produktion, das machen die nicht, ganz bestimmt nicht. Nein, ganz bestimmt nicht.

Fern, ein sich aufpustender Punkt, der Zug. Woher er kommen mag. Was dort hinten liegt. Frankfurt? Und dann, wenn man immer weiter fährt, in die Bonn schnurstracks entgegengesetzte Richtung? Vielleicht Bayern. Der Balkan. Slowenien.